Liebessprung

Liz und Vincent Teil 1

Christiane Bößel

Roman

Das Liebesleben von Krankenschwester Liz ist eine einzige Katastrophe. Zuerst verliebt sie sich in Kollege Helmut und dann in einen Patienten, der dem fiesen Ex aufs Haar gleicht. Ein verschollener Zwilling? Dummerweise liegt der Helmut-Doppelgänger im Koma. Als er endlich erwacht, wird es für Liz zur Gewissheit – der oder keiner. Denn das Beste ist: dieses Mal gehört zum knackigen Körper auch ein schöner Charakter. Aber warum verschwindet Vincent immer wieder spurlos? Kommt er tatsächlich aus einer anderen Dimension, wie er behauptet?
Eines ist auf jeden Fall klar: es wird kompliziert.

Eine heitere Liebesgeschichte, die Fantasy, Science Fiction und Erotik auf unterhaltsame Weise verbindet.

Die Autorin Christiane Bößel ist 1975 geboren und lebt glücklich und zufrieden mit ihrer Familie in Bayern. Als Kind liebte sie bereits Bücher in allen Formen und Farben. Die studierte Literaturwissenschaftlerin genießt es, neuen Figuren das Leben zu schenken.

Widmung

Für alle, die mich dabei unterstützt und ermutigt haben, die Liebesgeschichte von Liz und Vincent aufzuschreiben.

Einen ganz besonderen Dank an:
- *Mama, denn du bist schuld, dass ich büchersüchtig bin.*
- *Michael, denn ohne dich hätte ich nicht den Mut gefunden, endlich anzufangen.*
- *Valentin, denn deine kreativen Ideen haben mich oft aus einer Schreibkrise geholt.*
- *Annette, denn deine Anmerkungen haben das Buch zu dem gemacht, was es jetzt ist.*

Danke an euch alle!

PROLOG

Stimmen ... Piepen ... mechanisches Schnaufen ...

Schlafen ... nur schlafen ... lasst mich ... in Ruhe ...

„Vince, ich brauch dich hier unten." Alan hat mich über seinen Mobilempfänger kontaktiert.

Aufwachen ... geht nicht ...

Müde ... Schmerz? ... Nein ... gut ...

Ich mache eine kurze Notiz in meiner Dokumentation, greife nach meiner Waffe und breche auf.

Mein Geist benebelt ... nur die Bilder ... gehen nicht weg ... jetzt ... deine Stimme ... bleib ...

„Nach dem Vorfall von letztens will ich kein Risiko mehr eingehen", keucht Alan, als wir durch die Gänge der Zentrale hasten.

Kalen steht an dem Platz vor dem Maschinenraum.

Gespräche ... über mich ... warum ... kann ich mich ... nicht spüren ... nur Schmerz ... irgendwo ... überall ... dann ... Watte ... dumpf ... Körper ... Hirn ... Denken ... Nicht ...

Die Tür knallt mir an die Stirn, ich bin kurz benommen. Die beiden Männer rennen an uns vorbei. Wir verfolgen sie durch die Katakomben. Sie überwältigen Alan, er bleibt bewusstlos liegen. Mich treffen sie im Gesicht und am Körper.

Du sprichst mit mir ...

„... Puls steigt ... Morphium erhöhen ... Schmerz ... ganz schön heftig erwischt ..." ...Schmerzen? ... keine Ahnung ... wo ... mein Körper ist ...

Bleib da ... du machst das hier ... erträglich ... dass ich ... hoffen kann ... es wird aufhören ... du fasst mich an ... aber ich kann dich nicht spüren ...

Ich bekomme einen der beiden zu fassen. Dann spüre ich ein Reißen in meinen Eingeweiden.

Ich will meine Augen öffnen ... aber mein Körper reagiert nicht ...

„Immer noch hohes Fieber ... ich mache mir langsam Sorgen ..." Du ... „... Parameter stabil ... bald ..." Ein Mann ...

Zeit verschwimmt ... und ich ... mit ihr ...

Ich höre die Männer jubeln.

Existierst du nur in meinem Kopf? ... ich wünschte ... du wärst real ...

Sie fassen mich an ... hilf mir ...

Du bist da ... du hältst mich und ich kann es spüren ... endlich ...

1 Liz

Ich habe die Schnauze voll von Penissen.

Nicht im wörtlichen Sinn. Natürlich nicht. Ich bin keine Prostituierte oder sexsüchtig oder so etwas in der Art. Ich bin lediglich Krankenschwester auf einer urologischen Station im Margarethen, einem kleinen, katholischen Krankenhaus in der Münchner Innenstadt. Und ich will einfach keine Penisse mehr sehen.

Ich weiß, es ist nicht besonders nett, Personen auf ihre Geschlechtsteile zu reduzieren, schließlich beschweren wir Frauen uns ständig darüber, dass Männer genau das bei uns machen. Aber ich kann nicht anders.

Mein Leben besteht nun mal daraus, mich mit fremden Körperteilen unterhalb der Gürtellinie zu beschäftigen. Und es gibt weiß Gott Schöneres, als acht Stunden täglich vorwiegend alte Männer und ihre genauso alten, primären Geschlechtsmerkmale zu pflegen.

Es ist nicht so, dass ich Männer nicht mag. Im Gegenteil. Ich sehne mich nach einem Partner, nach einer Beziehung, nach Nähe. Aber wenn man lange genug auf der Urologie arbeitet, entwickelt man zwangsläufig ein gespaltenes Verhältnis zum männlichen Körper und dessen Anhängseln. In besonders schlimmen Wochen traue ich mich nicht mal mehr an Orte, von denen ich weiß, dass dort viele Männer sein könnten, da ich selbst bei den gut aussehenden immer vor Augen habe, wie ihr Unterkörper in 30 Jahren aussehen wird.

Das erschwert meine Partnersuche immens. Und mindert leider auch meine Lust auf Sex. Wer ständig von Schwänzen umgeben ist, hat zuweilen wenig Lust, sich auch noch privat darum zu kümmern.

Ich habe aufgrund meiner Arbeit schon so viele besagte Körperteile in allen Ausführungen gesehen, dass ich eines mit Sicherheit bestätigen kann: Nur einen Bruchteil davon kann man als ansehnlich, geschweige denn schön bezeichnen. Und es gibt noch weniger, mit denen ich mich gerne weiter befassen würde.

Das hasse ich an meinem Beruf. Er hat mich für alle Zeiten verdorben im Hinblick auf den männlichen Körper und der Fähigkeit, diesen mit naiver Faszination einfach nur schön zu finden. Ich schäme mich dafür, so zu denken, möchte Männer eigentlich nicht nach dem Aussehen ihrer Penisse kategorisieren.

Nur bin ich täglich mit so vielen konfrontiert, dass es ungewollt Teil meines Denkens und meiner Bewertungen geworden ist. So wie ein Metzger qualitativ hochwertiges Fleisch von billiger Discounter-Ware unterscheiden kann. HNO-Schwestern wissen ja gar nicht zu schätzen, wie gut sie es haben!

Paula meint, ich solle doch einfach meinen Job hinschmeißen, mir eine anständige Arbeit ohne Hintern und Pimmel suchen oder anfangen zu studieren. Hinduistische Philosophie oder Geschichte des Altertums oder Pflegewissenschaft oder sonst irgendetwas, das später ein brotloses Leben garantiert.

Aber so einfach ist das nicht. Mit Veränderungen komme ich nicht so gut klar. Ich sitze die Dinge lieber aus, als aktiv zu werden. Veränderungen sind in der Regel anstrengend. Und anstrengend ist mein Leben wirklich genug. Ich weiß nicht, ob das reine Faulheit ist oder Feigheit oder ein angeborener psychischer Defekt. Ich bin ja schließlich kein Psychiater, um das qualifiziert beurteilen zu können.

Außerdem hält mich noch ein Grund an meinem derzeitigen Leben fest. Und der ist 1,90 m groß. Ich habe immer gehofft, dass irgendwo im Universum der perfekte Mann auf mich wartet - nur hoffentlich kein Alien!

Dann traf ich IHN, Helmut, OP-Pfleger, durchtrainiert, dunkelhaarig, rassig und seit einem halben Jahr mein Kollege im Margarethen. Es scheint zwar nicht, als ob er auch auf mich gewartet oder dass er mich überhaupt schon mal bemerkt hat, aber vielleicht weiß er es einfach noch nicht, dass ich die Frau seines Lebens bin. So oder so ist er einer der wenigen Männer, die erfolgreich die Bilder von faltigen Hängehintern, verschrumpelten Hoden und weißem, stinkendem Eichelbelag vertreiben können. Nur er kann mein urologisches Kopfkino in ein eindeutig sexuelles umwandeln.

Leider traue ich mich nicht, mit ihm Kontakt, der über bloßes Anschmachten hinausgeht, aufzunehmen. Und so be-schränkt sich mein Liebesleben auf Abende mit Kater Edward auf dem Schoß und Vampir Edward auf dem Bildschirm.

04:45 Uhr. Viertel vor fünf und der Wecker klingelt. Wieder einmal habe ich Frühdienst. Es ist Sonntag früh und ich muss aufstehen, wenn andere gerade vom Feiern betrunken nach Hause torkeln.

So sieht mein Leben aus. Arbeiten, wenn andere frei haben und sind. Letztes Silvester habe ich zum Beispiel nicht auf einem rauschenden Ball auf die zwölf Glockenschläge gewartet, sondern saß mit zehn alten Männern und drei noch älteren Damen, dreiviertel dieser illustren Gesellschaft hochgradig dement, im Fernsehzimmer, habe die 467. Wiederholung von „Dinner for one" angeschaut und Herrn Muschke erlaubt, zur Feier des Tages eine Zigarre über seine Trachealkanüle zu rauchen.

Nicht einmal betrinken konnte ich mich. Alkohol ist im Dienst verboten und das Valium ist über die Feiertage ausgegangen.

Es kommt mir vor, als ob alle anderen Menschen ständig Spaß haben, feiern, einen gemütlichen Abend mit dem Liebsten bei einem romantischen Essen verbringen oder einen lustigen Spieleabend mit der Familie oder was man eben so macht, wenn man am nächsten Tag ausschlafen kann.

Ich dagegen sitze einsam mit meinem Kater auf dem Sofa und warte auf meine Schlafenszeit. Auch gestern habe ich es gerade mal geschafft, eine Folge meiner Lieblings-Serie auf DVD anzuschauen, dann musste ich auch schon ins Bett. Und das zu einer Uhrzeit, zu der selbst Grundschulkinder noch aufbleiben dürfen. Aber ohne ausreichend Schlaf halte ich die Arbeit auf Station nicht durch. Ohnehin war ich nach neun Tagen Frühdienst so müde, dass ich bereits vor meiner Lieblingskussszene eingeschlafen bin. Erst beim Abspann bin ich wieder aufgewacht, habe meine Parallelwelt ausgeschaltet, Edward auf den Arm genommen und bin ins Bett gewankt.

Klar, ich habe mir den Beruf freiwillig ausgesucht. Keiner hat mich gezwungen, Urologieschwester zu werden. Die meiste Zeit mag meine Arbeit ja auch.

Seit mittlerweile zehn Jahren bin ich Krankenschwester auf der Uro 1 und ich würde es beinahe als Traumberuf bezeichnen, wenn das frühe Aufstehen nicht wäre - und die Wochenenddienste, die unterirdisch schlechte Bezahlung und die sonntags singend und flötend durch die Zimmer ziehenden Nonnen. Und ich hätte nichts dagegen, wenn sich Schwester Lina plötzlich in Luft auflösen würde. Das Schlimmste ist jedoch, dass ich Männer oft nur noch als wie auch immer gearteter Penis mit Anhang in Form eines Körpers sehen kann. Es hat Sinn, was ich mache. Das rede ich mir zumindest täglich ein. Ja, ich muss täglich gefühlte eine Million Mal Katheter spülen, Hodenbänkchen anlegen oder Altmännerhände von meiner Brust pflücken, die beim Blutdruckmessen aus Versehen nach unten gerutscht sind. Und ja, ich bin täglich mit dem Wissen konfrontiert, was das Leben aus einstmals attraktiven, vitalen, jungen Burschen macht.

Oft wünsche ich mir, ich wäre Tierpflegerin geworden.

Als ich aus der Dusche steigen will, steht ein Mann, vollkommen nackt, vor dem Klo und pinkelt.

Und wieder einmal bin ich mit männlichen Geschlechtsteilen konfrontiert, deren Besitzer nicht mir gehört.

Auch wenn diese Hinterseite weder schrumpelig noch hängend, sondern durchaus hübsch anzusehen ist. Andererseits sind pinkelnde Männer und Alkoholurin nicht gerade das, was man sich in erotischen Frauenfantasien ausmalt.

„Äh – hallo?", sage ich zu dem Hintern.

„Was machst du in meinem Bad?"

„Nach was sieht´s denn aus?"

Seine Stimme ist rau und er sieht verschlafen aus. Die blonden Haare sind zerzaust und der Oberkörper glänzt verschwitzt.

„Paula hat gesagt, hier ist das Bad", brummt er zur Wand.

Paula ist meine Mitbewohnerin, die gerne nach einer durchzechten Nacht Männer mit nach Hause bringt. Meist groß, mit hübschem Gesicht und Körper, aber einem IQ, der sie nicht dazu qualifiziert, längere Sätze als „Ja, gib´s mir, Baby" zu sagen. Ihr reicht das. „Zum Reden habe ich ja dich", hat sie mir erst gestern wieder erklärt, mich umarmt und ist dann losgezogen, einen Neuen aufzureißen. Genau der steht nun vor meiner Toilette und hat bereits kompliziertere Sätze gesprochen als ich es von Paulas Primaten gewohnt bin.

Insgeheim beneide ich meine Freundin um diese Art zu leben. Sie hüpft von Blume zu Blume wie ein Hippie auf Dauer-LSD, schert sich nicht darum, was andere denken und sucht nicht den Partner fürs Leben, nach dem Motto:

„Wenn er kommt, ist es toll! Bis dahin genieße ich, was ich kriegen kann!"

Und das tut sie ausgiebig!

An mir plätschert das Leben eher vorbei. Während andere auf den höchsten Wellen souverän surfen, treibe ich dahin, hilflos mit den Armen rudernd und damit beschäftigt, nicht von der Welle überrollt zu werden und gnadenlos unterzugehen.

Paulas Leben ist deutlich leichter. Sie ignoriert die gefährlichen Strudel einfach oder hat zumindest immer das Glück, von einem knackigen Baywatch-Bademeister mit oder ohne Badehose gerettet zu werden. Sie hat Spaß, und vor allem, sie hat Sex. Das kann ich von mir nicht behaupten. Mein letztes Mal war mit meinem Exfreund. Und das war zwei Jahre her und qualitativ nicht einmal erwähnenswert.

„Ich bin mit einer Riesenmorgenlatte aufgewacht und jetzt sorg ich dafür, dass sie nicht mehr ganz so wehtut. Du kannst mir ja helfen."

Da der unbekannte Nackte immer noch zu den Fliesen schaut, kann ich nicht einschätzen, wie ernst er das mit der Hilfe meint.

Fast werde ich schwach. Wenn ich seinen Körper so ansehe, kann ich mir sehr gut vorstellen, warum er so verschwitzt glänzt. Er riecht nach Mann, Sex und nach Paulas Parfüm. Sie erhebt in der Regel keine Ansprüche auf ihre Liebhaber. Doch so möchte ich nicht sein. Ich habe immer noch die romantische Vorstellung, dass ein Mann auch ein Partner sein soll, mit Liebe, mit Gesprächen, mit gemeinsamen Ausflügen. Und nicht nur zum Anschauen und Anfassen. Was bringt der schönste Hintern, wenn dessen Besitzer ein Arsch ist?

Obwohl, dieser Hintern hier vor mir ... Vielleicht sollte ich diesmal eine Ausnahme machen, wer hält sich schon immer an seine Prinzipien?

Aber er ist nun mal nicht ER.

Und außerdem muss ich dringend aufbrechen, um nicht zu spät zur Arbeit zu kommen.

Der Typ dreht sich um und ich drehe mich weg, damit er nicht bemerkt, dass ich ihn anstarre.

„Geile Brüste!", grunzt er und reißt mich damit aus meinen Gedanken.

Ja, das sind die Sätze, die ich von Paulas Männern kenne. Ich habe ganz vergessen, dass ich ebenfalls völlig nackt vor ihm stehe.

Deshalb schnappe ich mein Handtuch und wickle mich schnell ein. Da ich aufgrund chronischen Männermangels keine Pille nehme, bin ich, und damit auch meine ohnehin große Oberweite, den Hormonen im weiblichen Zyklus gnadenlos ausgesetzt. In ein paar Tagen setzt meine Periode ein und meine prämenstruell aufgedunsenen Brüste fühlen sich an, als ob sie gleich explodieren.

Männern sind solche Schmerzen egal, sie sehen nur einen prallen Busen. Ich beschließe nachsichtig zu sein und seinen Kommentar auf den Höhlenmenschen in ihm zu schieben, die Natur hat es sich nun mal so ausgedacht, dass Männer auf solche Merkmale getriggert werden.

Er streckt mir seine große Pfote entgegen. Will er in seinem Steinzeitmodus meine Brust anfassen oder mich zivilisiert mit Handschlag begrüßen? Ich zögere, da er eben noch seinen noch nicht geduschten Schwanz gehalten hat und ich außerdem das Gefühl habe, wenn ich seiner Aufforderung folgte, auch indirekt Paula intim anzufassen. Als zur Höflichkeit erzogener Mensch, schüttle ich also brav seine Hand.

„Jens", stellt er sich vor.

„Liz. Die jetzt schleunigst zur Arbeit muss."

Eigentlich heiße ich Elisabeth. Aber, wenn möglich, vermeide ich es, meinen ganzen Namen auszusprechen. Er ist so gewöhnlich und erinnert mich immer an pummelige Trutscheln mit Schlaftablettenmentalität, was bestimmt auch daran liegt, dass man in Bayern die Vokale in Elisabeth mit weit geöffnetem Mund ausspricht, was nicht besonders vornehm aussieht, geschweige denn klingt. Aber meine Eltern, beide Deutschlehrer, bestanden darauf, ihrem Kind einen Vornamen zu geben, der zu unserem profanen und eindeutig süddeutschen Nachnamen Schneitinger passt.

Meine gesamte Schulzeit über war ich neidisch auf die Mias und Nancys und Kathleens um mich herum. Man dürfe sich seiner bajuwarischen Herkunft niemals schämen. Das haben mir meine wörter- und dialektliebenden Eltern seit frühester Kindheit eingetrichtert, wenn ich mich mal wieder über die Kaiserin-Sissy-Witze meiner Klassenkameraden beklagt habe. Vielmehr solle ich stolz sein, den Namen einer bewundernswerten Persönlichkeit tragen zu dürfen.

Vielleicht habe ich mich ja deswegen standhaft geweigert, zu studieren, weil mir das Akademikergerede über Sprachgeschichte und historische Wurzeln so auf die Nerven geht.

Jens mit seinem durchweg neutralen Namen schlurft kommentarlos zurück zu Paulas Schlafzimmer, wo ich ihn bereits nach wenigen Augenblicken schnarchen höre. Kurz schwelge ich noch in der Erinnerung an seinen Hintern und seine genauso ansehnliche Vorderseite, dann seufze ich, ziehe mich an und mache mich auf den Weg zur Straßenbahn. Vielleicht darf ich ja bald auch mal wieder ein eigenes schönes Hinterteil bewundern.

Der Traum von letzter Nacht beschäftigt mich offenbar mehr, als ich zugeben möchte. Normalerweise weiß ich, wenn Paula jemanden mitbringt, da ich einen leichten Schlaf habe und sie beim Sex unüberhörbar ist. Diesmal bin ich weder von ihrem Quieken noch irgendeinem männlichen Gestöhne aufgewacht.

Während ich durch das noch dunkle Trudering, dem heimeligen Münchner Vorort, laufe, gebe ich mich noch einmal den Bildern aus meinem Traum hin und hoffe, dass Helmut, weltschönster und sexiest OP-Pfleger alive, heute auch Dienst hat.

Der Typ in meinem Bad war süß, das muss ich ohne Einschränkungen zugeben. Mit einem knackigen und runden Hintern wie bei einem Unterwäsche-Model, und einem Körper, der aussieht, wie mit Photoshop nachbearbeitet. Ein Mann zum Anschmachten und mit ins Bett zu nehmen, für weibliche Fantasien in einsamen Nächten und zum zumindest kurzzeitigen Vergessen aller jemals gesehenen ekligen Penisse.

Aber er ist nicht Helmut. An ihn kommt niemand ran. Dieser hat mich wieder im Traum heimgesucht, diesmal in Vampirgestalt mit spitzen Zähnen, die er beim Liebesspiel zusammen mit seinem Schwanz in mich gerammt hat.

2 Vincent

Natürlich wache ich auf, bevor der Zeitmelder klingelt. Mein Körper ist konditioniert darauf, immer zur gleichen Zeit einsatzbereit zu sein. Nach dem Aufstehen dusche ich, während die Kaffeemaschine leise brodelt.

Ich könnte eine neue Maschine bekommen, eine der technisch aktuellsten Generation von Kaffeeautomaten oder mir mein Morgengetränk mit meiner Essensration liefern lassen. Doch ich liebe den Geruch der frisch gemahlenen Bohnen und das Blubbern, wenn das Wasser durch den Filter tropft. Es erinnert mich an meine Kindheit am Meer.

Meine Großmutter zerrieb morgens mit einer Handmühle die Bohnen und übergoss sie anschließend mit kochendem Wasser. Ich durfte noch keinen Kaffee trinken, lediglich von dem Milchschaum naschen, den sie großzügig auf jeder Tasse drapierte. Dazu aßen wir selbst gebackenes Brot, dick mit frisch aufgeschlagener Ziegenbutter und frischen Kräutern beschmiert.

Ich war etwa fünf oder sechs Jahre alt. Meine Eltern arbeiteten ganztags, meine Großeltern passten auf mich auf, wenn ich nicht in der Betreuung war. Mein Großvater saß am Tisch auf seinem angestammten Stuhl, löste Kreuzworträtsel oder beobachtete seine Frau, wie sie summend, und Gesicht und Hände voller Mehlstaub, in der Küche werkelte.

Seine Augen waren dabei weich und voller Zärtlichkeit. Ich lehnte an seiner Schulter, sog seinen erdigen Geruch in mich hinein und atmete in seinem beruhigenden Rhythmus.

Als er selbst jung gewesen war, hatte er beim Aufbau der neuen Zentrale geholfen. Später, in seiner Aufgabe als

Wissenschaftler war er viel gereist. Seine Haut war vom Alter schlaff und faltig, seine Arme jedoch noch immer muskulös und kräftig. Er redete selten, und wenn er erzählte, dann von exotischen Tieren und Pflanzen, von Menschen in anderen Evolutionsstadien und auch, wie gefährlich es war, woanders zu sein. Er lehrte mich die Liebe zum System und zur Familie. Während er nachdachte, strich er mir immer wieder abwesend über mein dichtes Stoppelhaar.

„Du wirst einmal ein ganz Großer, mein Junge", weissagte er mir ständig. Damals wusste ich nicht, was er damit meinte. Doch er gab mir den Glauben an mich selbst und meine Fähigkeiten.

Jetzt, als erwachsener Mann habe ich genügend Privilegien. Dazu gehört auch, etwas, das ich nicht brauche, abzulehnen. Wie die neue Kaffeemaschine. Das System akzeptiert das. Was sie nicht akzeptieren, ist, wenn wir unseren Körper und unseren Geist vernachlässigen. Deswegen trainiere ich täglich diszipliniert, um kognitiv und physisch fit zu bleiben.

Auf dem Küchentisch finde ich eine glitzernde Haarspange. Das Mädchen von gestern hat sie offensichtlich vergessen. Normalerweise empfange ich niemanden bei zu mir nach Hause, doch unerwartet tauchte sie vor meiner Türe auf, unter ihrem weit geöffneten Mantel nur mit einem Witz von Unterwäsche bekleidet.

Da konnte ich sie nicht wegschicken. Weiß der Geier, woher sie wusste, wo ich wohne. Ich habe es ihr gleich auf dem Sofa besorgt. Mein Bett gehört weiterhin mir alleine.

In dieser Hinsicht bin ich konsequent. Nach dem Akt ist sie lächelnd eingeschlafen. Kurz habe ich überlegt, ob ich ihr erlaube, in dieser Nacht bei mir zu bleiben. Ich habe ihr dann einen Wagen bestellt. Sie ist enttäuscht abgedampft, hat mir aber die Nummer ihres Privilegienraums und ihre private Kennzahl hinterlassen. Ich plane niemals im Voraus, mit wem ich mich ein weiteres Mal treffe. Die Haarspange werfe ich in den Müllschlucker. Es ist nicht meine Aufgabe, dafür zu sorgen, dass die Frauen ihre Sachen wiederbekommen.

Wenn Frauen nur so einfach wären wie eine Kaffeemaschine. Deren Blubbern werde ich nie überdrüssig.

Bereits zu Hause ziehe ich meine Uniform an. Diesmal gehe ich nicht direkt zur Zentrale, sondern treffe mich mit Alan am Bahnhof. Wir werden zusammen die neuen Kadetten abholen und zu ihrer Ausbildungsstätte und den Gemeinschaftsunterkünften begleiten. Der Minister und ich haben auch diesmal eine gute Auswahl an klugen, gut aussehenden und kräftigen jungen Männern getroffen. Es ist jedes Jahr wieder eine Freude, neue Wächter einzuführen.

Pünktlich um 05:10 Uhr wird mein übliches Frühstück aus Brot, Käse und Früchten geliefert. Ich kann den Geschmack und die weiche Konsistenz von Bananen nicht ausstehen, außerdem verursachen sie mir regelmäßig schmerzhafte Verstopfung, was ich dann mit viel zu süßen Backpflaumen ausgleichen muss. Doch mein Körper braucht das Kalium, das in Bananen in hohen Mengen enthalten ist. Deswegen esse ich auch heute meine Ration.

Den Rucksack mit dem Pad, auf dem alle Informationen über die Neuen digitalisiert sind, und die Bauchtasche mit Dokubuch und Navialarm habe ich bereits gestern Abend gepackt, um unnötige Hektik am Morgen zu vermeiden.

Ich überprüfe den Sitz meiner Uniform vor dem Spiegel, streife mir über meine kurz geschorenen Haare und verlasse die Wohnung.

3 Liz

Die Straßenbahn fährt ein und ich muss rennen, um sie nicht zu verpassen. Ohnehin bin ich wegen Jens nicht rechtzeitig von zu Hause losgekommen und wenn ich diese Straßenbahn nicht erwische, komme ich hoffnungslos zu spät auf Station an. Normalerweise ist mein Morgen in Fünf-Minuten-Einheiten genau getaktet. Aufstehen, Kaffee kochen, Katze füttern, duschen, anziehen, Kaffee trinken, losgehen. Heute hat allein der Aufenthalt im Bad ganze sieben Minuten länger gedauert, nicht eingerechnet die Zeit, in der ich einfach nur Jens' Hintern und er meine Brüste angestarrt hat.

Als ich an meinem Spind im Keller des Margarethen-Krankenhauses stehe, fühle ich mich immer noch etwas durch den Wind wegen des Traumes und meiner morgendlichen Begegnung. Ich nehme mein Stethoskop und meine Leukoplastrollen aus der oberen Ablage, schließe die Augen, ermahne mich zur Konzentration und schiebe meinen Traum-Liebhaber und Jens' Hinteransicht in eine Ecke meines Kopfes, die ich nicht für die Arbeit auf Station brauche.

Leider vergesse ich dabei meine Hand in der Tür meines Spinds, weshalb ich mir beim Zuschlagen kräftig den kleinen Finger quetsche. Fluchend und mit dem Finger im Mund stapfe ich aus der Umkleide und drücke auf den Aufzugknopf. Es pocht unangenehm und das Saugen tut gut.

„Lasziv am Finger saugende Frauen versüßen jeden Frühdienst!"

Da ist er, live und in Lebensgröße, neben mir. Helmut. Vor wenigen Stunden war er noch der mich fickende Vampir in meinem Traum und jetzt lehnt er lässig an der

Wand im dunklen, zugigen Keller und wartet mit mir auf den Aufzug. Zum ersten Mal treffe ich ihn außerhalb des OPs.

Bis jetzt habe ich sein Gesicht nur mit Mundschutz verdeckt gesehen, was die Schönheit seiner Augen perfekt betont. Seine Wimpern sind dicht und lang, wie angeklebt, seine Retina Terence-Hill-blau. Der Rest seines Gesichts ist, wie ich nun feststellen kann, genauso schön. Und männlich. Markantes Kinn, Dreitagebart, ein Lächeln, das jede Frau japsen lässt.

Ich überlege, was ich sagen kann, um prüfen zu können, wie spitz seine Zähne sind. Mir fällt aber nichts ein. Also lasse ich meinen Finger im Mund, damit ich einen Grund für mein Schweigen habe.

„Was ist mit deinem Finger?"

Helmut spricht mit mir. Mit mir!

„Schbindür."

Er verzieht sein Gesicht, offenbar hat er mich nicht verstanden und zuckt nur mit den Schultern. Also nehme ich den Finger aus dem Mund und wiederhole: „Spindtüre."

Na toll, zum ersten Mal alleine mit ihm und das Einzige, das ich sage, ist das. Erbärmlich. Doch mein Mund weigert sich, mehr zu tun, als die Lippen aufeinanderzupressen. Ohnehin läuft mir bei Helmuts Anblick so das Wasser im Mund zusammen, dass ich ihm, würde ich den Mund noch einmal öffnen, auf seine- seltsamerweise rosafarbenen- Crocs sabberte.

„Geile Titten! Der Sonntag fängt ja gut an!"

Nicht schon wieder. Was haben heute nur alle mit meinem Busen? Ich schaue an mir herunter, als ob ich nicht weiß, wo meine Brüste sind oder wie sie aussehen. Wegen des Schmerzes im Finger und des Saugens und wegen Helmuts leckerem Anblick, habe ich nun nicht nur pralle, prämenstruelle Brüste, sondern auch noch steife Brustwarzen, die unangenehm gegen meinen Schwesternkittel drücken.

Gott sei Dank bleiben mir weitere Peinlichkeiten erspart, als Jaqueline und Andy, die beiden blondierten, langhaarigen, langbeinigen und stets fröhlichen Schwesterschülerinnen, den Gang entlang, gackernd auf uns zuhoppeln.

Als sie Helmut entdecken, kichern sie noch lauter, legen synchron ihre Köpfe schief und schmachten ihn mit großen Augen und unterwürfigem Hundebabyblick an. Zwei fleischgewordene Männerfantasien, einem billigen Porno entsprungen, Lolitas im Schwesternkostüm mit kurzen Röckchen und wackelnden Apfel-Hintern. Fehlen nur noch die weißen Nuttenstiefel und das kleine Häubchen.

„Hi, Helle", zwitschern sie im Duett mit nervtötend hoher Stimme.

„Na Mädels, alles fit im Schritt?", begrüßt er sie.

Dabei hebt er leicht die Ellbogen und ich vermute schon, dass er anfangen wolle zu fliegen. Die beiden Grazien verstehen allerdings schneller als ich, was er ihnen anbietet, haken sich bei ihm unter und verschwinden mit ihm im Bettenaufzug, der sich gerade mit einem Pling geöffnet hat.

Die Türen schließen sich, mit mir draußen und ich höre, wie das Kichern immer leiser wird. Frustriert wende ich mich Richtung Treppenhaus und steige zu Fuß in den achten Stock auf meine Station.

Gerade noch pünktlich betrete ich das Schwesternzimmer. Rosi, die Nachtschwester, hat bereits Kaffee gekocht und den Frühstückstisch gedeckt. Sie sieht so fertig aus, wie ich mich fühle.

„Harte Nacht heute?", frage ich sie mitfühlend.

„Herr Fiedler hat mal wieder vergessen, dass er nicht im

Krieg ist und sich die ganze Nacht unter dem Bett versteckt. Er war nicht aus seinem Schützengraben rauszulocken und deswegen habe ich ihm seine Matratze auf den Boden gelegt. Da ist er um vier Uhr eingeschlafen, mit seiner Bettschüssel auf dem Kopf und dem Besenstiel im Anschlag.

Herr Brummers OP-Wunde hat nachgeblutet, der Assi-Arzt hat es sich schon angeschaut und neu verbunden. Ansonsten war nichts. Mehr hätt ich auch nicht durchgestanden nach acht Nächten. Medis und Infusionen sind hergerichtet, Doku erledigt. Wünsch dir einen ruhigen Sonntag."

Und weg ist sie.

Es ist nicht ungewöhnlich, dass wir am Wochenende alleine im Frühdienst sind. Meist kommen um acht Uhr noch ein bis zwei Schüler oder Pflegehelfer zur Mittelschicht und zum Essenausteilen wurden vor einiger Zeit Servicehelfer eingestellt.

Noch ist es ruhig auf Station. Da am Wochenende in der Regel keine Visiten oder Untersuchungen anstehen, kann ich mir Zeit lassen und muss erst gegen sieben zur ersten Pflegerunde aufbrechen. Der Vormittag verläuft ohne Zwischenfälle und ich habe ausnahmsweise etwas freie Zeit während meiner Schicht, die ich auf Facebook verbringe.

Helmut hat seinen Account ohne irgendwelche Filter eingerichtet, sodass alle sehen können, was er wann, wie und wo macht. Natürlich kontrolliere ich mehrmals täglich seine neuesten Beiträge. Er postet regelmäßig Fotos von sich, meist mit wenig Kleidung. Sein aktuellstes Profilfoto zeigt ihn im Fitnessstudio, oben ohne und in einer grauen Adidashose, die so tief sitzt, dass seine lockigen, schwarzen Schamhaare zu sehen sind. Sein Sixpack glänzt. Im

Hintergrund kann man schemenhaft andere Personen beim Training an verschiedenen Geräten erkennen.

Eine Freundschaftsanfrage habe ich ihm nie geschickt, seine Bilder kann ich auch so bewundern und außerdem will ich keine seiner 1518 Freunde sein. Ich will die eine für ihn sein.

Auf dem Nachhauseweg kaufe ich Kuchen. Die Sonne scheint und ich plane, mit Paula auf dem Balkon rumzuhängen. Vor mir liegt ein entspannter Restnachmittag und am Montag habe ich frei.

Doch schon beim Aufsperren der Haustüre höre ich, dass sie noch nicht alleine ist. Aus dem Bad dringt Wasserrauschen, vermischt mit lautem Keuchen und dem quietschenden Geräusch von nasser Haut auf Glas. Vermutlich ist es immer noch Jens, der sie gerade im Bad beglückt. Zusammen überschwemmen sie wahrscheinlich gerade den Fußboden, was mich aufgrund der Tatsache, dass ich diese Woche Bad-Putzdienst habe, nicht gerade vor Freude jauchzen lässt.

Auch auf Paulas und Jens Hörporno habe ich keine Lust, also ziehe ich die Türe gleich wieder zu und flüchte, um meinen Nachmittag mit mir selbst und den zwei Obstschnitten im Park zu verbringen.

4 Vincent

Ich begrüße die neuen Anwärter und heiße sie in der Zentrale und ihrer Aufgabe willkommen. Dann erkläre ich ihnen den Ablauf und den Inhalt ihrer Ausbildung und mache ihnen klar, dass sie allzeit zuverlässig, loyal und gesetzeskonform ihren Dienst leisten müssen.
Kein Laut ist zu hören, sie stehen stramm und gerade, wie ich es von ihnen erwarte. Nach der Ansprache schicke ich sie zur Kleiderkammer, wo sie sich mit Kadettenuniformen, Bettwäsche und Bauchtaschen ausstatten lassen sollen.

Ausnahmsweise gönnen Alan und ich uns eine Pause. Wir schlendern durch den Park zur Zentrale. Um diese Zeit sind nur wenige Menschen draußen unterwegs. Der Parkpfleger säubert den Kiesweg von heruntergefallenen Blättern. Ein Gärtner schneidet Rosen akkurat auf die vorgeschriebene Höhe. Ich beobachte eine Frau, den prallen Brüsten nach zu urteilen eine Amme, die einen Zwillings-Kinderwagen schiebt.
Neben ihr springt ein etwa dreijähriges Mädchen mit geflochtenen Zöpfen und gepunktetem, rosa Kleidchen einem Schmetterling hinterher. Alan lächelt. Ich vermute, er denkt an Edna, seine Verlobte.

„Du hast die armen Jungs mal wieder ganz schön eingeschüchtert mit deinem dominanten Auftreten."
Ich zucke nur mit den Schultern. Von Kuschelpädagogik halte ich nichts. Jeder macht das, was er am besten kann. Ich kann eben führen. Außerdem sollen die Neuen vom ersten Tag an wissen, wie sie sich zu verhalten haben.
„Wir sind doch nicht im Selbsterfahrungscamp!", erwidere ich deswegen.

Alan lacht und klopft mir auf den Rücken. Damit ist unser Gespräch beendet. Er ist mein bester Freund und ich schätze ihn dafür, dass er es vorbehaltlos akzeptiert, dass ich zuweilen, nein, die meiste Zeit, recht einsilbig bin.

5 Liz

Der Park liegt nur wenige Gehminuten von unserer Wohnung entfernt. Ich bummle durch die Geschäfte in der Fußgängerzone und betrachte Staubsauger, Turnschuhe und Hüte in den Schaufenstern. Es ist bereits Ende September, doch die Luft noch warm, ein kitschiger Spätsommertag wie aus einem schnulzigen Liebesgedicht.

Im Park suche ich mir eine freie Bank, lege den Kopf zurück, schließe die Augen und lasse mir die Sonne ins Gesicht scheinen. Während ich so dasitze, fällt mir mein Traum wieder ein und was Vampir-Helle in dieser Stellung mit mir gemacht hat.

Mir entfährt ein wohliges Stöhnen und mein Körper kribbelt. Wie peinlich. Beschämt sehe ich mich um, ob mich jemand bei meinem unsittlichen Tagtraum beobachtet. Meine Gänsehaut verdecke ich mit den Ärmeln. Ich fühle mich ertappt, wie wenn mich jemand beim Masturbieren in der Öffentlichkeit erwischt hätte. Doch keiner der Menschen im Park nimmt Notiz von mir.

Spaziergänger flanieren an den gepflegten Blumenrabatten vorbei, lachende Kinder rennen Bällen hinterher, ihre Mütter sitzen schwatzend mit anderen Frauen im Gras, während die Männer mit einer Flasche Bier in der Hand den Grill bewachen. Liebespaare liegen umschlungen und selig grinsend auf mitgebrachten Picknickdecken. Große und kleine Hunde tollen mit wedelnden Schwänzen und fliegenden Ohren herum und spielen. Vögel zwitschern in den bereits bunt werdenden Bäumen. Eine Hummel summt mir ins Ohr, die Sonne wärmt meinen Kopf.

Ich komme mir vor wie in einem CSU-Werbefilm, in dem glückliche Menschen mit Dauergrinsen noch glücklicher machende Dinge tun.

In solchen Momenten vermisse ich einen Partner mehr als sonst. Einen Mann, der mich so liebt, wie ich bin, der mit mir händchenhaltend spazieren geht, an den ich mich auf der Bank anlehnen kann, der mich von der Arbeit abholt und mir Kaffee ans Bett bringt.

Alle Menschen um mich herum strahlen, als wenn die Sonne nicht nur auf sie scheinen, sondern sie auch von innen beleuchten würde. Nur ich bin alleine.

Außer mir kann ich nur zwei andere Personen ausmachen, die ohne menschliche oder tierische Begleitung unterwegs sind.

Die eine ist eine alte Frau mit zotteligen, ungekämmten Haaren, die trotz der warmen Temperaturen einen alten abgenutzten Pelzmantel trägt und in den Abfallbehältern nach Pfandflaschen wühlt. Sie erinnert mich unwillkürlich an die Katzenlady bei den Simpsons.

Der andere ist ein Mann Ende vierzig mit einem Strauß roter Tankstellen-Rosen. Er steht am Springbrunnen und hat sich sichtlich herausgeputzt. Sein dunkelgrauer zweireihiger Anzug ist an den Ärmeln zu lang und die schmale silberne Lederkrawatte hat ihn bestimmt schon bei seinem Tanzschulabschlussball geziert. Er wackelt hin und her und blickt alle zehn Sekunden auf die Uhr, das Gesicht vor Aufregung pickelig, die Wangen rotfleckig. Ab und zu wischt er sich seine Hände an der Hose ab.

Nach einer Stunde begreift er, dass die, auf die er wartet, nicht kommt und sackt in sich zusammen, als ob plötzlich alle seine Knochen geschmolzen wären. Gebeugt, mit hängenden Armen und gesenktem Kopf schleicht er davon, die Rosen schleifen dabei auf dem Kies und hinterlassen eine Spur zerfetzter Rosenblätter.

Da wird mir klar, dass auch ich warte. Auf ihn, auf den einen Mann, der auch mich von innen heraus strahlen lässt. Wie, um mich zu verhöhnen, sticht mir eine Wespe in den Daumen, den ich daraufhin zur Kühlung in den Mund stecke.

„Ich hab dir heute Morgen schon gesagt, dass ich darauf stehe, wenn Frauen an ihren Fingern lutschen."

Ich habe nicht bemerkt, dass er sich neben mich gesetzt hat, und starre ihn schweigend an. Ich will nicht wieder etwas ähnlich Intelligentes wie heute vor dem Aufzug sagen. Was macht er eigentlich hier? Wahrscheinlich das gleiche wie ich, beantworte ich mir meine eigene Frage. Nämlich den freien Nachmittag im sonnigen Park verbringen.

„Allerdings steh ich nicht darauf, wenn sie dabei so debil schauen."

Schnell ziehe ich den Daumen aus dem Mund und versuche, undebil zu lächeln.

„Besser. War ruhig heute im Dienst, oder? Bei mir im OP war gar nichts los. Ich hasse Bereitschaftsdienst. Noch dazu, wenn dieser Dr. Dings Dienst hat. Du weißt schon, der neue Anästhesist, der Dicke mit dem ausländischen Namen und der Frisur. Wie heißt er noch gleich?", legt er los.

Seine Stimme ist tief und sexy, zum Dahinschmelzen. Alles, was seinen Mund verlässt, klingt wie ein spannendes Märchen aus 1000 und einer Nacht, nur dass er dabei Scheherazade ist und ich ihn nicht köpfen will. Ich kann mir viel vorstellen, was ich mit ihm anstellen würde, und Köpfen steht definitiv nicht auf der Liste.

Bevor ich ihm vor lauter Anschmachten und Zuhören nur noch Gestammel als Antwort geben kann, antworte ich auf seine Frage von vorhin:

„Popolutidis. Er heißt Dr. Gregori Popolutidis. Er ist Grieche."

Ich muss mich sehr anstrengen, den Namen des Arztes richtig auszusprechen. Um unbeschadet gleichzeitig Schmachten und Sprechen zu können, muss man ein Multitasking- und Sprechgenie sein, was beides nicht zu meinen Talenten gehört.

„Man sitzt den ganzen Tag nur rum und wartet darauf, dass was passiert. Dass es einen schlimmen Unfall auf der A8 gibt oder so was, damit man endlich was zum Operieren hat. Auf welcher Station bist du noch mal?"

„Uro."

Das war, da nur zweisilbig, leichter als die vorige Antwort.

„Ich bin ja erst seit einem halben Jahr im Margarethen." Genauer gesagt seit 157 Tagen. Seitdem bringt er meine Hormone durcheinander.

„Vorher war ich in Ulm im Uniklinikum in der Notaufnahme und davor auf Intensiv. Zwischendrin hab ich noch meine 900-Stunden-Intensivquali und den Wundexperten gemacht. Immer was los auf Intensiv. Und die Notaufnahme erst, ich sag´s dir. Da kommst du nicht mehr zum Sitzen. Und ich, immer am Rennen, Notfälle terminieren, Wunden versorgen, Kotze aufwischen, Angehörige abwimmeln. Die Ärzte haben ja keine Zeit und sind sich zu gut dafür, auch mal richtig anzupacken. Bleibt ja alles an uns hängen. Also, ich hab da schon mehr Ahnung als so ein Jungspund direkt vom Medizinstudium. Bis der in seinem Klinikleitfaden Notfallmedizin nachgeschlagen hat, was er machen muss, wenn das Bein im 90-Grad-Winkel absteht, hab ich schon dreimal geröntgt und gegipst."

Ich war nie so ambitioniert, mich weiter zu qualifizieren. Mit meinem profanen Krankenschwester-Dasein bin ich schon genug beschäftigt.

„Und wofür das alles? Für den scheiß Hungerlohn, während die tollen Ärzte sich einen goldenen Arsch verdienen? Dann lieber Margarethen, da gibt's wenigstens noch AVR-Verträge und Überstundenausgleich. Und wenn ich 40 werde, krieg ich noch einen zusätzlichen Urlaubstag. Wie geil ist das denn?"

Das weiß ich nicht, ich bin noch nicht 40.

„Auf Uro ist das alles ja eh anders. Da sind die Leute oft gar nicht so richtig krank. Obwohl, so eine Hodentorsion tut bestimmt schweineweh. Ich hatte mal so extrem geschwollene Hoden, weil ich beim Sex im Auto zu wild gewesen war und dabei volle Kanne an den Schaltknüppel gestoßen bin. Hat drei Wochen gedauert, bis ich wieder ohne Schmerzen pissen und onanieren konnte. Geschweige denn ficken.

Eine Woche musste ich im Krankenhaus bleiben. Ist ziemlich lange her und war auch nicht im Margarethen. Da hab ich noch in Köln gewohnt bei meinen Eltern. Die durften nicht wissen, dass ich eine Freundin hab und deswegen mussten wir immer ins Auto, BMW, Fünfer, in Silbermetallic. Hat alles mitgemacht die Schnecke. Dabei waren wir beide erst 18."

Ich hoffe für ihn, dass seine Hoden vollständig geheilt sind.

„Das eine Ei ist seitdem tot. Kann keine Spermis mehr produzieren. Schon eine komische Vorstellung, was Totes mit rumzutragen. Aber besser als ganz ohne Ei, oder? Sie hatten's mir angeboten, aber so einen leeren Sack oder sogar ganz weg, das hab ich nicht gepackt. Dann lieber so."

So viel zu meiner Hoffnung auf ein unversehrtes Skrotum. Doch offenbar hadert er nicht wirklich damit.

„Kann ja immer noch Kinder machen, sagt der Doc. Mit dem anderen halt. Nicht, dass ich jetzt welche möchte, Gott bewahre, so eine Plage tu ich mir nicht an und was die so kosten ihr ganzes Leben lang. 120 000 Euro, hab ich mal gelesen, kostet so ein Kind, bis es 18 ist. Da kann ich aber oft dafür in den Puff gehen!", wiehert er dreckig.

Keine Ahnung, wie er das mit dem Puff meint. Er hat es doch bestimmt nicht nötig, für Frauen zu bezahlen. Ich zumindest würde es jederzeit völlig kostenlos mit ihm tun. Bei der Vorstellung fällt es mir schwer, ihm weiter zuzuhören, was ihn aber wohl auch nicht stört, denn er redet einfach weiter.

„Jeden Tag musste dann so eine Salbe drauf, die hat vielleicht gebrannt. Und die Farben, die mein Sack so hatte. Zuerst Blau und dann Gelb. Und dick, dass ich in keine Hose mehr gepasst hab. Die Schwestern haben mir jeden Tag ein Hodenbänkchen und Kühlakkus gebracht. Die waren aber nicht so scharf wie du."

Er findet mich scharf? Hat er mir gerade ein Kompliment gemacht? Oder findet er mich lediglich schärfer als einen Kühlakku?

„Ich dich auch."

„Was, du mich auch?"

Er sieht mich fragend an.

Habe ich das eben laut gesagt? Dass ich ihn auch scharf finde? Was es eigentlich nicht trifft, denn ich finde ihn mehr als scharf. Er ist die Erfüllung all meiner Fantasien, Eric Northman, Edward Cullen und Damon Salvatore in einer Person vereinigt, nur in echt und ohne Vampirzähne.

„So was muss ich auch jeden Tag machen, meinte ich."

„Stimmt ja, Uro-Schwester. Auf jeden Fall waren die Schwestern da echt unsexy, so welche vom alten Schlag und dazwischen ein paar vertrocknete Diakonissen. Machen die wahrscheinlich absichtlich so, um Schmerzmittel zu sparen. Wenn da lauter so Schwestern mit solchen Titten wie du reinkommen und am Schwanz rummachen würden, dann hätten ja alle Patienten ständig einen Dauerständer. Und das tut noch mehr weh als geschwollene

Hoden, das kannst du mir glauben!"
Noch ein Kompliment?
„Ich hatte mal einen. 23 Stunden lang. Zu viel gekokst früher mal. Jetzt nicht mehr. Keine Lust, so viel Geld auszugeben. Der Schlüssel vom Giftschrank reicht uns ja!"
Er stößt mir seinen Ellbogen in die Seite, was mich nicht nur aus Schmerz zusammenzucken lässt. Allein durch diese kleine Berührung setzt mein Herz beinahe aus und ich muss mich auf meine Atmung konzentrieren, um nicht zu hyperventilieren. Würde man in diesem Moment ein Pulsmessgerät an mich anschhließen, würde es Tachykard-Alarm auslösen.
„Funktional ist gar nichts geblieben. Steht alles und leistet bestens seinen Dienst wie 'ne Eins. Aber Autos lass ich jetzt lieber sein. Außer sie haben einen großen Kofferraum."
Er grinst. Schon allein der Gedanke an Sex mit ihm, egal ob im Auto oder irgendwo anders, erregt mich auf eine Weise, die für einen Sonntagnachmittag im Park völlig unpassend ist.
„Meine Mitbewohnerin fährt einen alten Nissan Urvan. Er heißt Erwin. Ich fahre bloß Straßenbahn."
Was rede ich da eigentlich schon wieder für Blödsinn?
„Aha. Ich geh dann mal. War nett mit dir zu quatschen. Tschau, du."

Erregt und aufgewühlt lässt er mich in seiner Testosteronwolke sitzen und geht. Bis sich meine Vitalzeichen einigermaßen beruhigen, kann ich nichts anderes tun, als ihm hinterherzuschauen, wie er, mit sexy wiegendem John-Wayne-Schritt, die Hände tief in den Hosentaschen vergraben, Richtung Innenstadt entschwindet.
Alles an ihm ist männlich. Sein Gang, seine Stimme, sein kantiges Gesicht, seine großen Hände, denen man ansieht,

dass sie fest zupacken, aber auch sanft streicheln können. Hände von Pflegern sind wegen des vielen Waschens und Desinfizierens oft rissig und rau. Helmut cremt seine Hände aber offensichtlich regelmäßig, sodass seine Haut weich bleibt. Im Pflegebericht wären seine Hände als „Haut intakt" zu beschreiben.

Nicht dass ich wüsste, wie sie sich in echt anfühlen. Ich kann es mir aber genau vorstellen, was seine Finger und seine gepflegten Hände alles mit mir, auf mir und in mir anstellen können. Er strahlt eine so natürliche Männlichkeit aus und trägt diese so selbstverständlich zur Schau, wie es nur echte Alphamännchen können.

So sitze ich auf der Bank, bis mir mein Hintern weh tut.

6 Vincent

Vor der abendlichen Dienstablösung stehen unangekündigte Wachenkontrollen an. Alan, nicht nur mein Freund, sondern auch Stellvertreter und engster Vertrauter, begleitet mich bei meinen Rundgängen. Kalen, der sich gleich zu Beginn seines Dienstes als Jungwächter für die Aufsicht vor dem Maschinenraum beworben hat, salutiert, als wir auf ihn zugehen.

„Anführer Vincent, Stellvertreter Alan", grüßt er förmlich.

Er räuspert sich fortwährend, seine Augen rucken immer wieder zum Maschinenraum. Ich informiere ihn über die Inspektion und ordne an, zur Seite zu treten. Dem kommt er nur zögerlich nach. Alan überprüft zwischenzeitlich Kalens Dokumentationen.

Von außen scheint alles ruhig zu sein, das Scannerlicht leuchtet grün, was bedeutet, dass sich niemand im wichtigsten Raum der Zentrale befindet. Trotzdem öffne ich das Schloss mit meiner Identitätskarte. Im Vorraum prüfe ich am Wandpad, ob Kalen seinen halbstündlichen Rundgang vorschriftsmäßig ausgeführt hat. Die Tür zum Hauptraum ist mit einem kleinen gläsernen Sichtfenster versehen. Als ich hindurchblicke, entdecke ich zwei Männer, die sich an der Sprungeinheit zu schaffen machen.

Der eine ist um die 55 Jahre alt, etwa 1,80 Meter groß. Er wirkt gesund, mit grauen Haaren, Halbglatze und Vollbart. Seine Kleidung ist gänzlich schwarz.

Der andere ist jünger, ich schätze ihn auf 25, und von kleinerer Statur, die Haare braun und ungepflegt, nackenlang. Auch er ist komplett schwarz verhüllt.

Der Zustand der Kleidung und das allgemeine Aussehen lassen darauf schließen, dass beide Personen weniger als Status 5 aufweisen. Sie dürfen nicht hier sein, der Eintrittsscanner hätte ein Signal zum unerlaubten Betreten auslösen müssen. Oder jemand, vermutlich Kalen, hat ihnen geholfen.

Ich notiere mir im Kopf, die Geräte auf ihre Funktionstüchtigkeit checken zu lassen und den Diensthabenden im Auge zu behalten.

Dann hole ich Alan zur Verstärkung und betätige den Navialarm. Gerade als wir den Hauptraum betreten, zieht der Jüngere eine große Felsenratte aus seiner Schultertasche und setzt sie vor sich auf den Tisch. Das Tier blickt mit weit aufgerissenen Augen hektisch um sich. Offensichtlich sucht es nach einer Fluchtmöglichkeit. Es trägt ein ledernes Halsband, an dem ein Sender wie der meine befestigt ist. Der ältere Mann drückt den Auslöseknopf und im nächsten Augenblick ist die Felsenratte verschwunden.

7 Liz

Mein Handy klingelt.

„Wo bist du denn? Du hattest doch Frühdienst und wolltest Kuchen mitbringen. Warum bist du nicht heimgekommen?"

Typisch Paula. Zuerst ignorieren, dass und wann ich nach Hause komme, und dann vorwurfsvoll die Verlassene spielen.

„Ich bin im Park. Ich war schon zu Hause. Ich hatte nur keine Lust, dir und deinem neuen Lover zuzuhören, wie ihr zusammen duscht und wer weiß was noch macht."

Sie geht nicht darauf ein, sondern seufzt nur verträumt.

„Helmut hat sich heute mit mir unterhalten. Zweimal sogar."

„Dann komm heim und erzähl's mir. Ich schenk uns schon mal Hugo ein."

Wenn Paula wüsste, wie kurz ich wirklich jedes Mal davor bin, zu kommen, wenn ich an Helmut denke.

Vor unserer Haustüre versuche ich, den Kuchen einhändig zu balancieren, damit ich den Schlüsselbund aus der Hosentasche fischen kann. Doch der hat sich verhakt. Beim ruckartigen Herausziehen gerate ich ins Wanken und das Gebäck landet mit einem grotesken Platschen auf dem Bürgersteig.

Plötzlich taucht aus dem Nichts ein schwarzes, rattenähnliches Tier auf und liegt rücklings, mit strampelnden Beinchen vor mir. Es glotzt mich mit seinen Basedowaugen an, rappelt sich aber blitzschnell auf, schüttelt sich kurz, schnappt sich die Kuchenverpackung und verschwindet mit ihr hinter der nächsten Ecke.

Ich habe das Tier nicht kommen sehen, es ist vielmehr, als ob es sich wie bei einem Zaubertrick auf einmal vor mir materialisiert hätte. Nur ohne Ploppen und Sternchen. Und ohne Zylinder. Seltsamerweise trägt es ein blinkendes Halsband, also muss es das Haustier von jemandem sein. Allerdings habe ich noch nie eine Ratte in so einer Größe gesehen. Weder frei lebend noch gezüchtet und schon gar nicht in Schwarz und einem flauschigen, dichten Fell wie das eines Maulwurfs. Vielleicht ist es auch ein entlaufenes Frettchen oder ein Marder, aber dafür ist der Schwanz zu kurz.

Ich trauere kurz um den Kuchen, mache mir aber weiter keine Gedanken um das eben passierte, sondern gehe endlich in die Wohnung.

„Du musst in die Pötte kommen, Elisabeth Schneitinger!", ruft Paula empört, nachdem ich ihr alles erzählt habe, den Traum, die Begegnung vor dem Aufzug, unser Zusammentreffen im Park. Wir sitzen auf der Couch, Paula hat ihre Beine verschränkt auf dem Tischchen abgelegt und wedelt so wild mit ihrem Hugoglas herum, dass ich befürchte, sie schüttet den Inhalt auf unsere Kissen.

„Wie lange schmachtest du ihn von der Ferne aus an? Sechs Monate? Der Mann lässt bestimmt nichts anbrennen, wenn er wirklich so aussieht, wie du ihn beschreibst. Der wartet nicht auf dich. Du musst schon selbst aktiv werden, wenn das dieses Jahrtausend noch was werden soll mit euch. Oder willst du als alte Jungfer sterben?"

„Du weißt, dass ich schon Sex hatte und allein medizinisch gesehen gar keine Jungfrau mehr sein kann."

„Darum geht's doch gar nicht! Du bist 31 und dein Sexleben ist das einer 60-Jährigen."

„Es ist ja nicht so, dass ich es nicht vermisse. Ich mag nur nicht mit jedem ins Bett, so wie ..."

Ich beiße mir auf die Lippen und nehme einen großen Schluck Hugo.

„So wie ich, meinst du. Ich weiß selbst, wie mein Leben ist. Aber zumindest habe ich Sex. Und sehr guten noch dazu. Du hättest den Typen mal sehen sollen! Ein Traum, gut bestückt, groß und breitschultrig und er konnte sogar reden. Und im Bett ist er großartig!"

Sie hält ihre Hände in einem beträchtlichen Abstand auseinander. Da ich Jens bereits kennen gelernt habe, weiß ich, dass sie maßlos übertreibt.

„Paula, so viele Informationen brauche ich gar nicht. Außerdem habe ich ihn heute früh gesehen. Er ist ins Bad zum Pinkeln gekommen, als ich gerade geduscht habe. Und er heißt übrigens Jens."

Paula winkt ab und füllt ihr Glas bis zum Rand mit frischem Hugo.

„Ist mir doch egal, wie er heißt. Wir haben ja nicht mal unsere Telefonnummern getauscht. Für was auch?"

Sie zuckt mit den Schultern und schlürft mit gespitzten Lippen den Alkohol.

„Du kannst auf jeden Fall nicht immer nur dasitzen und von diesem Helmut träumen und darauf warten, dass er dich wahrnimmt."

„Schimpf nicht mit mir. Ich kann nicht losziehen und einen Mann aufreißen. Ich will mich unterhalten und ich will, dass er mich mag und dass ich mir dessen sicher bin, bevor ich mit ihm schlafe."

„So wie du über ihn redest und wie du dabei schaust, würdest du lieber ganz andere Sachen mit ihm machen, als reden. Wenn man schon so einen blöden Namen hat, muss man andere Qualitäten entwickeln, die das wieder aufwiegen, und offensichtlich hat er einige davon."

Beim Umsetzen stößt sie mit ihren Füßen mein Glas um. Doch statt einen Lappen zu holen, nimmt sie den Zipfel ihres Shirts zum Aufwischen, bevor sie sich wieder mir zuwendet.

„Ja, ich würde wirklich gerne mehr mit ihm anstellen, als reden", bestätige ich.

„Ficken zum Beispiel?"

„Warum musst du immer solche Worte sagen. Noch nie was von Romantik gehört? Helmut kann sich wahrscheinlich eh vor Angeboten kaum retten. Was soll er dann mit mir?"

„Schatz, fang nicht wieder damit an. Bis jetzt hattest du doch auch keine Probleme mit Männern. Was ist nur los mit dir? Seit Helmut mutierst du zu einem richtigen Hascherl. Außerdem weißt du genau, dass du toll aussiehst. Und deine Oberweite heute …"

Nicht auch noch Paula. Das ganze Aussehenthema nervt mich unsäglich.

„Ich bin ein Meter fünfzig groß. Ich bin ein Zwerg mit viel zu großen Brüsten. Wäre ich ein Gartenzwerg, würde ich nach vorne umfallen. Ich trage seit den Neunzigern die gleiche praktische Kurzhaarfrisur, weil ich zu faul bin, mir die Haare zu machen, bevor ich zum Frühdienst gehe."

Zur Verdeutlichung fahre ich mit meinen Fingern durch meine Haare und verstrubble meine nicht vorhandene Frisur.

„Na und? Männer stehen auf kleine Frauen. Außerdem hast du Augen, die jedes Reh neidisch machen. Jeder Mann, der dich sieht, springt sofort auf dein Kindchenschema an und würde dich am liebsten an sich ziehen, wegtragen und vor der bösen Welt und wilden Mammuts beschützen.

Und deine Haare sind so gesund und glänzend wie aus einer Shampoo-Werbung. Du bist eine der wenigen Frauen, die mit kurzen Haaren nicht aussieht wie eine Kampflesbe, sondern sexy.

Du hast schlanke Beine, die du übrigens auch zeigen solltest. Und du bist klug und belesen. Du hättest studieren können. Aber weil du nicht nur klug bist, sondern auch eine soziale Ader hast, bist du Krankenschwester geworden."

Sie verzieht das Gesicht, als sie merkt, wie klebrig der Tisch vom nicht ganz aufgewischten Hugo ist, steht aber immer noch nicht auf. Also erbarme ich mich und hole einen Schwamm aus der Küche.

„Ich brauche keinen Mann, der einen Säbelzahntiger mit bloßen Händen erwürgen könnte", informiere ich sie beim Putzen. „die laufen hier nämlich nicht so oft herum. Ich mag einen Mann, an den ich mich anlehnen kann, ohne dass er umfällt, was auf Grund meiner Größe selten Probleme macht. Er soll aber auch selbstständig sein und ein eigenes Leben haben und meines respektieren und mich achten. Ich weiß nicht, ob Helmut ein Mammut jagen könnte, er hat sich in meiner Gegenwart bis jetzt relativ zivilisiert benommen."

„Jede Frau wünscht sich einen Mann, der sie beschützen kann. Du bist keine Ausnahme, auch wenn du es nicht zugeben willst. Frauen wollen richtige Männer und keine zum Reden und Kuscheln. Das ist immer nur angenehmes Beiwerk und auf die Dauer eh langweilig. Du könntest jeden haben, so wie du aussiehst", übergeht sie meine Einwände.

„Stattdessen himmelst du einen Kollegen an, von dem du nicht mehr als seinen Namen und seine Qualifikation weißt und seit heute auch, dass er ein totes Ei hat. Und du putzt Altmännerärsche, statt endlich loszuziehen und das Leben und Helmut zu erobern! Es gibt ein echtes Leben außerhalb deiner Liebesgeschichten und kuriosen Träume."

Eigentlich will ich nicht weiter darüber reden, wie erbärmlich mein Verhalten ist. Schließlich weiß ich selbst, dass ich durch Helmut ziemlich neben der Spur bin.

„Das ist schön, dass du das alles über mich denkst. Aber das ist nicht so einfach. Ich weiß nicht, wie man einen Mann erobert. Ich weiß ja nicht mal, was ich sagen soll, wenn Helmut da ist. Es ist, als ob sein Testosteron mein Hirn ausschaltet und mein Denken und Sprechen lähmt. Ich kann doch sonst auch mit Männern reden. Aber er wirkt auf mich wie ein Narkotikum oder eine Droge, und ich kann nur noch dümmlich grinsen und ihn anstarren. Wenn er weg ist, ärgere ich mich über mich selbst, dass ich nichts von dem gemacht habe, was Frauen so machen, um einen Mann zu beeindrucken."

Ich nippe an meinem Glas.

„Und dass er meine Brüste gut findet, ist ja nicht mal mein Verdienst, sondern weil meine Gene und heute auch noch meine Hormone mich mit diesen Dingern ausgestattet haben. Was soll ich nur machen? Wenn ich ihn sehe, dann kribbelt mein ganzer Körper und mein Herz schlägt total schnell und meine Beine zittern wie aus Gummi. Ich glaube, ich liebe ihn!"

Ich fange an zu weinen.

„Von Liebe zu reden wäre ein bisschen übereilt, oder? Dazu braucht es schon mehr als einen Knackarsch. Aber es ist offensichtlich, dass du scharf auf ihn bist. Er hat dir ein Kompliment gemacht. Also findet er auch nicht, dass du hässlich oder abstoßend oder blöd oder unsexy bist. Und das ist doch schon ein Anfang."

Sie zieht mich in eine Beste-Freundin-Umarmung und streichelt meinen Kopf, während ich jämmerlich schluchze und ihre Bluse nass weine.

„Du hast doch morgen frei. Ich weiß, du magst keine Discos, aber du musst dringend mal unter Menschen. Unter normale, gesunde Menschen."

Ich will nicht unter irgendwelche Menschen, nur unter ihn. Aber ich weiß, dass es keinen Sinn hatte, zu widersprechen, und lasse zu, dass Paula mich in ihr Schlafzimmer führt und mich aufs Bett setzt, das immer noch dezent nach Sex riecht.

Ob sie wohl jedes Mal ihr Bett überzieht, wenn wieder einmal ein anderer Mann darin gelegen hat? Vor sich hin murmelnd wühlt sie sich durch ihren Kleiderschrank und hält schließlich ein curryfarbenes Kleid wie eine Trophäe hoch.

„Das Kleid wird perfekt an dir und zu deinen braunen Haaren aussehen! Hast du noch die schwarzen High Heels, die wir im Schlussverkauf für dich ergattert haben? Die wirst du heute anziehen."

Ja, die Schuhe, in denen ich nicht laufen kann, ohne mich irgendwo festzuhalten. Turnschuhe sind mir lieber, passen aber nicht zum Kleid.

„Und dazu bekommst du von mir passendes Make-up. Die Männer werden Schlange stehen."

Paula blinzelt mir verschwörerisch zu.

„Was für eine Unterhose trägst du? Du brauchst natürlich einen String. Ich will nicht, dass sich irgendwelche Bündchen abzeichnen. Am besten gehst du ganz ohne Unterwäsche. Und wann hast du das letzte Mal deine Beine rasiert?"

„Selbstverständlich werde ich eine Unterhose anziehen!", widerspreche ich.

„Sonst ist ja die Blasenentzündung vorprogrammiert."

„Du bist ein hoffnungsloser Fall, Schatz", seufzt sie, fängt sich jedoch schnell wieder.

Sie ist ganz in ihrem Element und hüpft zwischen Schrank, Bett und Spiegel hin und her. Ich bin jetzt schon zum Umfallen müde, doch ich kenne Paula gut genug, um zu wissen, dass Jammern nichts hilft. Also ergebe ich mich der Situation, lasse mich wie eine Puppe in das Kleid stopfen und schminken.

Ich benutze selten Make-up und fühle mich deswegen clownartig angemalt. Fehlt nur noch die rote Nase.

Paula versichert mir aber, dass ich gut aussehe, und verströmt so viel Energie, dass ich mich beinahe auf den Abend freue.

8 Liz

Hand in Hand betreten wir das PAM. Genauer gesagt zieht Paula mich hinter sich her wie einen Hund zum Tierarzt. Wir sind beide schon über 30 und ich fühle mich alt zwischen den ganzen Küken in der Schlange.

Die meisten sind so jung, dass ich bezweifele, ob sie überhaupt länger als bis Mitternacht bleiben dürfen. Vielleicht sollten wir in Zukunft lieber auf Ü-30-Partys gehen. Auch drinnen fühle ich mich dermaßen deplatziert, ich muss mich an Paula festklammern, damit ich nicht sofort wieder umdrehe.

Alle versprühen so gute Stimmung und platzen vor Spaß. Alles wirkt einstudiert und inszeniert, dass ich mir vorkomme wie in einem Drehset für einen Highschool-Musical-Film. So viel fremde Fröhlichkeit lähmt mich.

Der Türsteher hat uns ohne Diskussion mit einem anerkennenden Nicken reingelassen. Er ist nicht der Einzige, der uns hinterherstiert. Dass wir Händchen halten, stimuliert die Fantasien der Männer offenbar sehr.

Noch nie hatte ich so viele männliche Blicke auf mir, Blicke, in denen eindeutig zu lesen ist, dass sie sich von mir nicht Blutdruck messen oder ein Klistier wünschen, außer sie sind pervers.

Im Hauptraum angekommen stürmt Paula sofort die Tanzfläche. Ich sehe ihr zu und verschanze mich an der Bar, wo ich anfange, mich mit Gin Tonic zu betrinken.

Zwischen verschwitzten, fremden Leibern zu tanzen, gehört nicht gerade zu meinen Lieblingsbeschäftigungen, was viel damit zu tun hat, dass ich meist nur verschwitzte Achselhöhlen auf Höhe meines Gesichts habe.

„Ich brauche eine Pause", schreit mir Paula ins Ohr, als sie atemlos, aber grinsend, von der Tanzfläche zurückkommt. In solchen Momenten frage ich mich, ob sie jemals in ihrem wirklichen Alter ankommen wird.

„Ich habe Durst."

Sie bestellt sich ein Corona, das sie in einem Zug austrinkt, und anschließend laut rülpst. Ich nippe betreten an meinem dritten Cocktail und wünsche mich nach Hause.

„Schau mal, der Typ da drüben glotzt dich die ganze Zeit an", zischt mir Paula ins Ohr und zeigt in Richtung Lounge.

In Paulas Abwesenheit bin ich von mindestens zehn Typen jeglichen Alters und Aussehens angebaggert worden, die sich alle jedoch vorwiegend mit meinem Dekolleté unterhalten wollten, sich dabei am Sack kratzten und Sprüche ausgruben, von denen sie dachten, dass Frauen sie toll fanden.

Ich kenne allerdings niemanden über 15, der dahinschmilzt, wenn ein Mann ihnen sagt, dass ihre Augen gefallene Sterne seien oder ähnlich Schmalziges. Deswegen habe ich wenig Lust auf noch mehr Primitivlinge. Trotzdem folge ich ihrem Finger mit meinem Blick und ersticke vor Husten fast an meinem letzten Schluck Gin Tonic.

An eine Säule gelehnt, lässig die Arme vor der Brust verschränkt und finster dreinblickend, steht er. Er trägt ein graues, ausgewaschenes Metallica-Shirt mit abgeschnittenen Ärmeln, das seinen definierten Bizeps deutlich betont, dazu eine enge Jeans und halbhohe Cowboystiefel. Die Arme sind bedeckt mit Tribal-Tatoos.

Seine etwas zu langen, welligen, schwarzen Haare sind nicht wie sonst von einer OP-Haube verdeckt, sondern umrahmen sein Gesicht und verleihen ihm eine wilde, verwegene Aura. Ein Mann, der sich seines guten Aussehens und seiner Wirkung voll bewusst ist. Alle Frauen im Klub drehen sich zu ihm um und tuscheln über ihn.

„Das ist Helmut!", japse ich.

Er darf natürlich gerne zu mir kommen und mir Schmalziges zuflüstern. Von mir aus kann er dabei auch meine Brüste anstarren.

„Wow, ist der heiß! Kein Wunder, dass der dir nachts feuchte Träume beschert. Wenn er nicht deiner wäre, würde ich ihn mir glatt mit nach Hause nehmen", bestätigt meine männererfahrene Freundin.

„Untersteh dich! Was soll ich denn jetzt machen? Sag bloß nicht, ich soll zu ihm rübergehen."

Ich merke, wie das Adrenalin durch meine Adern strömt, wie sich mein Puls beschleunigt und sich meine Haut rötet. Mein Mund wird immer trockener und ich lecke mir über die Lippen, um sie zu befeuchten.

Solche Probleme kannte ich mit Männern bis jetzt nicht. Meine bisherigen Beziehungen fingen alle zwar unspektakulär, aber dafür relativ unkompliziert an.

Man lernte sich irgendwo kennen, kam ins Gespräch, verabredete sich und beschloss irgendwann, sich zu küssen. Allerdings hatte mich keiner dieser Männer zum Sabbern gebracht und meinen Verstand derart ausgeschaltet wie Helmut. Eigentlich bin ich nicht schüchtern. Ich halte nur wenig von Small Talk, was andere oft als Schüchternheit auslegen, wenn ich schweige, während alle anderen plappern.

Ich kann in der Regel ohne Probleme auf Fremde zugehen. Wäre es anders, könnte ich meine Arbeit auch nicht erledigen. Aber in Helmuts Nähe versagen alle gesellschaftlichen Kommunikationskonventionen und nichts ist mehr normal. Ich weiß weder, was ich sagen soll, noch habe ich meine Miene oder meinen hormonüberfluteten Körper unter Kontrolle.

„Nein, du gehst natürlich nicht rüber. Du zeigst ihm, dass du ihn registriert hast, und dann tust du so, als ob er dich nicht weiter interessiert."

Leicht gesagt. Wie kann ich so tun, als ob er mich nicht interessiert, wenn ich ihn am liebsten anspringen würde?

„Männer sind Neandertaler. Sie müssen das Gefühl haben, dass sie den aktiven Part haben und dich über die Schulter werfen und in ihre Höhle tragen, um dich zu begatten", erinnert mich Paula.

Die Vorstellung gefällt mir. Alle Ideale, alles „Ich will einen Mann zum Reden" sind auf der Stelle vergessen. Ich will ihn, als Mann. Na ja, vor allem will ich schnellstmöglich seinen Körper.

„Natürlich haben wir Frauen trotzdem zu jeder Zeit die Situation im Griff und bestimmen, wann welcher Schritt getan wird", belehrt sie mich weiter.

Im Moment will ich nur, dass er mich unter Kontrolle hat.

„Du musst nichts weiter tun, als dich so hinzusetzen, dass er deine Brüste sehen kann. Du hast keine langen Haare, mit denen du spielen kannst, also brauchst du einen Strohhalm. Dann sitz einfach da, unterhalte dich mit mir, spiel mit deinem Strohhalm, steck ihn ab und zu in den Mund und saug daran. Er wird herkommen. Und rutsch nicht so auf deinem Barhocker herum."

Also raffe ich meinen letzten Rest Selbstbeherrschung und Würde zusammen und befolge Paulas Anweisung.

„Ich weiß noch was ganz anderes, was du gerne mal anknabbern darfst."

Aus dem Augenwinkel bemerke ich Paula befriedigt grinsen. Ich drehe mich betont langsam zu ihm und tue genervt.

„Jedes Mal, wenn ich dich sehe, siehst du schärfer aus."

Ich lege den Kopf ein wenig schief und senke leicht meine Lider, wie ich es bereits unzählige Male bei anderen

Frauen beobachtet und bisher immer affig gefunden habe.

„Lass uns tanzen", raunt er mir ins Ohr.

Der Lufthauch verursacht eine Gänsehaut auf meinem Körper. Vor allem eine Stelle wird besonders gut durchblutet und pocht heftig. Sein Atem riecht leicht nach Tequila.

Wie gerne ich ihn küssen würde. Paula sieht mir meine Anspannung wohl an, denn sie schüttelt kaum merklich den Kopf und macht eine beschwichtigende Geste.

Helmut greift meinen Arm und zieht mich auf die Tanzfläche. Will man beim Höhlenmensch-Vergleich bleiben, könnte man auch sagen, er wirft mich über die Schulter und trägt mich in seine Höhle. Sein Tanzstil gleicht einem primitiven Stampftanz, wie ihn Männer in manchen Stämmen als Initiationsritus aufführen, oder dem Balztanz von Auerhähnen. Meine Tante Edda hat mir als Jugendliche einmal erklärt, dass man sich vor Männern, die tanzen können, in Acht nehmen solle. „Männer, die gut tanzen können, sind egoistische Liebhaber!"

Den Zusammenhang dieser beiden Eigenschaften hat sie mir zwar verschwiegen, ich bin aber nur zu bereit, ihr heute einmal zu glauben. Schließlich kann Helmut nicht in allem perfekt sein. Und wenn er so gut im Bett ist wie schlecht er tanzen kann, ...

Das nächste Lied ist langsamer und ruckartig presst er mich an sich. Vorsichtig lasse ich meine Wange an seine Brust sinken. Er ist mehr als einen Kopf größer als ich und ich schmiege mich an ihn, in seine starken Arme. Ja, an ihn kann man sich ohne Zweifel anlehnen. Seine Hände liegen auf meinem Rücken. Je länger das Lied dauert, umso weiter wandern sie nach unten, bis sie auf meinem Po stoppen. Er drückt mich noch fester an seine Hüften und wir wiegen uns zum Rhythmus der Musik.

Im Engtanzen hat er etwas mehr Talent. Ich genieße seine warmen Hände, die ab und zu leicht meinen Hintern kneten, bin aber froh, dass er mich wegen der Lautstärke nicht hören kann, da ich immer wieder wohlig stöhne.

Auf einmal spüre ich etwas Hartes an meiner Hüfte. Offenbar lässt ihn unser Tanz auch nicht kalt. Dann fängt die Härte an zu vibrieren. Er löst sich von mir, greift in seine Hosentasche und holt ein Handy heraus. Mit verärgertem Blick liest er die eingegangene SMS.

„Sorry", knurrt er. „Ich hab Bereitschaftsdienst. Eine Notfall-OP. Ich muss los."

Er betatscht noch einmal meine rechte Pobacke, legt sein Kinn auf meinen Kopf und lässt mich schließlich los.

Animalisch brummend stapft er davon. Ich spüre immer noch die Hitze seiner Hände auf meinem Körper und kann mich nicht bewegen. Die anderen Tanzenden rempeln mich an und stoßen mich fast um.

„Wo ist er hin?", fragt mich Paula, als sie mich aus der Menge befreit und an die frische Luft befördert hat.

„Bereitschaftsdienst. Er musste in den OP", stammle ich.

Paula winkt einem vorbeifahrenden Taxi. Sie stopft mich in den Innenraum des Wagens und gleitet dann neben mich auf den Sitz.

„Der Typ war sichtlich scharf auf dich. Er hätte dir fast auf der Tanzfläche dein Kleid runtergerissen. Du hättest mal sehen sollen, wie er dich angeschaut hat. Als ob du ein Riesenburger auf High Heels wärst. Ich glaube, er musste sich extrem zusammenreißen, seine Hände auf deinem Po liegen zu lassen und sie dir nicht noch von hinten in die Muschi zu schieben. Ich bin schon beim Zuschauen ganz wuschig geworden."

Manchmal, nein eigentlich immer, ist mir Paula zu direkt. Ich freue mich zwar über den Inhalt dessen, was sie mir gerade erzählt, die Worte finde ich aber doch zu derb.

Ich bin einerseits hundemüde und würde mich am liebsten im Taxi zusammenrollen, um sofort einzuschlafen. Andererseits bin ich so aufgewühlt, dass an Ruhe nicht zu denken ist.

Jedes Mal, wenn mir die Augen zufallen, sehe ich Helmuts Gesicht, seinen hungrigen Blick, spüre seinen warmen Atem, der meine Lider bei jedem Atemzug streift, seine starke Brust, an die man sich so gut kuscheln kann, und an das Gefühl seiner Hände auf meinem Po.

„Gott sei Dank sind wir gleich zu Hause", schnaubt Paula neben mir. „Diesen Blick und dein seliges Grinsen halte ich nämlich nicht länger aus."

„Ich muss von dir ganz andere Sachen aushalten. Die Wände in unserer Wohnung sind nämlich ziemlich dünn. Und wie oft muss ich dich ertragen, wenn du mit einem dümmlichen Grinsen aus dem Zimmer kommst? Also lass mir wenigstens diese kleine Freude", motze ich.

„So wie Helmut aussieht und so wie seine Jeans im Schritt gespannt hat, wäre es wohl eine Beleidigung, ihn als kleine Freude zu bezeichnen."

Ich schwelge immer noch so in Helmuts Anblick und den Erinnerungen an seine Berührungen, dass ich Paulas zweideutigen Spruch leichter als sonst ignorieren kann.

Zurück in unserer Wohnung schaffe ich es gerade noch, das Kleid und die Schuhe abzuschütteln und mich aufs Bett fallen zu lassen. Mein letzter Gedanke ist, dass ich am nächsten Morgen zwar ausschlafen, aber Helmut deswegen nicht sehen kann.

9 Liz

"Liz, Telefon! Wach auf! Elisabeth Schneitinger! Komm sofort ans Telefon!"

Ein lautes Poltern an meiner Zimmertüre reißt mich aus meinem Traum-Liebesakt mit Helmut und es dauert eine Weile, bis ich merke, dass das Klopfen nicht zum Traum gehört.

Wir haben es nach stundenlangem Tanzen auf der Männertoilette der Disco getrieben, im Stehen, ich habe mich wie ein Äffchen an ihn geklammert und er hat mich an die kalten Fliesen gepresst und mich hart genommen. Ich keuche immer noch und ziehe seufzend die Hand, die sich im Schlaf dorthin geschlichen hat, aus meiner Unterhose.

"Ja, gleich!", rufe ich Paula zu und setze mich im Bett auf.

Zwischen meinen Beinen pocht es und am liebsten würde ich im Bett bleiben, damit ich allein zu Ende bringen kann, was Helmut und ich im Traum nicht mehr hatten tun können.

Doch Paula ist unerbittlich und hämmert gnadenlos an meine Türe. Also schleppe ich mich in die Küche, wo meine, nur mit einem T-Shirt bekleidete Mitbewohnerin, schon auf mich wartet und mir genervt den Hörer hinstreckt.

"Hast du das Klingeln nicht gehört?", faucht sie.

Sie ist sauer und verschwindet türenknallend in ihrem Zimmer. Ich zucke die Schultern und nehme das Telefon entgegen.

"Hallo?", nuschle ich.

Da sprudelt sie schon los: "Oh, Gott sei Dank, dass ich dich erreiche, Elisabeth." Meine Kollegin und Stationsleitung Marion.

„Ich weiß, heute ist dein freier Tag. Und es tut mir auch echt leid, dass ich dich störe. Du hast bestimmt noch geschlafen."

„Wie spät ist es denn?"

„Halb acht. Ich bin hier am Rotieren. Steffi und Helga haben sich krank gemeldet, sie haben beide diese Grippe erwischt und die Neue vom Service ist einfach nicht erschienen. Das hat man nun davon, dass das Margarethen Geld spart und Ein-Euro-Jobber einstellt. Du weißt, ich würde dich nicht fragen, wenn's anders gehen würde. Aber ich kann die Station nicht alleine schmeißen. Heute ist OP-Tag und wir haben sieben geplante Neuaufnahmen."

„Kannst du dir nicht von einer anderen Station jemanden ausleihen?" Ich habe wirklich keine Lust, heute zu arbeiten. „Ich habe neun Tage Frühdienst hinter mir. Ich brauch meinen freien Tag!", quengle ich.

Trotzdem weiß ich, dass ich gehe. Wie immer werde ich zuverlässig und brav in die Arbeit traben, wenn ich gebraucht werde.

„Elisabeth, bitte!", fleht Marion. Ich schnaufe resigniert.

„Ich geh noch duschen. Dann flitze ich los. In einer dreiviertel Stunde bin ich da."

„Du bist ein Engel! Bis später!", flötet sie und legt auf.

Wieder einmal weiß ich nicht, warum ich überhaupt Krankenschwester geworden bin. Meine Eltern haben mir meine Berufswahl immer völlig freigestellt. Diesbezüglich hätte ich mir ein wenig mehr Fremdbestimmung gewünscht. Jemanden, der mir sagt, was ich werden soll, wo meine Fähigkeiten liegen. Oder zumindest, der mir verraten hätte, was auf mich zukommt, wenn ich diesen Beruf ergreife.

Doch alles Grübeln hilft nichts. Ich bin nun mal jetzt

Krankenschwester und muss damit klarkommen, dass ich quasi durchgehend arbeite und mein Privatleben gegen null tendiert. Chinesische Sechs-Tage-Wochen erscheinen mir dagegen wie Wellness-Urlaub.

Ich schmeiße die Kaffeemaschine an und schlurfe ins Bad. Das heiße Wasser läuft wohltuend über meinen müden Körper, ich halte mein Gesicht mit geschlossenen Augen in den Strahl. Zumindest hat mich die Aussicht auf einen weiteren Arbeitstag von meiner Erregung befreit. Ich versuche, mich innerlich auf meinen Tag zwischen all den hutzeligen Penissen zu wappnen und nicht die ganze Zeit an Helmuts garantiert nicht hutzeligen Unterkörper zu denken, und wie dieser sich an mir angefühlt hat.
Trotzdem geht mir der gestrige Abend nicht aus dem Kopf. Was hat Helmuts Verhalten bedeutet? Ist er an mir interessiert? Oder ist er nur auf meine Brüste angesprungen?
Diesen Gedanken schiebe ich beiseite, sonst müsste ich mich unnötig ärgern. Ich will glauben, dass er mich mag, mich als Mensch und nicht als zwei pralle sekundäre Geschlechtsmerkmale.

Um kurz nach halb neun komme ich auf Station an, auf der das Chaos Marion bereits voll im Griff hat. Sie hetzt mit irrem Blick zwischen Schwesternzimmer, Neuaufnahmen und blinkenden Rufmeldern hin und her. Als sie mich entdeckt, hält sie kurz inne, rennt auf mich zu und umarmt mich stürmisch. Sie riecht nach Seife und diversen Körperflüssigkeiten.
„Bin ich froh, dass du da bist!", ruft sie und hastet erneut los.
„Der OP hat schon dreimal angerufen. Wir sollen Herrn Brandner endlich runterbringen. Ich hab's bis jetzt nicht

geschafft. Du siehst ja, was hier los ist! Warum hat die Regierung eigentlich noch mal die Zivis abgeschafft?

Er ist soweit fertig. Untenrum rasiert hat ihn die Nachtschwester noch, OP-Hemd und Netzhose hat er schon an. Aber beeil dich bitte, ich dreh sonst durch hier!"

Ich suche die entsprechende Patientenkurve aus dem Pflegewagen und betrete Zimmer 828. Kalkweiß liegt Herr Brandner im Bett. Als ich nah genug stehe, schnappt er meinen Ellbogen und zieht mich so ruckartig zu sich herunter, dass ich beinahe zu ihm auf die Anti-Dekubitus-Matratze falle.

„Werdichdasüberleben, Schwester?", lallt er.

Er ist bereits ruhiggestellt und kann nur mit Mühe sprechen. Seine Augen sind glasig und rot wie nach ausgiebigem Marihuana-Konsum. Deswegen habe ich bei dem alten Mann nicht mit so einer Kraft gerechnet.

„Natürlich werden Sie das. Sie sind bei uns in den besten Händen", versuche ich ihn zu beruhigen.

Ich streichle seine Finger, senke meine Stimme und flüstere ein paar beschwichtigende Worte. Offenbar zeigt dies Wirkung, denn er schließt lächelnd die Augen und lockert seinen Griff um mein Handgelenk. Ich stopfe die Decke um ihn herum fest und schiebe ihn zum Bettenaufzug.

„Ist das die Prostata?"

Helmut wartet im Schleusenraum zum OP. Die bei allen anderen Menschen unvorteilhaft sitzende, grüne, ausgeleierte OP-Hose hängt ihm lasziv auf den Hüften. Sein perfekter Knackarsch kommt darin hervorragend zur Geltung.

Wenn er sich bückt, kann man den Bund seiner Calvin-Klein-Unterhose erkennen. Aus dem V-Ausschnitt seines kurzärmeligen Kittels kringeln sich kleine schwarze Löckchen. Wie gerne würde ich diese bestimmt sehr weichen Brusthaare streicheln.

Gestern im PAM hatte ich dazu ja leider keine Gelegenheit mehr.

Beinahe strecke ich meine Hand aus. Ich möchte ihn anfassen, überall, und ihm seine Arbeitskleidung von seinem männlichen Körper reißen. Sein Mundschutz ist nach unten geklappt und ich kann nicht anders, als auf seine vollen Lippen zu starren. Wenn ich daran denke, wie weich und sinnlich sie sich in meinen Träumen anfühlen ...

Mittlerweile steht er, den einen Arm lässig am Bettgalgen eingehängt, auf der anderen Seite von Herrn Brandners Bett.

„Hey! Hörst du mir zu? Wen bringst du mir? Ist das die Prostata?"

Jetzt erst merke ich, dass er mit mir sprach.

„Herr Brandner, Uro 1, 27.1.1923, Prostata-Ektomie. Alles vorbereitet, sediert. Hier ..."

Ich strecke ihm Herrn Brandners Akte hin. Helmut nimmt sie mir aus der Hand und streift dabei wie zufällig meine Finger. Mir entkommt ein leiser Schrei.

Er beugt sich über das Bett, flüstert mir mit tiefer, betörender Stimme ins Ohr:

„Wir sollten das wiederholen von gestern", und zwinkert mir grinsend zu.

„Dein Arsch hat sich wirklich gut angefühlt. Und deine Titten ..."

Er schmatzt wie bei leckerem Essen.

„Am liebsten hätte ich dir meinen Schwanz gleich auf der Tanzfläche reingesteckt. Mein Ständer ist erst im Auto auf dem Weg hierher etwas leichter geworden."

Ich schwitze plötzlich und presse meine Arme an meine Seite, weil ich Angst habe, meinen Achselschweiß auf Herrn Brandner zu tropfen. Der liegt unter uns im Bett und schaut abwechselnd von mir zu Helmut.

Ich nicke nur.

Dass Herr Brandner jedes Wort dieses Dirty Talks mitbekommen kann, ist mir in dem Moment zwar bewusst, aber nicht so peinlich, wie es mir unter anderen Umständen gewesen wäre.

Als ob Helmut meine Gedanken liest, beruhigt er mich mit einem Kopfnicken in Richtung Patient:

„Der ist so voller Glückspillen, der kann sich später eh an nichts mehr erinnern."

Im Gegensatz zu mir. Ich erinnere mich an jedes Detail aller unserer Begegnungen.

„Das Kleid war echt scharf. Ich habe die ganze Nacht daran gedacht, wie geil du ohne und nur mit diesen Schuhen aussehen würdest. Ich musste mir nach meinem Bereitschaftsdienst drei Mal einen runterholen, bevor ich schlafen konnte."

Was für eine Vorstellung.

„Äh. Ja. Traum ...", stoße ich hervor. Er glotzt mich verständnislos an.

„Ich habe auch von dir geträumt."

Ich spüre, wie mir die Röte ins Gesicht steigt. Ich hasse es, dass er es schafft, dass ich mich benehme wie ein liebestoller Teenie.

„Das ist gut, Baby. Du sollst von mir träumen. Und zwar nur von mir. Und weißt du warum? Weil ich der Beste bin. Höllisch gut. Nicht umsonst nennt man mich Helmut, the Hell. Ich seh höllisch gut aus, bin höllisch sexy und höllisch gut im Bett."

Ich habe so viel Speichel im Mund, als sei er Pawlow und ich sein Hund.

„Und weißt du, warum noch?"

Ich schüttle den Kopf.

„Weil ich der bin, der dich glücklich machen wird. Dich und deine Muschi."

Mittlerweile sind nicht nur meine Wangen extrem

durchblutet. Wenn ich verhindern will, dass ich Herrn Brandner aus dem Bett schubsen und es mir hier im OP-Vorraum in einem Patientenbett von Helmut besorgen lasse, muss ich schleunigst weg von hier.

„Wannbinichdennjezdran?", nuschelt Herr Brandner in die Stille.

„Ich muss hier noch was zu Ende bringen, Opa. Bis dahin hast du Sendepause", befiehlt ihm Helmut, ohne dabei seinen Blick von mir zu lösen.

Er hebt eine Hand und fährt durch meine Haare. Seine Berührung zieht sich von meinen Haarspitzen bis in die Fußsohlen.

„Sind deine Schamhaare genauso dick?", überlegt er laut.

Ich muss verschwinden. Und zwar schnell. Sonst kann ich heute gar nicht mehr arbeiten. Marion braucht mich auf Station. Nur dafür bin ich schließlich an meinem freien Tag hier.

„Alles Gute, Herr Brandner. Bis später", murmle ich und flüchte.

„Bis später, sexy Schwesterlein!", ruft mir der heißeste OP-Pfleger der Welt zum Abschied hinterher und ich stolpere mehr als dass ich laufe zurück auf Station, wo mich Marion schon sehnlichst erwartet.

„Wo warst du denn, verdammt?", empfängt sie mich schimpfend.

„Ich dachte, du beeilst dich. Stattdessen trödelst du, während ich hier im Viereck springe!"

Dann erst sieht sie mich richtig an und stoppt.

„Oh, wie siehst du denn aus? Was ist denn passiert?"

Sie wirkt plötzlich besorgt.

„Wieso?", frage ich so naiv wie möglich.

„Du bist knallrot und deine Haare sind ganz zerzaust. Du

siehst aus, als ob dir gerade der Allmächtige persönlich erschienen wäre."

„Ja, Helmut", gebe ich widerstrebend zu. Sie hat Recht. Er ist der Allmächtige, für mich ist er göttlich.

„Er hat mit mir bei der Übergabe geflirtet ..."

„Das erklärt deinen Zustand, Liebes. Setz dich erst mal hin und atme tief durch. Aber dann brauch ich dich dringend hier auf Station."

Alle Frauen können verstehen, wie durcheinander ich nach so einem Zusammentreffen mit Helmut bin. Er hat ja nicht nur auf mich diese Wirkung. Es gibt keine, die ihm nicht verfallen ist. Es zieht sich durch alle Berufsgruppen und alle Altersstufen. Sogar die Nonnen wechseln in seiner Nähe in bilderbuchmäßiges Weibchenverhalten. Er ist der Dr. Brinkmann der Schwarzwaldklinik, der Doug Ross des Emergency Rooms und der Carlisle Cullen des Forks-Krankenhauses, je nachdem wie alt die jeweiligen Pflegerinnen, Ärztinnen oder Physiotherapeutinnen des Margarethen sind.

Nachdem ich mich wieder einigermaßen gefangen habe, stürze ich mich in die Arbeit. Es gibt so viel zu tun, dass ich den restlichen Tag keine Zeit mehr habe, an Helmut zu denken.

10 Liz

Die Grippewelle ist voll über uns hereingebrochen, und um den Ablauf auf Station weiter gewährleisten zu können, müssen Marion und ich auch die restliche Woche quasi ununterbrochen arbeiten.

Nach mehr als drei Wochen durchgehend Dienst reicht es mir nun wirklich. Ich bin so müde, dass ich beinahe im Stehen umfalle, und so genervt und kraftlos, dass ich nicht mehr in der Lage bin, Herrn Fiedler davon abzuhalten, seine diesmal volle Bettschüssel wieder als Helm zu benutzen.

Helmut habe ich seit unserem unverhofften Flirt im OP nicht mehr gesprochen. Jedes Mal, wenn ich einen Patienten brachte oder abholte, kümmerte er sich gerade um einen anderen, belud den Gerätewagen oder war anderweitig beschäftigt.

Ich drückte mich immer länger als nötig im OP-Bereich herum, in der Hoffnung, ihn auf mich aufmerksam machen zu können. Aber er beachtete mich nicht. Und so bleibt mir nichts anderes übrig, als ihn wie früher aus der Ferne anzuhimmeln und fasziniert zu beobachten. Wie sich seine Gesäßmuskeln anspannen, wenn er in Rücken schonender Haltung, mit leicht gebeugten Knien und durchgedrückter Wirbelsäule, Patienten auf den Operationstisch wuchtet.

Habe ich mir unsere Unterhaltung nur eingebildet? War unser Tanz im PAM nur einer meiner erotischen Träume? Seine Hände auf mir nur Wunschdenken? Sein Vorschlag, das zu wiederholen, nur eine Halluzination? Hat er mich auf ganzer Linie verarscht? Hat es ihn einfach amüsiert, mich sabbernd vor ihm stehen zu sehen?

„Du musst ihn darauf ansprechen", rät mir Paula, als ich ihr am Abend von meinen Zweifeln erzähle.

„Und wenn er dann immer noch nicht anbeißt oder dir zumindest eine glaubwürdige Erklärung für sein arschlochmäßiges Verhalten gegeben hat, dann weißt du wenigstens, woran du bist. Frage ihn direkt, wann er denn gedenkt, sein Versprechen einzulösen, das zu wiederholen, wie er es ausgedrückt hat."

Wie selbstverständlich schnappt sie sich eines meiner Pizzastücke, die ich eigentlich für mich mitgebracht habe.

„Für dich ist immer alles so einfach", werfe ich mein Standardargument ein.

„Soll ich einfach zu ihm in den OP spazieren und ihn ganz nebenbei fragen, warum er mich zuerst heißmacht und dann nicht mehr beachtet?

He, Helmut, ich find es beknackt und fies, wie du mich behandelst. Ich träume nämlich übrigens jeden Tag von dir und stelle mir vor, was wir gemeinsam machen und wo wir es machen. Und jetzt nimm mich endlich. So etwas in der Art?"

„Du musst ja nicht genau diese Worte benutzen, aber inhaltlich trifft es das doch ziemlich genau, oder?", schmatzt sie mit vollem Mund. Ein Käsefaden hängt an ihrem Mundwinkel.

„Ab morgen hast du doch endlich ein paar Tage frei. Genieß sie und verwöhn dich selbst. Dann bist du gewappnet für die Konfrontation und die Frage der Fragen: Bei dir oder bei mir oder gleich hier?"

Ergeben seufze ich und nicke. Paulas Ratschläge klingen immer wie direkt aus der „Brigitte" abgelesen. Trotzdem. Ich sollte mich einfach mal ausruhen und nett zu mir selbst sein. Und ich nebenbei hoffe ich, dass ich wieder zu Sinnen komme. Ich habe keine Lust mehr darauf, dass er solch eine Wirkung auf mich hat.

„Ich muss leider mal wieder an die Uni und ein paar Vorlesungen besuchen. Die Klausuren stehen bald an und ich will mich bei den Profs wenigstens wieder ins Gedächtnis rufen. Vielleicht kann ich meinen Röckchen- und Dekolleté-Bonus ja halten."

Paula geht nicht wirklich oft an die Uni. Mittlerweile hat sie vier Mal das Studienfach von Jura zu Kunstgeschichte zu Medienpädagogik zu VWL gewechselt und ist insgesamt im 20. Semester. Ich frage mich immer, wie sie es schafft, überhaupt Scheine zu erhalten.

„Tschau Schatz, ich bin noch verabredet."

Sie steht auf, wischt sich den restlichen Käse vom Mund und winkt mir im Hinausgehen über die Schulter zu.

„Mit Jens. Er hat irgendwie meine Telefonnummer rausbekommen und will mich wiedersehen."

Sie grinst und stöckelt auf ihren nuttig hohen Absätzen davon, ihrem nächsten Sex entgegen.

Ich bleibe wieder mal alleine zurück auf unserer Couch, Kater Edward schnarcht leise neben mir und tretelt im Schlaf an meinen Beinen. Bestimmt träumt er von einer rolligen Kätzin, die er gerade verführt. Ich schiebe ihn von mir, da ich spitze Katzenkrallen im Oberschenkel nicht besonders mag. Dann stehe ich auf und lege E-Mail für Dich in den DVD-Spieler.

Am nächsten Tag schlafe ich lange. Ich habe ganze fünf Tage am Stück frei und weder Termine noch Verabredungen geplant. Bestimmt tut mir der Abstand zu Helmut gut. Andererseits vermisse ich ihn bereits jetzt.

Es ist bereits nach elf Uhr, als ich in die Küche komme. Paula ist nirgends zu sehen oder zu hören. Keine Ahnung, ob sie in der Uni oder gar nicht nach Hause gekommen ist.

Ich schalte den Fernseher ein und lasse mich berieseln,

während ich meinen ersten Kaffee trinke. Gerade als ich anfange, mit der Tauschmutter mitzufiebern, ob sie es doch noch schaffen wird, den faulen Tauschvater zum Aufräumen zu bewegen, höre ich die Haustüre zuschlagen.

Paula weht zerzaust und in den Klamotten vom Vortag in die Küche. Sie wirkt müde, aber glücklich. Somit ist wenigstens die Frage geklärt, wo sie gewesen ist. Auf jeden Fall nicht an der Uni.

Sie plumpst auf einen unserer Flohmarkt-Sessel.

„Jens ist so toll. Er hat mich lecker zum Essen ausgeführt und wir haben uns stundenlang unterhalten. Er ist nicht nur total sexy, er ist auch noch schlau. Dass sein Hintern und sein Schwanz anbetungswürdig sind, weißt du ja schon. Er hat eine eigene Internetfirma, die er mit 18 gegründet hat. Dabei sieht er gar nicht aus wie ein Nerd. Mit 20 hatte er seine erste Million verdient. Was sagst du jetzt?"

Nichts. Ich sage nichts. Ich bin mir nicht sicher, ob ich glauben soll, was Paula über Jens erzählt. Mich machen solche Biografien immer skeptisch.

Gibt es solche Männer wirklich? Bis dato kannte ich diese nur aus meinen Liebesromanen. Männer wie Models mit Geld wie Heu, einem IQ, der oberhalb der Grunzgrenze liegt, und Manieren, die jedes Frauenherz zum Schmelzen bringen, und trotzdem keine an seiner Seite.

Irgendeinen Haken gibt es doch immer. Ich frage mich, was der Haken bei Helmut ist. Sein Aussehen ist es sicher nicht. Doch Paula schwärmt so begeistert von Jens, wie ich es noch nie bei ihr erlebt habe, wenn es um einen Mann geht. Sie hat sich doch nicht etwa verliebt? Dieser Gedanke versetzt mir einen Stich.

Wenn nun schon Paula sich verliebt hat. Und was ist mit

mir? Wann darf ich glücklich sein?

„Und dann sind wir zu ihm nach Hause. Er wohnt direkt am Englischen Garten in einem alten Herrenhaus."

O. k., wenn man so wohnt, dann ist man wirklich nicht arm. Eine Monatsmiete in dieser Wohngegend grenzt an mein gesamtes Jahresgehalt inklusive Weihnachtsgeld.

„Sein Wohnzimmer ist größer als unsere ganze Wohnung. Ich konnte aber nicht alle Zimmer bewundern, weil wir es gerade mal bis in den Eingangsbereich geschafft haben. Gott sei Dank ist der mit sauteurem, flauschigem Teppich ausgelegt, sonst hätte ich jetzt lauter blaue Flecken am Rücken."

Sie grinst wieder und schaut zur Decke, völlig in ihren Erinnerungen versunken.

„Später hat er mich dann mit in sein Schlafzimmer genommen und ..."

„Wolltest du nicht an die Uni heute?", unterbreche ich sie und versuche, die Bilder von Paulas Erzählung aus meinem Kopf zu verscheuchen.

„Ach, was will ich an der Uni, wenn ich so einen Mann haben kann!"

Ich will ihr schon eine Standpauke halten nach dem Motto, Frauen müssen unabhängig sein und einen eigenen Beruf haben und so weiter, doch sie sieht so zufrieden aus, dass ich mir das verkneife.

Paula ist seit jeher von Beruf Tochter, in Verhältnisse hineingeboren, in denen Geld keine Rolle spielt. Nur so kann man 100 Jahre Uni ohne Abschluss finanzieren. Ihre Prioritäten bezüglich eigenen Geldes liegen deswegen anders als bei mir.

Meine Eltern überließen mir aus pädagogischen Gründen immer selbst das Geldverdienen, obwohl sie als Oberstudienräte durchaus in der Lage gewesen wären, mich finanziell zu unterstützen. Während meine Mitschüler in den Sommerferien im Freibad oder zu Hause rumlungerten, trug ich also Zeitungen aus, führte kläffende Köter spazieren oder füllte im Supermarkt Regale auf.

Mittlerweile ist mir klar, dass meine Eltern das alles nicht nur aus pädagogischen Gründen von mir verlangten, sondern vor allem, um für ihren Zweitwohnsitz auf Fuerteventura zu sparen. Dort residieren sie seit ihrer Vorpensionierung von September bis Mai und überlassen mich meinem Schicksal und meinen 29 Urlaubstagen.

„Ich geh jetzt erst mal ins Bett, ich muss mich ausruhen. Um sieben holt er mich wieder ab. Er will mir was zeigen. Oh, ich liebe Überraschungen!", quiekt sie und zappelt hin und her.

„Ich glaube, ich bin verliebt!"

Ach nein. Das hätte ich ohne ihren Hinweis nie erraten. Ich gönne ihr ihre manische Stimmung und verziehe mich ins Bad. Erholung ist dringend nötig- von der Arbeit, von dauerurlaubenden Eltern, von liebestollen Mitbewohnerinnen, von Helmuts zwiespältigem Verhalten, von meinem übersteigerten Liebeskummer.

Das Wasser dampft heiß in der Badewanne und riecht nach Lavendel und Rosen. Einige der wenigen Luxusgüter, die ich mir von meinem Hungerlohn regelmäßig gönne, sind teure Badeöle aus dem Bioladen. Langsam sinke ich in den Schaum und schließe wohlig die Augen. Das etwas zu heiße Wasser prickelt angenehm schmerzend auf meiner Haut.

„Ich muss nur noch schnell aufs Klo."

Warum habe ich nicht abgeschlossen? Und warum finden es alle so selbstverständlich, neben mir zu pinkeln? Auch wenn ich Krankenschwester bin, ist mir Privatsphäre wichtig und ich wünschte, man würde sie respektieren.

Was, wenn ich gerade beim Masturbieren gewesen wäre? Wahrscheinlich weiß Paula ganz genau, dass ich solches niemals in der Badewanne tue, und ist deswegen so unbedarft hereingeplatzt.

Die Entspannung ist trotzdem schlagartig vorbei und ich beschließe, mit den notwendigen Sanierungsarbeiten für meinen Körper anzufangen.

Die nächsten Tage verbummle ich. Ich schlafe aus, frühstücke gemütlich und höre mir Paulas Lobpreisungen über Jens und seine Fähigkeiten als Liebhaber an, bevor sie wieder in ihr spannendes Leben abdampft. Zwischen Fernsehschauen und essen putze ich die Besteckschublade, lese drei neue Liebesromane und einen halben Thriller, telefoniere mit meiner Tante Edda und erledige liegen gebliebenen Papierkram.

Tagsüber fühle ich mich beinahe zufrieden. Da Paula die meiste Zeit bei, mit, auf oder unter Jens verbringt, fürchte ich mich jedoch ein bisschen vor den Abenden. Paula schafft es normalerweise, mich von meinen chronisch pessimistischen Gedanken abzulenken. Doch nun steht sie nicht zur Verfügung und ich muss alleine mit mir klarkommen.

Meine Stimmung schwankt ständig zwischen Wut auf mich selbst, dass ich mich so beeinflussen lasse, Selbstmitleid, Verzweiflung und dem Gedanken, dass Helmuts Nichtbeachten vielleicht einen nachvollziehbaren Grund hat.

Mein nächster Arbeitstag rückt immer näher und damit wächst auch die Unsicherheit, wie Helmut und ich zueinander stehen. Ich nehme mir fest vor, ihn zur Rede zu stellen und zu fragen, wieso er mich missachtet, nachdem er seine Hände an meinen Hintern und seinen Penis an meinen Schritt gepresst hat. Und nachdem er mir mit verführerischer Stimme schmutzige Dinge ins Ohr geflüstert hat.

Während ich über all das nachgrüble, kraule ich Edward hinter dem Ohr. Er schnurrt zufrieden. Wenigstens einer, der mit mir zusammen sein will und der es mag, wenn ich ihn anfasse, denke ich frustriert. Mein Kater sieht mich vorwurfsvoll an und beißt mich in die Hand. Ich bin so in Gedanken versunken, dass ich aufgehört habe, ihn zu streicheln.

„Entschuldigung. Ich mach schon weiter", verspreche ich.

Doch er ignoriert mich, springt elegant von der Couch und stolziert hoch erhobenen Hauptes und Schweifes und Po wackelnd Richtung Fressnapf.

„Ja, lasst mich nur alle im Stich!", keife ich ihm trotzig hinterher. Als Antwort höre ich ein Maunzen und kurz darauf lautes Schmatzen.

11 Liz

„Alles in Ordnung, Schatz? Warum schläfst du denn am helllichten Nachmittag?"

Ich bin auf der Couch vor laufendem Fernseher eingedöst und nun steht Paula vor mir, immer noch oder schon wieder grinsend. Ich strecke mich, gähne ohne die Hand vorzuhalten und setze mich aufrecht hin. Paula wirkt glücklich. Ich freue mich für sie. Andererseits verstärkt so viel Verliebtsein meinen eigenen Liebeskummer.

„Ich muss mich dringend umziehen. Und Jens muss mal wieder arbeiten gehen und ich wollte nicht alleine in seiner Wohnung auf ihn warten. Da würde ich nur vor Sehnsucht sterben. Außerdem will ich mir neue Dessous kaufen, mit denen ich ihn heute Abend überraschen kann. Du darfst mich beraten."

„Was war denn eigentlich seine Überraschung?"

Während ich auf ihre Antwort warte, reibe ich mir die Augen und gähne noch einmal.

„Hm?", murmelt sie bloß, offenbar schon wieder in Gedanken an Jens versunken, wenn man ihren verzückten Blick richtig interpretiert.

„Du hast doch erzählt, dass er dich mit etwas überraschen wollte."

„Ach so, ja. Oh Liz. Noch nie habe ich so was Romantisches erlebt." Sie kniet sich vor die Couch und quetscht meine Hand.

„Wir sind mit seinem alten Benz zum See gefahren."

„Hat er denn keinen Fahrer? Und keinen Bentley, in dem er sich rumkutschieren lässt? Ich dachte, er ist so reich?", unterbreche ich ihren beginnenden Wortschwall. Den spöttischen Ton kann ich mir nicht verkneifen.

„Er ist nicht Christian Grey, sondern ein ganz normaler Mensch, der zufällig mehr Geld als der Durchschnitt hat und dazu irre gut aussieht. Er fährt selbst Auto und geht ganz spießig jeden Tag arbeiten. Er hat keinen Bodyguard und keine Privatsekretärin und keinen Koch."

Sie redet sich regelrecht in Rage. Wenn es um Jens geht, versteht sie wohl keinen Spaß.

„Er hat auch keine dunkle Vergangenheit, die ihn zu einem Dom gemacht hat, oder sonst irgendwelche seltsamen Geheimnisse und Vorlieben, und ich musste keinen Vertrag unterschreiben, der unsere Beziehung regelt. Unser Liebesleben ist zwar phänomenal, aber ganz stinknormal. Er ist nett und er mag mich. Du liest zu viele Erotikromane!

Nur weil er reich und schön ist, ist er noch lange kein perverser Freak mit Personal, das alles für ihn erledigt", giftet sie.

„Du meinst, er hat nicht mal eine Putzfrau und poliert alle seine Panoramafenster in seiner Riesenwohnung selbst?"

Es macht Spaß, sie zu provozieren.

„Hör auf!", ruft sie empört.

„Er tut mir einfach gut! Ich weiß nicht, ob er eine Putzfrau hat, ich gehe mal davon aus, so sauber wie seine Wohnung ist. Obwohl mir die Vorstellung, wie Jens halb nackt auf der Leiter steht und Fenster putzt, feucht glänzend vom Schweiß und dem Putzwasser, schon sehr gefällt."

Sie sieht mich streng an.

„So wie du redest, könnte man meinen, du willst ihn schlecht machen! Bist du etwa neidisch?"

Sie tut mir leid, ich bin zu weit gegangen.

„Ich wollte dich nur ein bisschen ärgern. Jens ist toll. Ich sehe ja, dass du glücklich bist. Ich freue mich für dich, ehrlich. Jetzt erzähl weiter", bitte ich sie mit erhobenen Armen.

Sie knirscht mit den Zähnen. Ich weiß jedoch, dass Paula mir nicht lange böse sein kann und warte deswegen geduldig ab, bis sie mir von ihrem perfekten Abend mit Jens am See und im Mercedes erzählt.

„Das letzte Mal, als ich im Auto Sex hatte, war ich 15, und Franz war damals nicht einen Bruchteil so heiß wie Jens. Und er war nach zwei Minuten fertig", beendet sie ihre romantischen Ausführungen.

Sie schüttelt sich.

Ich kann mich an Franz sehr gut erinnern. Für einen 16-Jährigen sah er nicht übel aus. Zumindest für die 90er, in denen wir alle mehr oder weniger unschön aussahen, mit Mittelscheitel und erzwungen lässigem Grungelook. Franz trug lange Haare, ausgelatschte Chucks und zerrissene Used-Jeans. Alle Mädchen haben für ihn geschwärmt.

Auf einer Party in der Garage von Franz´ Eltern bekam ich von ihm meinen ersten Kuss. Es war glitschig und er schmeckte nach billigem Schnaps, den er heimlich in die Kinderbowle geschüttet hatte. Seine Zunge fuhr über meinen Mund und meine Zähne, als ob er mich sauber lecken wollte.

Kurze Zeit später ließen sich seine Eltern scheiden und er zog mit seiner Mutter in eine andere Stadt, weit weg vom Exmann, dem alten Leben und den Mädchen, denen Franz die Jungfräulichkeit genommen und das Herz gebrochen hatte.

Vor ein paar Wochen haben Paula und ich Franz in der Fußgängerzone gesehen, aufgedunsen und mit immer noch langem, aber strähnigem, schütterem Haar, einen Kinderwagen schiebend. Eine verbraucht wirkende, solariumgebräunte Blondine im rosa Schlauchkleid und Dauerwelle tippelte auf viel zu hohen, glänzenden, oberschenkellangen Stiefeln hinter ihm her.

„In seiner Wohnung hat er mir seinen Schlüssel überreicht. Ich bin jederzeit willkommen, hat er mir dabei ins Ohr geflüstert."

„Wer? Franz?"

„Nein, Jens, du Dummie!"

Sie schlägt mir ein Sofakissen auf den Kopf. Kichernd wie zwei Teenager verfallen wir in eine Kissenschlacht. Es ist schön, nach meinen trübsinnigen Tagen mal wieder richtig zu lachen. Japsend lehnen wir uns auf der Couch zurück.

„Ich habe mich noch nie bei einem Mann so gefühlt", gesteht mir Paula leise.

„Ich habe Angst, alles kaputt zu machen, weil ich ja gar nicht weiß, wie man eine Beziehung führt. Und Angst, was die Gefühle mit mir machen werden ..."

„Ich weiß", sage ich nur und ziehe sie in meine Arme. Diesmal bin ich dran mit Trösten.

Doch Paula gibt sich nie lange einer schlechten Stimmung hin. Sie springt auf, zerrt mich mit hoch und verkündet enthusiastisch:

„Schluss mit Trübsalblasen. Auf zum Dessous-Shopping! Jens soll sabbern, wenn er mich heute Abend auspackt!"

Nur Paula zuliebe begleite ich sie. Ich gehe nicht gerne BHs kaufen, da ich in meiner Größe, 70E, so gut wie keine Auswahl habe und mich zwischen Oma-Stütz oder Porno entscheiden muss. Da ich aber öfters Rückenschmerzen als Sex habe, landen fast immer die praktische und/oder bequeme Unterwäsche in meinen Einkaufstüten.

Im Geschäft wuselt Paula aufgeregt zwischen den Ständern hin und her und verschwindet dann mit einem Berg von Spitzen- und Seiden-BHs in der Kabine. Jedes Teil muss ich kommentieren und bewundern.

Schließlich fällt ihre Wahl auf eine Kombination in

Schwarz mit dazugehörigen Strapshaltern und einem Push-up aus nahezu durchsichtiger Spitze. Er bedeckt ihre Brüste nur unzureichend, wird Jens aber mit Sicherheit ein dickes Lächeln in Gesicht und Hose zaubern. Während Paula bezahlt, streife ich durch den Laden, mehr aus Langeweile denn aus Hoffnung, in meiner Körbchengröße Ansprechendes zu finden.

„Ich vermute 70E. In Ihrer Größe kann ich Ihnen einige Stücke unserer neuen Winterkollektion zeigen. Stützend und doch ansehnlich, für eine junge Frau wie Sie genau das Richtige."

Eine magere, schmallippige Verkäuferin hat sich von hinten angeschlichen. Bevor ich protestieren kann, schnappt sie sich das Maßband, das von ihrem Hals baumelt, und schlingt es mir um den Oberkörper.

„Gerade bei so großen Büsten ist die Stützfunktion durch breite Träger und die richtige Passform immens wichtig, um langfristigen Haltungsschäden vorzubeugen", klärt sie mich auf. Offenbar ist sie der Meinung, dass ich erst seit heute mit diesen Monsterdingern ausgestattet bin und nicht weiß, wie schnell man damit Rückenschmerzen bekommt. Sie selbst hat quasi keinen Busen und ich frage mich, was sie zu diesen Ratschlägen qualifiziert.

„Unsere Designer legen neben dem perfekten Halt aber auch großen Wert auf moderne Ästhetik."

Sie zwinkert vermeintlich verschwörerisch, was aber eher wirkt, als sei ihr ein Insekt ins Auge geflogen.

„Komm, probier doch mal einen an."

Ich funkle Paula wütend an, da sie mit der Wäsche-Fachverkäuferin bereits unter einer Decke steckt.

„Wann hast du das letzte Mal schöne Unterwäsche gekauft? Im alten Jahrtausend? Ich weiß, was du trägst, schließlich benutzen wir die gleiche Waschmaschine, nur dass ich meine BHs nur mit der Hand und du deine Baumwolllappen sogar im Kochwaschgang waschen kannst."

„Ich mag´s eben bequem", entgegne ich trotzig.

Doch Paula und die engagierte Dame schieben mich in eine Kabine, entledigen mich meiner Bluse und stopfen mich nacheinander in verschiedene BH-Modelle. Immer wieder schütteln sie beim einen missbilligend die Köpfe, rümpfen beim anderen ihre Nasen, kneifen die Augen zusammen und gehen einen Schritt zurück, als wäre ich ein Gemälde.

Nach gefühlten 1000 Mal fremden Fingern an Busen und Rücken grinsen Paula und ihre neue Komplizin und nicken sich gegenseitig zu. Sie drehen mich zum Spiegel. Zugegeben, ich habe noch nie einen BH besessen, der so gut passt und trotzdem sexy ist, der meine Brust anhebt und nicht nuttig nach oben drückt, der bequem ist und gleichzeitig schön, mit dezenter Spitze und verzierten Trägern. Meine Begeisterung legt sich, als ich das Preisschild herausziehe. Ich bekomme beinahe Schnappatmung aufgrund des Preises.

„Wenn Sie einen zweiten des gleichen Modells kaufen, sparen Sie sich heute 20 %. Ich werde Ihnen den in Creme aus dem Lager bringen und für beide noch die passenden Höschen. Größe 34, richtig? Lieber String, Panty oder Slip?"

Als ich nicht antworte, entscheidet sie einfach für mich.

„Zu dem Schwarzen, den Sie gerade tragen, empfehle ich Ihnen einen klassischen Slip. Den cremefarbenen Büstenhalter kombinieren Sie am besten mit einer Panty. Und wissen Sie was?" Sie legt eine Pause ein, die vermutlich die Spannung steigern soll, beugt sich vor und flüstert mir ins Ohr:

„Zu beiden gebe ich Ihnen heute je einen String kostenlos dazu. Was sagen Sie dazu?"

Sie stemmt die Hände in ihre nicht vorhandenen Hüften.

„Zahlen Sie bar oder mit Karte?"

„Sie nimmt alles und noch einen in Weiß mit String und zahlt mit Karte", antwortet Paula für mich und mit Unterwäsche im Wert eines halben Monatsgehalts verlassen wir den Laden.

12 Vincent

Alan möchte ein Geschenk für Edna besorgen. Als Anerkennung vom System erhält jedes angehende Ehepaar ein zusätzliches Privilegienkonto, das auf Punkten aufgebaut ist, die man individuell einlösen kann. Alan hat den abstrusen Gedanken, diese in Unterwäsche für Edna zu investieren.

Ich finde, Frauen sollen ihre Kleidung selbst besorgen. Doch ich kann Alan nicht davon abbringen. Also begleite ich ihn gezwungenermaßen in ein Dessousgeschäft.

Ich sollte hier nicht sein. Kein Mann sollte hier sein. Ich komme mir fremd und deplatziert vor. Die anwesenden Frauen starren uns unverhohlen an. Sie fragen sich bestimmt auch, was wir hier machen.

Natürlich kennt Alan nicht Ednas Kleidergröße. Und mit der Angabe „Genau richtig - eine Handvoll" kann die Verkäuferin offensichtlich nichts anfangen, denn sie roll nur mit den Augen an und verschränkt die Arme vor ihrer hervorragend in Szene gesetzten Brust. Als ich vorschlage, Alan sollte doch deren Busen anfassen, um die Größe im Vergleich abzuschätzen, verweist sie uns empört des Ladens.

Ich habe noch nie eine Beziehung geführt, doch ich habe häufig Sex. Täglich, um genau zu sein. Manchmal auch mehrmals. Doch keine Frau hat mich bisher so sehr interessiert, hat mehr als nur meinen Körper angesprochen, dass ich mir mehr hätte vorstellen können als reine Triebbefriedigung.

Die meisten Frauen langweilen mich. Sie reden zu viel, von sich, von unwichtigen Dingen wie ihren Freizeitaktivitäten, von Kleidern oder irgendwelchen Leuten, die sie irgendwo irgendwann getroffen haben.

Ich will mich nicht binden, mich nicht belasten mit einem fremden Leben, mit fremden Problemen oder Themen, sondern meine Ruhe. Und die finde ich wenn mein Körper befriedigt ist und ich meine Arbeit gut erledigt habe, wenn der Minister und die Einheit sicher sind, meine Männer ihren Dienst leisten und alles geregelt abläuft.

Frauen bringen nur alles durcheinander. Sie wollen Aufmerksamkeit und Liebesschwüre. Meine Freizeit ist zu kostbar, um mir Gedanken darüber zu machen, wie ich einer Frau eine Freude machen kann. Ich mache lieber mir selbst eine Freude, ohne jemandem Rechenschaft ablegen zu müssen. Tue, was und wann ich will, lese die Bücher, die mich interessieren und gehe in die Ausstellungen, die ich sehen will.

Wenn ich Gesellschaft will, treffe ich mich mit Alan. Meine Ration esse ich zur gewohnten Stunde an meinem eigenen Tisch und verplempere meine Zeit nicht in Restaurants oder Klubs. Die Frauen wissen das, denn ich verschweige niemals meine Absichten. Trotzdem geben sie die Hoffnung nicht auf, dass gerade sie mich ändern könnten, die mich zähmen, die mich kastrieren.

Alan ist anders. Er hat Beziehungen, seit ich ihn in der Mittelstufe kennengelernt habe. Ich habe erlebt, wie er nach Trennungen gelitten hat, wie er angelaufen kam, wenn sie mit dem Finger schnippten, wie er gewinselt hat, wenn er verlassen wurde.

Aber Wächter bitten nicht. Wir nehmen.

13 Liz

Meine Arbeitswoche beginnt wieder einmal mit Wochenenddienst. Spätdienste an einem Samstag oder Sonntag verlaufen zwar in der Regel eher ruhig, aber auch dementsprechend langweilig.
Selbst ich kann nicht den ganzen Tag Helmut auf Facebook anschmachten und so suche ich mir Arbeit, kontrolliere die Pflegewagen, poliere Bettpfannen, schneide Einlagen auf die passende Größe zu und bastle neue Hodenbänkchen.

Nachdem auch das alles erledigt ist und ich gerade im Pausenraum mit einer Tasse Kaffee überlege, womit ich mich sonst noch einigermaßen sinnvoll beschäftigen kann, klopft es. Bevor ich „Herein" sagen kann, öffnet sich die Türe und Helmut betritt den Raum. Mit der Ferse stößt er sie hinter sich zu und überbrückt die Distanz bis zu meinem Schreibtisch in wenigen Schritten.
Tagelang redet er kein einziges Wort mit mir und ignoriert mich vehement und nun steht er ganz selbstverständlich vor mir, als ob ich ihn per Express bei Amazon bestellt hätte.
„Warum hast du nicht mehr mit mir geredet?", setze ich an. Doch er verschließt meinen Mund mit seinem nach Gummihandschuh riechenden Zeigefinger:
„Kein Warum."
Sein Anblick vertreibt alle Zweifel, alle negativen Gedanken und alle Fragen. Ich bin überwältigt von diesem Mann und seiner arroganten, selbstverständlichen Dominanz.
Dabei habe ich mir so fest vorgenommen, ihn für sein Verhalten zur Rede zu stellen. Aber jetzt ist das alles nebensächlich.

In diesem Moment freue ich mich einfach, dass er bei mir ist. Dass an einem Wochenend-Spätdienst auch wenig Auswahl an weiblichem Personal anwesend ist, das er umwerben kann, ignoriere ich. Ich rede mir ein, dass er nur wegen mir hier ist. Mein Herz klopft und mir bricht Schweiß auf der Stirn aus. Ich ermahne mich, ruhig zu atmen und nicht auf der Stelle in Ohnmacht zu fallen.

Er setzt sich vor mich auf die Tischplatte und stellt seine Füße links und rechts auf meinen Stuhl, sodass ich zwischen seinen breit gespreizten Beinen gefangen bin. Wenn ich geradeaus schaue, blicke ich genau auf seine Brust und unwillkürlich fällt mir Helmuts Fitness-oben-ohne-Bild wieder ein.

Ich lecke mir über die Lippen, habe Durst wie nach einer Wüstendurchquerung. Er nimmt mein Kinn und senkt es ein wenig nach unten, sodass mein Blick gezwungenermaßen auf seinen Schritt gelenkt wird. Seine Erektion zeichnet sich deutlich unter seiner dünnen Stoffhose ab. Süffisant grinsend registriert er, wo meine Augen hängen bleiben.

„Ein urologischer Notfall, Schwester. Ich brauche dringend eine Fachfrau."

„Soll ich den diensthabenden Arzt anrufen?", ziehe ich ihn auf.

„Nein, ich denke, das kriegen wir beide alleine besser hin", versichert er.

Ich nicke nur und vergesse spontan alles, was man in solch einer Situation tun sollte. Medizinisch und pflegerisch gesehen, aber vor allem als Frau.

„Sperr die Türe zu", weist er mich an.

Nein, nicht hier. Nicht jetzt. Ich bin nicht sein Spielball.

„Aber die Patienten ...", versuche ich zu widersprechen.

Doch es ist lediglich ein schwacher Versuch, mich selbst

davon abzuhalten, das zu tun, was unweigerlich hier im Schwesternzimmer passieren wird.

Die Situation erinnert mich an schlechte Krankenhausserien, in der sich willige Schwestern nach der Visite dem braun gebrannten Chirurgen hingeben. Warum hat er diese Wirkung auf mich? Ich schlüpfe unter seinen Knien durch, gehe wie ferngesteuert zur Tür und drehe mit zitternden Fingern den Schlüssel im Schloss herum.

„Und jetzt komm wieder her."

In meiner kurzen Abwesenheit hat er bereits seine Hose bis zu den Knien heruntergezogen, sich seines Oberteils entledigt und fläzt in seinen Designer-Shorts auf dem Stuhl.

„Gut, dass du heute einen langen Kasack anhast, das erspart dir das Ausziehen."

Den altertümlichen, kleidartigen Schwesternkittel, den ich seit der Ausbildung besitze, habe ich heute nur angezogen, weil alle Hosen in der Wäsche waren. Er spannt um die Brust, reicht nur bis zur Mitte der Oberschenkel und ist ziemlich unbequem. Den Männern gefällt er offenbar, denn an Tagen, an denen ich ihn trage, bekomme ich mehr Trinkgeld zugesteckt als sonst.

„Zieh ihn hoch und setz dich auf mich drauf", knurrt Helmut.

Langsam gehe ich auf ihn zu und versuche dabei einigermaßen erotisch zu schauen und sexy mit den Hüften zu wackeln. Beim Laufen öffne ich die oberen Knöpfe an meinem Ausschnitt. Das verfehlt seine Wirkung nicht, denn Helmut entfährt ein brunftiger Laut, den Blick starr auf meine Brüste gerichtet.

Ich platziere mich rittlings auf seinen Schoß. Unsere Körper sind nur noch durch zwei dünne Schichten Unterwäsche getrennt. Er packt meine Hüften und schiebt mich auf ihm vor und zurück.

Stöhnend lehne ich mich nach hinten an die Tischkante. Ruckartig zieht er mich an sich und küsst mich heftig.

Ich schlinge meine Arme um seinen Hals, presse mich an ihn und bewege mich.

Plötzlich schubst er mich weg und keucht:

„Scheiße, ich hab keine Kondome dabei! Aber ich kann nicht aufhören."

Er nimmt zwei Finger, fährt in meinen Slip und steckt sie mir, ohne zu fragen, in meine Scheide. Irgendwo piept eine Rufglocke. Er befreit seinen harten Schwanz aus der engen Short, ich schließe meine Hand darum und bewege sie auf und ab. Helmut schnappt nach Luft und krallt sich an der Tischkante fest.

Das Diensthandy meldet sich mit einem aufdringlichen Piepsen. Ich will aufhören, doch Helmut hält mich fest, sodass ich meine Faust nicht von seinem Penis lösen kann. Mit der anderen Hand nimmt er das Gerät vom Schreibtisch, ich habe nicht bemerkt, dass es dort überhaupt liegt.

„Was ist?", knurrt er barsch, und sichtlich bemüht um Fassung, hinein.

„Ich komme gleich!", blafft er, schmeißt das Telefon auf den Tisch zurück und bewegt meine Hand weiter auf und ab.

„Ich dachte, du musst gehen?"

„Ich hab gesagt, ich komme gleich. Mach weiter, dann siehst du´s."

Das tue ich. Er steckt sein Gesicht in mein Dekolleté und stöhnt laut, bis er sich auf einmal mit einem Schwall über meine Hand ergießt.

„Das hab ich gebraucht!", murmelt er zwischen meine Brüste.

Ich halte ihn im Arm und streiche seinen Rücken. Sein Herz pocht schnell und kräftig unter seinen Rippen.

Das Handy meldet sich erneut.

„Ich hab gesagt, ich komme!", bellt er hinein.

„Sorry, nursy. Ich muss jetzt. Kannst du mal bitte ...?"

Ich rutsche von seinen Beinen, damit er aufstehen kann, immer noch zittrig und erregt. Er kann mich doch nicht einfach so unbefriedigt zurücklassen und weggehen, als sei nichts geschehen.

„Wir holen's nach", verspricht er beiläufig, da er mir wohl ansieht, wie enttäuscht ich bin.

Er schnappt sich ein Einmalhandtuch, säubert sich und schlüpft in Vampirgeschwindigkeit in Hose und Kittel. Dann drückt er mir einen kurzen Kuss auf die Wange und verlässt fluchtartig den Raum, seine Crocs quietschen beim Laufen. Die Türe lässt er weit offen stehen.

Ich sinke auf den Stuhl und sauge Helmuts Luft ein, die Luft, die er gerade mit seinem Atem, seinem Geruch und seinem Testosteron gefüllt hat, und streiche über meine Lippen, die vom heftigen Knutschen etwas geschwollen sind.

Sein Körper fühlt sich gut an, stark und muskulös und männlich, mit zarter, weicher Haut, sein Penis der Schönste, den ich in meiner langen Laufbahn als Urologie-Schwester und privat gesehen und gefühlt habe. Schade nur, dass ich selbst nicht mehr zu meinem Höhepunkt gekommen bin.

Es erscheint mir alles so unwirklich. Wie in meinen Träumen. Doch diesmal ist es echt. Sein Saft klebt noch an meinen Händen und das Pochen in meinem Schoß ebbt nur langsam ab.

„Schwester Lisbeth"

Ich hasse es, wenn man mich Lisbeth nennt. Ich bin doch keine 70.

„Alles in Ordnung mit Ihnen? Sie sehen ein bisschen erhitzt aus. Ist Ihnen nicht gut?"

Der Patient aus Zimmer 812 steht im Türrahmen und schaut mich besorgt an.

„Nein, nein, alles in Ordnung. Mir geht's gut. Mir war nur eben ein bisschen warm. Brauchen Sie etwas, Herr Pötschke?", antworte ich fahrig und verstecke meine glänzenden, klebrigen Hände unter dem Tisch.

„Ich wollte nur fragen, was es heute zum Abendessen gibt. Ich mag nämlich nicht schon wieder Essiggurkensalat."

„Ich bringe Ihnen gleich den Speiseplan. Gehen Sie schon mal vor. Ich komme gleich nach", wimmle ich ihn ab.

Folgsam schlurft er in seinen Filzschlappen zurück auf den Gang in Richtung seines Zimmers. Ich hole tief Luft, stehe auf, bringe meine Kleidung in Ordnung, wasche mir Hände und Gesicht und kehre zurück in die Wirklichkeit.

Die restlichen Stunden bis Dienstende ziehen sich in die Länge wie ein katholischer Weihnachtsgottesdienst. Mit Dauergrinsen im Gesicht teile ich Abendmedikamente aus, aktualisiere Pflegeberichte und überziehe ein von spontanem Durchfall beschmutztes Bett.

Ich will nach Hause, Paula von Helmut erzählen und in meinen Erinnerungen und Fantasien schwelgen. Endlich ist es halb zehn und die Nachtschwester übernimmt die Station.

In der Straßenbahn schreibe ich Paula eine SMS:
es ist was unglaubliches passiert
Paula: ???
h war auf station. wo bist du?

Paula: bei j
brauche dich
Paula: bin gleich da

Als ich nach Hause komme, wartet Paula schon auf der Couch, zwei gefüllte Gläser Prosecco neben ihr auf dem Beistelltisch.
„Wie bist du denn so schnell hergekommen?"
Paulas Nissan ist seit Tagen in der Werkstatt und von Jens' Wohnung zu unserer braucht man mit öffentlichen Verkehrsmitteln mindestens 45 Minuten.
Sie streckt mir eines der Gläser hin.
„Jens hat mich gefahren. Er will nicht, dass ich nachts alleine unterwegs bin. Könnte mir ja jemand was Böses antun."
Sie grinst.
„Aber er hat sich nicht auf die Brust getrommelt und dich mit seinem Kot eingeschmiert, um sein Revier zu markieren, oder?"
„Elisabeth, nicht schon wieder. Er macht sich eben Sorgen um mich. Ist doch schön. Um mich hat sich noch kein Mann Sorgen gemacht. Er will mich nur beschützen. Deswegen bin ich noch lange nicht sein Besitz."
„Vor was muss man hier denn beschützt werden? Trudering ist ungefähr so gefährlich wie Schlumpfhausen."
Sie verzieht schmollend ihre Lippen, kichert aber gleichzeitig.
„Was ist mit Gargamel und Azrael? Wenn ich Schlumpfine wäre, wären sie sehr gefährlich! Aber übrigens geht es heute mal ausnahmsweise nicht um mich und Jens. Du hast mich doch herzitiert, weil du mir so Unglaubliches erzählen musst. Und wehe, es ist nicht spannend! Für einen deiner abstrusen Fantasien hätte ich Jens' warmes Bett nämlich nicht verlassen."

„Wow, das ist wirklich eine unglaubliche Geschichte!", bestätigt sie, als ich ihr alles erzählt habe. „Wobei der Punkt immer noch nicht geklärt ist, warum er dich die Tage davor so abweisend behandelt hat", wirft sie berechtigterweise ein.

„Und warum er so schnell abgedampft ist, nachdem er deine Hände vollgesaut hat."

„Er musste zurück in den OP, hab ich doch gesagt."

„Ja, Lizzy-Schatz, das stimmt, das hast du gesagt", bestätigt sie mit erhobenem Zeigefinger.

„Aber die paar Minuten hätte er sich doch noch Zeit nehmen können für dich, oder? Schließlich hast du's ihm ja auch bis zum Ende besorgt."

Mit ihrer Faust macht sie eine eindeutige Bewegung.

„Musst du alles schlecht machen, Paula? Gönnst du mir nicht, auch mal Spaß zu haben?"

„Gegen Spaß ist nichts einzuwenden. Aber Spaß liegt bei dir immer nahe an Liebe, mein Schatz, ich kenne dich. Einfach nur Spaß gibt's für dich nicht, das sind deine eigenen Worte. Du bist in ihn verknallt. Pass einfach auf. Helmut ist heiß, stimmt, aber ich will nicht, dass er dich verletzt mit seinen komischen Anwandlungen."

Paula nippt an ihrem Glas und sieht mich dabei unverwandt an.

„Sein Verhalten ist echt nicht korrekt. Ignorieren, heißmachen, schöne Worte flüstern, ignorieren, anmachen, küssen, sich einen runter holen lassen und dann schnell verschwinden. Männer sind potenziell immer erst mal Idioten, bis sie einem das Gegenteil beweisen. Du darfst sie anfassen und du darfst sie auch mit ins Bett nehmen, aber wenn man sie erst mal ins Herz gelassen hat, dann liegen schöne und beschissene Gefühle gefährlich nahe beisammen."

Dr. Sommer hat gesprochen. Langsam kommt Liebesexpertin Paula richtig in Fahrt. Ich lehne mich auf dem Sofa zurück, kralle mich in das Sofakissen auf meinem Schoß und höre ihr weiter zu.

„Ich will einfach, dass du glücklich bist! Und nicht, dass du verarscht wirst!"

Sie löst ihren Zopf und schüttelt ihre blonden Locken, um die ich sie schon immer beneidet habe.

„Und was ist mit Jens? Ist der auch ein Idiot? Ich dachte, ihr seid so verliebt ineinander."

Wie ein parkinsonkranker Wackeldackel nickt sie.

„Das sind wir ja auch, aber er hat sich dafür auch ganz schön ins Zeug gelegt, damit ich mich auch in ihn verliebe. Und ich kann dir versichern, dass er mich niemals, unter keinen Umständen ohne meinen Orgasmus zurücklassen würde. Lieber würde er selbst darauf verzichten. Was aber nebenbei gesagt, ich niemals zulassen würde.

Und jetzt zeig mir dieses Facebook-Bild, auf dem man Helmuts Muckis so gut sehen kann."

Sie versucht eindeutig abzulenken.

Wir bleiben noch eine Weile im Wohnzimmer, vergleichen Helmuts und Jens' Körper und plaudern über Männer, meine Arbeit und die Uni. Kritische Worte über Helmut werde ich heute nicht mehr zulassen.

In dieser Nacht träume ich zum ersten Mal seit Langem nicht von Helmut, sondern schlafe tief und fest, eingelullt von Edwards Schnurren neben meinem Ohr.

14 Vincent

Ich bin bei einem von Minister Rozwans Empfängen eingeladen, die er regelmäßig für statushohe Systemmitglieder und ihren Angehörigen ausrichtet. Da meine Eltern zu weit entfernt wohnen und ich keine Geschwister oder andere Verwandte aufweisen kann, erscheine ich wie immer ohne Begleitung.

Aber ich fühle mich nicht einsam. Es findet sich ohnehin immer eine Frau, die mich mit zu sich nach Hause oder in einen der Privilegienräume nimmt. Jede möchte gerne mit mir zusammen sein, schließlich bin ich Wächteranführer.

Ich brauche keine feste Partnerin. Warum auch? Wann immer ich das Bedürfnis nach Sex habe, also ständig, bekomme ich ihn und kann mir sogar die Entsprechende dafür aussuchen. Genauso wenig brauche ich jemanden zum verbalen Austausch. Über was soll ich mit einer Frau reden, was ich nicht auch mit Männern besprechen kann? Und schon gar nicht brauche ich jemanden zum Kuscheln oder Händchenhalten oder solchen Kram. Ich will, dass mein Körper befriedigt ist, sonst nichts.

Alan dagegen plant eine Familie mit Edna. Er besteht darauf, dass ich sein Ehe-Zeuge bin. Ich tue ihm den Gefallen, obwohl mich Hochzeiten und Liebesschwüre langweilen.

Auch der Empfang langweilt mich. Ich liebe meine Arbeit, beschütze das System und würde mein Leben dafür geben. Doch festliche Veranstaltungen, auf denen viele Menschen zusammenkommen, sei es eine Feier zu Ehren des Ministers oder der Geburtstag eines Freundes, sind mir zuwider. Ich sehe keinen Sinn darin, zwanghaft Konversation mit Leuten zu betreiben, die mich nicht interessieren und mir ihre langweiligen Geschichten anzuhören.

Lieber verbringe ich meine Freizeit in einer der kulturellen Einrichtungen oder im Trainingsraum. Oder auf einer Frau. Bei allen dreien muss ich nicht reden.

Dabei ist es nicht so, dass ich nicht sprechen kann. Rein physisch funktioniert mein Sprechapparat genauso reibungslos wie mein restlicher Körper. Wenn ich will oder wenn es die Situation erfordert, kann ich mich gewandt und eloquent ausdrücken.

Monatlich halte ich Vorträge zu verschiedenen Themen, wie der Truppenaufstellung, oder stellte neue Trainingspläne vor. Außerdem treffe ich mich zu Audits mit dem Minister, rekrutiere in Schulklassen neue Auszubildende und habe die Auswahlverfahren und Testungen der Bevölkerung maßgeblich mitentwickelt.

Manchmal begleite ich auch den Minister auf einer seiner Repräsentationsreisen. Aber wenn ich nicht reden muss, bin ich eher wortkarg. Ohne triftigen Grund ist Sprechen für mich nur eine gesellschaftlich geforderte Konvention, der man zwangsläufig nachkommen muss, oder um Informationen und Befehle weiterzugeben.

Ich warte eine angemessene Zeit, trödle am Büfett und spüre die hungrigen Blicke der Frauen auf meinem Rücken, die ich ignoriere. Dann entscheide ich mich für eine dralle Schwarzhaarige mit großen Locken, Brüsten und Lippen. Ich kenne sie bereits. Sie leistet jedes Mal gute Arbeit.

15 Liz

Die nächsten Tage zehre ich von unserem ungeplanten Zusammentreffen wie von einem Gedanken an eine Karibikinsel im tiefsten Winter. Leider habe ich keine Gelegenheit, Helmut zu sehen, da er, wie ich von den Kollegen erfahren habe, eine Woche Urlaub hat.

Zu Hause lege ich Festnetz-Telefon und Handy griffbereit neben mich, dass ich es nicht verpasse, falls er anruft.

Doch das tut er nicht. Ich bin mir bewusst, dass er meine Telefonnummer gar nicht kennt, pflege aber weiter meine Hoffnung, dass er mich trotzdem kontaktieren wird. Schließlich hat Jens ja auch Paulas Nummer herausgefunden.

Helmut hat sicherlich einen guten Grund, sich nicht zu melden. Vielleicht ist er ein paar Tage in Urlaub gefahren und hat dort keinen Empfang. Oder er hat sein Handy im Spind vergessen und den Schlüssel verloren. Oder er hat sich eine Kehlkopfentzündung eingefangen und kann nicht sprechen. Vielleicht ist er ja aber auch nur ein Idiot, der einfach eine schnelle Gelegenheit suchte, sich zu befriedigen.

Gerade will ich einen Patienten aus dem OP abholen, da entdecke ich ihn. Sexy, männlich und schön wie eh und je. Er steht mit dem Rücken zu mir und bestückt den Sterilisationsautomaten. Seine Rückenmuskeln bewegen sich bei jedem Armheben und treten aufreizend hervor. Er kratzt sich an seinem Knackarsch und dreht sich um.

Ich winke ihm zu, erstarre jedoch in der Bewegung, als ich Frau Dr. Eschbach strahlend auf ihn zueilen sehe.

Frau Dr. Eschbach ist die dienstälteste Gynäkologin des Margarethen, der man ansieht, dass sie in ihrer Jugend sehr hübsch war, jetzt aber ihre besten Jahre längst hinter sich hat. Trotzdem zeigt ihr Gesicht keine Falten und ihr Busen sitzt straff wie bei einer 20-Jährigen, was sie beides ihrem Ehemann, einem erfolgreichen Schönheitschirurgen einer Starnberger Privatklinik, zu verdanken hat. Ihre Lippen sind zu prall, um noch natürlich zu wirken und die teuren Kleider, die sie stets unter ihrem Arztkittel trägt, zu jugendlich.

Ich bin zu weit weg, um hören zu können, was Helmut mit ihr redet, erkenne aber gut, dass er dabei seine Hand auf ihren Arm legt und ihr etwas in Ohr flüstert.

Sie lacht mit weit geöffnetem Mund, sodass man ihre gebleichten Zähne blitzen sehen kann, und wirft dabei ihre gefärbten Haare in den Nacken, was beides wohl sexy aussehen soll, aber gekünstelt wirkt. Er zieht seinen Kopf zurück und zwinkert ihr zu, seine Finger streicheln noch immer ihren Arm. Sie stellt sich aufrechter hin und reckt ihm ihre falschen Brüste entgegen.

Beinahe kann man den Speichelfaden erkennen, der ihm dabei aus dem Mundwinkel trieft. Nun beugt wiederum sie sich vor, sodass ihr Oberkörper seinen berührt und flüstert ihm etwas ins Ohr. Er nickt grinsend mit einem Blick zu ihren geschürzten Lippen und anschließend zu seinem Schritt. Sie zeigt mit ihren grellrosa manikürten Fingern zur Uhr, tätschelt seinen Po und stolziert dann hocherhobenen Hauptes davon, nicht ohne sich noch einmal zu ihm umzudrehen und ihm einen hungrigen Blick und eine Kusshand zuzuwerfen.

Ich habe plötzlich schrecklichen Lufthunger. Was denkt sich die alte Schnepfe eigentlich? Und wieso geht Helmut auf ihr billiges Anbiedern ein? Sie ist doch mindestens 20 Jahre älter als er. Der Umgang miteinander erschien erschreckend vertraut.

Bevor ich mich hier in der OP-Schleuse übergebe, drehe

ich mich schnell um und will mich auf dem Klo verstecken, da höre ich seine Stimme.

„Hey, sugar nurse."

Kann er sich nicht merken, wie ich heiße? Ich hasse Kosenamen wie diesen. Paula ist die Einzige, der ich es erlaube, mich Schatz zu nennen, alle anderen sollen gefälligst meinen richtigen Namen benutzen.

Wenn man so klein ist wie ich, verfallen die Menschen um einen herum oft in Verniedlichungssprache und geben einem Namen wie Püppi oder Süße oder Mäuschen. Ich bin aber nun mal ein Mensch und kein plüschiges Stofftier.

Er winkt mich zu sich, doch ich bleibe standhaft an meinem Platz.

„Warum so grimmig, Baby?", fragt er mich im Näherkommen.

Ich ärgere mich, dass er eben noch diese gealterte Barbie angebaggert hat und nun so tut, als sei nichts geschehen. Er steht so dicht vor mir, dass ich mich für einen Kuss nur wenige Zentimeter vorbeugen müsste. Sein männlicher Geruch lenkt mich ab. Ein Hauch von Frau Dr. Eschbachs aufdringlichem Parfüm haftet noch an ihm, was ich wirklich eklig finde. Entschlossen trete ich einen Schritt zurück.

„Was war denn das eben mit der Eschbach? Und warum hast du dich nicht gemeldet? Ich dachte, nach dem, was letzte Woche passiert ist ...", platzt es aus mir heraus.

Er küsst mich.

„Nicht immer so viele Fragen. Fragen ziehen nur Antworten nach sich", nuschelt er in meinen Mund.

Genau das verlange ich ja eigentlich: Antworten. Doch wie so oft ich lasse ihm sein Verhalten durchgehen, gebe mich seinen Lippen hin und lehne mich an ihn.

„Wann hast du Feierabend?", will er wissen.

„Um halb zehn. Ich hab Spätdienst heute."

Ich löse mich von ihm.

„Ich sitze hier bis mindestens Mitternacht fest. Komm doch nach der Schicht her und leiste mir Gesellschaft."

Es klingt mehr wie ein Befehl als eine Bitte, trotzdem stimme ich zu. Er beißt mich in den Hals und schubst mich dann aus dem OP-Bereich.

Um viertel nach neun sitze ich aufgeregt im Schwesternzimmer und warte auf meine Ablöse. Ich habe mir mit einem Einmalrasierer noch Beine und Achselhöhlen enthaart und den Busch zwischen meinen Beinen wenigstens ein wenig gestutzt.

Mit meiner unsexy Baumwollunterhose muss ich leben, denn die neuen Dessous liegen größtenteils immer noch unausgepackt im Schrank. Wenigstens den weißen Spitzen-BH habe ich an, allerdings auch nur deshalb, weil er wirklich bequem ist, und nicht, weil ich insgeheim auf ein textilfreies Date gehofft habe.

Keine meiner Kolleginnen ahnt, was sich in diesem Raum abgespielt hat, und ich werde den Teufel tun, es ihnen zu erzählen. Vielmehr genieße ich es, als Einzige die Wahrheit über den neuen Fleck auf besagtem Stuhl zu kennen und habe ihnen weisgemacht, mir sei Dosenmilch ausgelaufen.

Auch nach so vielen Tagen meine ich noch immer einen Rest von Helmuts Geruch und Aura zu spüren, wenn ich dieses Zimmer betrete. Und natürlich erlaube ich niemandem außer mir, auf dem heiligen Stuhl Platz zu nehmen, und verteidige diesen derart, dass die anderen Pflegekräfte bereits überlegen, ob ich spontan übergeschnappt bin.

Die Übergabe mit Renate erledige ich in Rekordzeit und bereits acht Minuten nach halb zehn spurte ich zu den Aufzügen. Ich mache mir nicht die Mühe, mich in Straßenkleidung umzuziehen, ich möchte nur so schnell wie möglich zu Helmut. Von diesem Abend erwarte ich mir viel. Er hat mich eingeladen. Für was sonst, als dass er mich mag? Dabei müsste ich es eigentlich besser wissen.

Würde einer meiner Freundinnen so auf das seltsame Verhalten eines Mannes reagieren wie ich auf Helmuts, würde ich ihr ins Gewissen reden, nicht so mit sich umspringen zu lassen.

Ich weiß nicht, was an Helmut ist, was mich zu einem unterwürfigen, hechelnden Hündchen mutieren lässt. Doch darüber will ich mir heute keine Gedanken machen, heute, da eine Beziehung nicht mehr ganz unwahrscheinlich erscheint.

Vom Rennen und der Vorfreude erhitzt und außer Atem finde ich die Tür zum OP-Bereich verschlossen. Soll ich klingeln? Das kommt mir zu förmlich vor. Ich zögere. Bevor ich weiter überlegen kann, was ich tun soll, öffnet sich die Schleuse mit einem leisen Zischen, wie die Schiebetüren in alten Star-Trek-Filmen, nur dass dahinter nicht Captain Kirk, sondern Master Helmut auftaucht. Dieser tritt einen Schritt zurück und dreht sich mit einer einladenden Geste auf die Seite.

„Herzlich willkommen in meinem Reich, nursy-Baby. Keine Patienten, keine Ärzte, keine grellen Leuchtstoffröhren, nur wir beide."

Auch er trägt noch seine Arbeitskleidung und seine knochigen Füße stecken sockenlos in seinen farbigen Plastik-Arbeitsschuhen.

Der verlassene OP und die davor liegende Schleuse strahlen im schummrigen Notlicht eine beruhigende Atmosphäre aus, die Luft riecht dank Lüftung rein und sauerstoffhaltig. Die Tür zum Operationssaal steht offen und erlaubt einen freien Blick auf den schmalen OP-Tisch.

Unwillkürlich stelle ich mir vor, mich mit Helmut darauf zu lieben, wir schauen uns tief in die Augen, er hält mich fest, damit wir nicht runterpurzeln, wir bewegen uns vorsichtig, mein nackter Körper bleibt an dem kalten Plastik kleben ...

„Ich weiß, was du dir vorstellst, Schwesterchen."

Er ist von hinten an mich herangeschlichen und raunt mir ins Ohr.

„Aber der Raum ist für das, was ich mit dir jetzt vorhabe, verboten. Ich will die Nacht nämlich nicht damit verbringen, den Raum zu putzen, damit er wieder steril wird. Ich will mich lieber mit dir beschäftigen."

Das mit dem Putzen kann ich gut verstehen, nicke und wende mich zu ihm um.

„Der unreine Raum eignet sich dafür um einiges besser, findest du nicht?"

Weil ich nicht weiß, was mich erwartet, bleibe ich stumm. Er zieht mich am Nacken zu sich, seine Zunge drängt sich in meinen Mund. Viel zu früh lässt er mich wieder los.

„Aber zuerst muss ich mich stärken."

Während er sich bereits wieder gefasst hat, stehe ich stocksteif da und atme tief ein und aus, um mich und meinen Körper zu beruhigen.

„Heute war irre viel los hier im OP. Und dann mussten wir auch noch einen im Aufwachraum reanimieren. Ich bin den ganzen Tag nicht zum Essen gekommen."

Das kenne ich. Wenn auf Station viel zu tun ist, vergesse ich auch oft zu essen.

„Geh doch rüber zu Sülo und hol mir eine Döner-Box mit Pommes. Aber zieh dich vorher nicht um, das dauert alles zu lange. Ich sterbe vor Hunger."

Und dann sagt er einen Satz, den ich sogar ich meinen Liebesromanen immer albern finde:

„Du bist dann mein Nachtisch."

Kurz stelle ich mir mich als Cupcake mit rosa Buttercreme vor, dann wusle ich los in die kalte Nacht. Ich selbst habe keinen Hunger. Vor Aufregung flattert mein Magen.

Wir lehnen in der Teeküche des OP-Bereichs am Fensterbrett. Hinter uns funkeln die Lichter der Wohnhäuser und die Sterne um die Wette, von fern hört man die Sirene eines Krankenwagens. Ich hoffe inständig, dass dieser nicht gerade einen Schwerverletzten zu uns ins Margarethen bringt.

Es ist irritierend, Helmut beim Essen zuzuschauen, an der Schwelle zwischen animalisch männlich und abstoßend. Er schlingt sein Essen in einem Tempo hinunter, das selbst den Weltmeister im Schnellessen übertrumpfen würde. Er packt die Pommes und Fleischfetzen ohne Besteck, mit bloßen Fingern, schiebt sie sich gierig in den Mund wie in eine Schublade und schluckt laut, ohne viel zu kauen. Sein Kinn glänzt fettig und in seinem Mundwinkel hängt ein Stück Lamm.

Ohne darüber nachzudenken, beuge ich mich vor und pflücke ihm mit meinen Lippen vorsichtig den Essensrest aus dem Gesicht. Er gibt einen brünstigen Laut von sich und versucht erfolglos, mit seiner Zunge meine Lippen neben seinen zu erreichen. Grob vergräbt er seine verschmierten Finger in meinen Haaren und drückt seinen Mund auf meinen.

Ich schmecke Joghurtsoße und Fleisch. Er packt mich so ruckartig an den Hüften, dass er die fast leere Schachtel mit einer einzigen Handbewegung vom Fensterbrett fegt. Dabei fliegt ein Kartoffelstick in hohem Bogen durch die Luft und landet auf der Mikrowelle. Die restliche Soße tropft auf das Linoleum und hinterlässt dickflüssige, weiße Flecken.

Helmut reibt sein Gesicht an meinem Kittel, ich kann nicht unterscheiden, ob er mich liebkosen oder nur seinen Mund abwischen will. Egal was seine Motivation ist, ich genieße das Kratzen seiner Bartstoppeln, das Ziehen seiner Finger in meinem Haar, die Schwere seines Körpers. Ich bin bereit.

Plötzlich hebt er mich mit einem Arm hoch und trägt mich, eingeklemmt zwischen Brust und Bizeps aus der Teeküche in den unreinen Raum nebenan. Er setzt mich auf die Bettschüssel-Spülmaschine, ein beißender Geruch nach Urin, altem Blut und Eiter stieg mir in die Nase. Deswegen vergrabe ich mein Gesicht in seinen Haaren. Er spreizt meine Beine und stellt sich dazwischen.

„Du wirst mich und das, was ich jetzt mit dir anstelle, nie vergessen, Baby", kündigt er an. Oder ist es eine Drohung?

„Zieh dein Oberteil aus. Ich will deine Titten sehen."

Gehorsam befolge ich seine Ansagen. Ich habe mich nie für devot gehalten, aber Helmut ordne ich mich mit einer Selbstverständlichkeit unter, die ich nicht begreife. Beim Anblick meines weißen BHs, der mein Dekolleté tatsächlich so wunderbar stützt und betont, wie die Verkäuferin es versprochen hat, stöhnt er anerkennend.

„Oh, deine großen Dinger sind so geil!", schmatzt er, bettet sich mit geschlossenen Augen auf meinen Ausschnitt wie auf ein bequemes Kissen und umarmt meine Brüste.

So rührt er sich lange Zeit nicht. Ich befürchte schon, er sei eingeschlafen, da dreht er auf einmal seinen Kopf, beißt mich in die rechte Brust und saugt. Ich spüre deutlich, wie das Hämatom entsteht.

„So wirst du auch die nächsten Tage noch an mich denken", bestimmt er und betrachtet zufrieden sein Werk.

Er hat mich markiert. Wenigstens hat er meinen Hals

verschont und ich muss nicht herumlaufen, wie ein seine Knutschflecken zur Schau stellender Teenager.

„Und jetzt die Hose."

Seine Stimme ist heiser, die Finger ruhen noch immer auf meinem Busen.

„Willst du nicht absperren?"

Ich habe etwas Sorge, dass jemand uns hier überraschen könnte.

Ohne mich loszulassen, schiebt er rückwärts mit dem Fuß einen großen Karton Erwachsenenwindeln, der neben uns lagert, vor die Türe, sodass die Klinke blockiert ist.

Der Raum ist schmal, nur zwei oder drei Meter breit und ohne Fenster, das Licht flackert so nervös, wie ich mich fühle, bevor die schwache Glühbirne ganz ihren Geist aufgibt. Das einzige Licht strahlt nun vom roten LED der blubbernden Spülmaschine.

Ich hüpfe herunter und ziehe unbeholfen meine Hose aus. Normalerweise halte ich nichts von schnellem Sex, doch mit Helmut werfe ich wieder einmal alle Ideale über Bord. Paula wäre stolz auf mich, schließlich lebe ich gerade ihr carpe diem sehr intensiv.

So halb nackt, nur noch mit Unterwäsche bekleidet, fühle ich mich nun doch etwas befangen und stehe unbeweglich vor ihm, die Finger auf meinem Unterkörper gefaltet.

„Ich mag dich auch anfassen", flüstere ich, woraufhin er seine Hose ein Stück herunterschiebt.

Er nimmt meine Hände und legt sie auf seinen Bauch, ich streichle seine gestählten Bauchmuskeln und die feinen Haare unter seinem Nabel. Dann führt er meine Finger weiter nach unten, bis sie bei seinem steifen Penis ankommen.

„Gut festhalten", rät er mir.

Von irgendwoher zieht er ein Kondom. Ich frage mich, ob er wohl ein extra Kondomfach in seiner Unterhose eingenäht hat. Oder hat er im Regal einen Gummi-Vorrat angelegt, für solche Fälle wie gerade eben mit uns?

Die Situation erregt mich, wie er da vor mir steht, mit hartem Geschlecht, weil er mich begehrt. Er zeigt nur einmal kurz mit dem Kinn hinter mich, daraufhin klettere ich zurück auf die Spülmaschine. Mit den Fingern schiebt er mein Höschen beiseite, tritt einen Schritt in meine Richtung, streckt sein Becken vor und dringt ohne Vorwarnung in mich ein. Ein klein wenig mehr Vorspiel hätte ich schon erwartet.

Zuerst bewegt er sich langsam. Ich kann an seinem schneller werdenden Atem erkennen, dass seine Erregung mit jedem Stoß steigt.

Nach wenigen Minuten in diesem trägen Tempo beschleunigt er und klammert sich an mir fest.

„Oh Gott ... ich ...", keucht er und wird immer schneller, rammelt mich wie im Schnellvorlauf beim DVD-Spieler. Ich rutsche auf der Spülmaschine hin und her, dass meine Pobacken auf dem kalten Metall quietschen.

„Yeah!", schreit er prustend und sackt auf mir zusammen. Er schnauft heftig und pressend, dass ich schon Angst bekomme, er habe einen spontanen Asthma-Anfall. Ich bewege mich weiter, will auch meinen Orgasmus haben, der jedoch noch weit entfernt ist.

Doch Helmut zieht sich aus mir zurück, entfernt das Kondom, knotet es zu und wirft es in den Abfallbehälter. Hat er gar nicht registriert, dass ich noch nicht gekommen bin? Entweder ist ihm meine Befriedigung völlig schnurzegal oder er war so scharf auf mich, dass er sich nicht zurückhalten konnte. Sollte mir das schmeicheln? Oder sollte ich mich über seinen Egoismus ärgern? Momentan tendiere ich zur zweiten Variante.

„Ficken mit dir ist noch besser als deine Schwesternhände."

Er sieht zufrieden und befriedigt aus.

„Jederzeit gerne wieder, nursy."

Eine Wiederholung? Ich beschließe, mich diesbezüglich noch nicht festzulegen.

Er klaubt meine Kleidung auf, die ich vorher achtlos auf den Boden schmissen habe, wirft sie mir hin und zieht seine Hose wieder nach oben. War's das nun gewesen? Für heute oder für sonst auch? Wie stehen wir zueinander nach diesem Erlebnis? Soll ich ihn fragen? Doch ich schweige weiterhin. Wieso will er so schnell von hier weg? Andererseits ist dieser Raum nicht gerade romantisch, die Luft ist erfüllt von den Gerüchen verschiedener Körperflüssigkeiten, zu denen auch noch unsere dazugekommen sind. Er ist bereits wieder vollständig bekleidet, ich sitze noch immer auf der Spülmaschine, aufgewühlt und unbefriedigt in Körper und Seele und mit vielen Fragen.

Helmut rückt den Windelkarton zur Seite und verlässt den Raum. Schnell schlüpfe ich in meine Sachen und haste ihm hinterher.

„Ich muss heim. Bin total müde. War ein langer Tag heute. Und das eben hat mir den Rest gegeben. Kannst du bitte die Lichter ausmachen?"

Er gähnt laut und streckt sich.

„Ja, klar", stottere ich verdutzt. Hat er nicht gesagt, dass er bis Mitternacht bleiben müsse?

„Schlaf gut", gifte ich.

„Soll ich dich noch zudecken?"

„Ne du, lass mal. Ein anderes Mal. Ich muss morgen wieder früh raus."

Er tätschelt meine Wange und verlässt den OP und mich.

Ich bin zu aufgewühlt, um sofort nach Hause zu gehen. Außerdem habe ich schrecklichen Durst. In der Teeküche trinke ich direkt aus dem Wasserhahn. Dabei fällt mein Blick auf den Essensmüll, den Helmut von sich geworfen hat. Also räume ich noch die Reste zusammen und wische den Boden mit einem Stück Küchenrolle. Die leere Dönerbox will ich im Schmutzraum in den Abfallbehälter werfen.

Im Raum hängt ein unangenehmer Geruch nach Mensch und Sex. Ich betätige den Fußhebel des Abfalleimers, und erstarre. Darin liegen nicht nur das eben verwendete, sondern zwei weitere Kondome.
Ich überlege krampfhaft, suche nach einer Erklärung, die weniger schmerzhaft und eindeutig wäre. Mir fällt nur leider keine ein. Im OP arbeiten meines Wissens außer Helmut nur Frauen.
Die Mülleimer werden jeden Tag mindestens einmal geleert, was bedeutet, dass die Kondome auch noch nicht lange darin liegen können. Und dass einer der Ärzte es hier treibt, kann ich mir beim besten Willen nicht vorstellen. Sie haben ja ihren eigenen Schlafraum inklusive Bett, das sie auch für heimliche Stelldicheins zweckentfremden können.
Wie es aussieht, war ich heute nicht die Erste, mit der Helmut Sex hatte. Wenn möglich vielleicht sogar in gleicher Stellung auf der Spülmaschine? Magensäure steigt meine Speiseröhre hoch, röchelnd erbreche ich mich auf die gebrauchten Kondome.
Ich sinke auf den Boden, kneife die Augen zu und lehne meinen dröhnenden Kopf an das Regal mit den Urinflaschen. Vielleicht fällt mir eine plausible Erklärung ein, wenn ich nur lange genug auf dem kalten Boden hocke?

Dann höre ich das vertraute Zischen der Schleusentüre.
„Du bist ja noch hier."
Er scheint nicht besonders glücklich, mich zu sehen.

„Ich hab meinen Autoschlüssel vergessen", erklärt er sein Auftauchen.

Helmuts Silhouette füllt den Rahmen der Schmutzraumtüre fast vollständig aus. Sein Gesicht ist schwarz verdunkelt, da er mit seinem Körper das Licht aus dem Vorraum abschirmt.

„Was ist das?", presse ich durch die Zähne und zeige anklagend mit ausgestrecktem Finger in den offen stehenden Mülleimer.

Er betritt den Raum, das Licht fällt nun so hinein, so dass alles klar zu erkennen ist.

„Kotze. Als Krankenschwester solltest du das aber wissen."

Angewidert verzieht er das Gesicht und schüttelt sich.

„Ich hasse Kotze. Das ist die einzige Körperausscheidung, die ich nicht ertragen kann! Bäh!"

„Das weiß ich auch, dass das Erbrochenes ist, du Witzbold!", fluche ich.

„Ich meine das, was darunter liegt."

Er hält sich mit zwei Fingern die Nase zu und beugt sich tiefer über den Eimer. Kurz meine ich Verunsicherung in seinen Augen aufblitzen zu sehen.

„XXL-Fingerlinge?", näselt er.

„Hör auf, mich zu verarschen! Soweit ich mitbekommen habe, haben wir gerade nur ein einziges Kondom benutzt. Was machen also die anderen hier drinnen? War ich bloß ein netter Tagesabschluss, weil die anderen Schnicksen schon Dienstschluss hatten? Oder war dir einfach langweilig?"

Ich halte die Tränen zurück, die in mir aufsteigen, ich will mir nicht die Blöße geben, vor ihm zu heulen.

„Es ist nicht, wonach es aussieht", wimmert er.

„Was denkst du denn über mich?"

Momentan sage ich ihm lieber nicht, was ich von ihm

denke. Doch er lässt mich ohnehin nicht antworten und fährt fort:

„Wir haben doch gerade diesen Medizin-Studenten als Praktikanten da. Nicht gerade der Mister Universe unter uns Männern. Klein und dünn und schüchtern. So einer mit Brille und Hemd und Bügelfalten. Ich nehm ihn ein bisschen unter meine Fittiche. Gestern hat er mir gestanden, dass er noch Jungfrau ist. Mit 25! Unglaublich! Er hat mich gebeten, ihm ein paar Tipps zu geben in Sachen Sex und Frauen. Hat wohl mitbekommen, dass ich da Erfahrung hab."

Er hebt arrogant eine Augenbraue, stellt sich breitbeiniger hin und reckt seinen Unterkörper vor.

„Er ist in eine der Putzfrauen verknallt. Du hast sie bestimmt schon gesehen. Da gibt's so eine Neue, so eine ganz Junge. Chinesin oder so. Auf jeden Fall fährt er total auf sie ab. Mir wär sie ja zu dünn und zu verhuscht, aber ihm muss sie ja gefallen. Er wollte sie einladen ins Studentenwohnheim, weil sein Zimmergenosse gerade in Hannover ist und er sturmfrei hat. Aber er traut sich nicht, Gummis zu kaufen, schon allein bei dem Wort ist er knallrot geworden und total nervös. Also hab ich ihm welche von mir gegeben. Als verantwortungsvoller Mann sollte man da ja immer vorsorgen, mit dem ganzen Scheiß, der so umgeht. Man weiß ja nie, mit wem sich die Schlampen vorher so alles vergnügt haben. Hab keine Lust auf einen Tripper oder auf so eklige Feigwarzen. Du hast die bestimmt öfter auf Station, oder?"

Als er meinen Blick sieht, fügt er hinzu:

„Du bist natürlich nicht so eine, bei der man nicht weiß, wer vorher in ihr drin gesteckt hat. Wir sind also hier rein in der Mittagspause und ich hab ihm gezeigt, wie man diese Dinger benutzt. Wenn nicht alles vollgekotzt wäre, könnt ich sie rausholen und dir zeigen, dass sie leer sind."

Tatsächlich bin ich versucht, mir Handschuhe anzuziehen und die verdammten Kondome unter dem halb verdauten Mageninhalt hervorzukramen, verzichte aber doch darauf. Die Geschichte klingt gar nicht so abwegig. Ich erinnere mich vage an diesen Praktikanten, der so unscheinbar und durchsichtig ist, dass man ihn kaum wahrnimmt. Dass der in Sachen Liebe Nachhilfe braucht, ist nachvollziehbar.

Helmut lächelt mich breit an und streckt mir seine Hand hin. Ich greife sie zögerlich und lasse mich von ihm hochziehen. Er drückt mich kurz an sich und streicht mir dabei über den Rücken. Es fühlt sich mechanisch an, wie eine Prothese statt echter Haut.

„Komm, sei nicht so steif. Gerade eben warst du´s doch auch nicht. Da war nur eines steif." Er grinst überheblich. „Wo ist denn dieser scheiß Autoschlüssel schon wieder ... Wie oft ich den suche ..."

Der Schlüssel findet sich im Regal in einer metallenen Bettschüssel. Helmut legt seine Hand auf meine Schulter und schiebt mich grob aus dem Raum.

„Jetzt raus, bevor du dir noch mehr komische Sachen ausdenkst, von denen du keine Ahnung hast."

Gemeinsam verlassen wir den OP und fahren schweigend mit dem Aufzug nach unten. Auf dem dunklen Vorplatz parken nur noch wenige Autos.

„Ich würd dich ja mitnehmen, aber wir wohnen in entgegengesetzter Richtung. Wie gesagt, ich muss ins Bett. Bis dann, nursy. Wir sehen uns. Tschau", nuschelt er und verschwindet in der Nacht.

Erst als ich in der Straßenbahn sitze, fällt mir ein, dass er mich gar nicht gefragt hat, wo ich wohne.

16 Liz

Zu Hause schalte ich den Fernseher an und zappe durch die Programme. Keine der Sendungen interessiert mich auch nur annähernd, aber ich möchte nicht ins Bett. Ich will mich ablenken und nicht mehr ständig daran denken, dass Helmut sich immer mehr als egoistischer Arsch entpuppt. Zum Lesen habe ich keine Lust. Also bleibe ich auf dem Sofa sitzen und stiere auf das flimmernde Bild, ohne zu registrieren, was ich sehe.

„Hast du mich erschreckt! Warum sitzt du denn im Dunkeln vor dem Fernseher und schaust Spiel mir das Lied vom Tod? Ja, der Film ist legendär, aber es ist halb zwei morgens und ich dachte, du stehst mehr auf Vampir-Liebesschnulzen. In dem Film kommt aber kein einziger Vampir vor."

Jens ist unbemerkt aus Paulas Zimmer gekommen und auf dem Weg zum Klo fast über mich gestolpert. Er ist, wie so oft, komplett nackt. Sein Penis baumelt beim Laufen hin und her. Doch heute kann mich nicht einmal so ein Knackarsch wie der von Jens aufheitern. Außerdem gehört der nun eindeutig Paula. Ich zucke nur mit den Schultern und wickle mich fester in meine Decke, weil ich friere, als ob ich gerade eine Südpol-Expedition bewältigt hätte. Offenbar ist Jens mit meinem beharrlichen Schweigen und dem unablässigen Zittern überfordert. Sein Kopf ruckt abwechselnd von mir zum Klo und zu Paulas Zimmer.

„Paula?", brüllt er. „Paula! Fuck! Wach auf und beweg deinen Pracht-Arsch ins Wohnzimmer!"

„Jens, ich bin müde. Komm wieder ins Bett. Ich hab jetzt keine Lust auf noch eine Nummer auf dem Sofa", quengelt sie, ins Wohnzimmer schlappend. „Oh Gott, Lizzy. Schatz, was ist passiert? Und wieso trägst du noch Arbeitsklamotten? Hat Helmut dir was angetan?"

Sie umarmt mich und streichelt meine Haare, während bei mir endlich alle Dämme brachen und ich hemmungslos an ihrer Schulter weine.

„Ich bin dann wohl überflüssig", gähnt Jens und ver-verschwindet ins Bad.

Stockend und immer wieder von lautem Schluchzen und Nase hochziehen unterbrochen, erzähle ich ihr vom heutigen Abend, von meiner Entdeckung und von Helmuts Erklärung.

„Ich glaub ihm kein Wort! Der Typ ist einfach ein Arsch. Dem naiven Praktikanten den Umgang mit Kondomen erklären ... Glaubst du ihm etwa diese aberwitzige Geschichte?", empört sie sich gestenreich.

„Keine Ahnung. Eigentlich nicht", piepse ich.

„Trotzdem lässt du dich von ihm immer wieder einlullen! Er säuselt dir was ins Ohr und schon wirfst du dich ihm an den Hals. Er schnippst mit dem Finger und du stehst parat. Er tippt dich nur an und schon fällst du um und lässt alles mit dir machen. Sachen, die die normale Elisabeth niemals tun würde! Sex im Abstellraum, das bin ich oder Boris Becker, nicht du."

„Unreiner Raum, nicht Abstellkammer", verbessere ich sie kleinlaut.

„Ist doch scheißegal, wo er dich gepoppt hat. Ihm geht's nur um seine eigene Befriedigung. Merkst du das nicht?"

Ich widerspreche ihr nicht. Paula sieht mich nur an und schüttelt den Kopf.

„Du willst ihn wiedersehen, stimmt's?", fragt sie leise.

„Du bist unverbesserlich." Sie seufzt und schlurft zurück ins Bett.

Am nächsten Morgen wache ich mit rasenden Kopfschmerzen und heißen Gliedern auf. Als ich in die Küche wanke, gießt Paula gerade frischen Kaffee auf.

Jens ist ausnahmsweise mal angezogen und himmelt sie vom Küchentisch aus an. Er zieht sie auf seinen Schoß, kitzelt sie und knabbert an ihrem Hals. Sie kichert verliebt und wehrt sich spielerisch. Als sie mich bemerkt, macht sie sich los und setzt sich aufrecht hin.

„Guten Morgen, Schatz. Magst du Kaffee?"

Allein beim Gedanken an Kaffee dreht sich mein Magen um und ich unterdrücke den Brechreiz.

„Du siehst aber kacke aus", stellt Jens fest und mustert mich.

„Vielen Dank für das Kompliment", krächze ich.

„Ich glaube, ich hab Fieber."

„Dann ruf auf Station an und melde dich krank", rät Paula.

„Aber ...", will ich automatisch widersprechen, da ich weiß, wie viel Mehrarbeit es für die Kollegen bedeutet, wenn es einen Personalausfall gibt.

„Du bist sonst nie krank. Die werden mal einen Tag auf dich verzichten müssen. Du legst dich auf die Couch. Ich mach dir Tee und eine Wärmflasche. Wenn ich aus der Uni komme, koch ich dir eine leckere Suppe."

„Ja, Schwester Paula", verspreche ich und greife zum Telefon, um Bescheid zu geben, dass ich heute nicht zur Arbeit kommen werde.

Eine Aspirin und zwei Stunden Schlaf später geht es mir wesentlich besser. Mein Kopf pocht nicht mehr so stark und meine Gliederschmerzen sind erträglich. Das Fieber ist gesunken. Dafür klebt mein Nachthemd unangenehm an meinem schweißnassen Körper und mein Mund fühlt sich an wie nach einer durchgesoffenen Nacht.

Der Tee schmeckt schal und ist kalt. Ich verziehe das Gesicht und strecke der Tasse die Zunge raus. Paula hat bereits eine meiner Lieblings-DVDs in das Abspielgerät geschoben. Ich brauche lediglich die Fernbedienung betätigen und schon trösten mich Edward und Bella.

Es klingelt. Deswegen drücke ich auf Pause, hieve mich vom Sofa hoch und schleppe mich zur Tür. Ich fühle mich immer noch kraftlos, wie ein müder, knochenloser Zombie, nur dass ich noch laufen kann, ohne meine Arme nach vorne auszustrecken.

Statt des erwarteten Postboten steht Helmut im Treppenhaus, breit grinsend und von einer Wolke guter Laune umhüllt.

„Überraschung!", ruft er und wirft seine Arme in die Luft.

„Was machst du denn hier?"

Das ist in der Tat eine Überraschung.

„Woher weißt du, wo ich wohne? Und ich dachte, du hast Frühdienst?"

„Du immer mit deinen Fragen ...", tadelt er mich mit wackelndem Zeigefinger.

„Ich habe übrigens nicht gesagt, dass ich Frühdienst habe, sondern dass ich früh raus muss."

Er schaut über meine Schulter ins Wohnzimmer.

„Woher weißt du, dass ich krank bin?"

Ist er gekommen, um mich zu versorgen? Was für eine romantische Vorstellung.

„Wusst ich nicht."

Was macht er dann hier?

„Ich hab noch mal über gestern nachgedacht und kann verstehen, dass dir das seltsam vorkam mit den Kondomen im Abfall. Glaubst du mir?"

Ich zucke die Schultern.

„Schließlich bin ich ja jetzt hier und nicht bei einer anderen."

Das stimmt.

„Lässt du mich rein oder muss ich hier Wurzeln schlagen?", bittet er mich wie ein Vampir, der ohne Einladung kein Haus betreten kann.

Ich muss mich sowieso wieder hinlegen und schwanke voraus zur Couch.

„Was schaust du dir an?", will er wissen, als er das Standbild auf dem Bildschirm sieht.

„Eclipse."

Das Sprechen fällt mir schwer wegen meiner Halsschmerzen und auch ein bisschen wegen der Aufregung, dass Helmut in meinem Wohnzimmer aufgetaucht ist. Als ob Edward Cullen oder, was vom Körperbau besser passt, Jacob Black sich einfach aus dem Film materialisiert hätte.

„Was für ein Clip? Sieht mir nicht nach Musikvideo aus."

Er lässt sich zu mir auf die Couch fallen und legt seine Füße inklusive Schuhen auf dem Tischchen ab.

„Eclipse. Der dritte Teil der Twilight-Saga", verbessere ich ihn.

„Aha. Ist das nicht diese Teenie-Schmonzette? Mit den vielen Vampiren?"

„Ja, und den Werwölfen."

Er verzieht das Gesicht.

„Schauen das nicht nur 14-Jährige?"

„Nein", belehre ich ihn.

„Erstaunlich viele Frauen über 30 sind geradezu süchtig nach der Twilight-Saga. Es gibt soziologische Abhandlungen über das Phänomen. In einer ..."

„Mach mal weiter", unterbricht er mich und grapscht sich mit der einen Hand die Fernbedienung, die andere legt er lässig hinter mir auf die Sofalehne.

Da er sich mit Forks und dessen Einwohnern überhaupt nicht auskennt und ständig nervige Zwischenfragen stellt, schalte ich nach zehn Minuten wieder aus.

„Und was machen wir jetzt?", fragt er scheinheilig und langt zwischen meine Beine.

„Ich bin krank. Und ich stinke, weil ich vom Fiebern verschwitzt bin und noch nicht geduscht habe", erinnere ich ihn und pflücke seine Finger aus meinem Schritt.

„Stört mich nicht. Hab schon Ekligeres gesehen. Außerdem könnten wir zusammen duschen ... Oder ich könnte dich nackt ausziehen und eine belebende Ganzkörperwaschung durchführen ..."

Er will mich doch nicht jetzt verführen? Trotz Grippe spüre ich, wie es zwischen meinen Beinen zu kribbeln anfängt. In seiner Jeans kann man deutlich eine Beule erkennen.

Er drückt meinen Oberkörper nach unten und schiebt sich halb über mich, gerade so weit, dass ich die Härte in seinem Schritt an meinen Oberschenkeln spüren kann.

Ich beschließe, ihm noch eine Chance zu geben, seine Fähigkeiten als Liebhaber zu beweisen, schlinge meine Beine um seine Hüften und ziehe ihn näher zu mir, was er bereitwillig zulässt. Stöhnend reibt er seinen Unterleib an meinem. Er steckt seine Zunge in mein Ohr und zieht eine feuchte Spur an meinem Hals entlang zum Schlüsselbein. Ich fröstle, doch jetzt nicht mehr wegen des Fiebers. Helmut löst momentan ein ganz anderes Fieber in mir aus.

„Wir werden beobachtet", bemerkt er.

„Oh, das ist Edward. Er mag es nicht, wenn jemand anders außer ihm auf mir liegt."

Helmut nimmt seinen Schuh und schleudert ihn in Richtung Kater, der fauchend davonrast.

„Spinnst du?", beschwere ich mich.

„Ich hasse Katzen!", antwortet er bloß und beschäftigt sich weiter mit meinem Hals.

„Ich glaub´s ja nicht!"

Weil wir beschäftigt sind, haben wir nicht gehört, dass Paula nach Hause gekommen ist.

Jetzt steht sie direkt neben der Couch.

„Was geht denn hier ab? Was macht der Lügenbaron hier?", kreischt sie in meine Richtung. Und zu Helmut gewandt:

„Sie ist krank, du widerlicher Perversling! Sie braucht Ruhe und keinen Schwanz zwischen den Beinen! Jemanden, der sie umsorgt, und keinen notgeilen Sack!"

Helmut rutscht zwar von mir herunter, fühlt sich aber offensichtlich nicht angegriffen. Er setzt sich neben mich und rückt seinen Penis zurecht, während er Paula sichtlich belustigt zuhört.

„Schreib's doch auf und schick's mir per Luftpost", schlägt er ihr vor.

„Mich interessiert dein Gerede nämlich einen feuchten Dreck. So krank kann deine Freundin nicht sein. Schließlich hat sie mich freiwillig in die Wohnung und zwischen ihre Beine gelassen. Aber du kannst dich abregen. Ich muss eh los. Will vor der Schicht noch ins Studio. Und da du mich bei meiner Mission gestört hast, muss ich jetzt zum Druckabbau umso länger trainieren. Kann ich mal kurz in euer Bad, Mädels? Ich glaub, ich muss noch schnell was gegen meinen Extremständer machen, so kann ich ja nicht unter die Leute."

„Raus!", schreit Paula.

Ich habe sie noch nie so wütend erlebt und verstehe auch nicht ganz, was los ist. Helmut hat herausgefunden, wo ich wohne, er hat mich besucht und wir haben auf der Couch rumgemacht. Nichts anderes, als Paula schon unzählige Male gemacht hat. Bei mir regt sie sich darüber auf.

„Mach's gut, nursy!", flüstert er mir noch ins Ohr und schlendert betont langsam und breitbeinig, unerschütterlich selbstbewusst zur Tür, die Paula, kaum ist er draußen, mit einem lauten Knall zuwarf.

„Sag mal, bist du noch ganz dicht?"

Ich schaue sie genervt an.

„Ich weiß nicht, was du von mir willst!", beschwere ich mich. „Helmut hat mich besucht. Wo ist das Problem? Du kannst ihn doch nicht einfach rausschmeißen."

„Doch, kann ich!"

Sie stemmt die Hände in die Hüften und funkelt mich an. „Du willst wissen, was das Problem ist? Er ist das Problem! Was denkst du: Warum ist er wohl heute so einfach reingeschneit?"

„Er wollte mich wiedersehen?"

Die Antwort kommt mir so unglaubwürdig vor, dass ich sie selbst nicht wirklich glaube.

„Wenn er dich einfach wiedersehen wollte, dann hätte er seine Grapschhände von dir gelassen und dir wenigstens einen Tee gekocht! Eine Kranke anzutatschen ist das Allerletzte!"

„Ich hatte doch noch Tee."

Zum Beweis strecke ich ihr die fast noch volle Tasse hin. Sie winkt ab.

„Dann hätte er dir halt eine frische Wärmflasche gemacht oder Wadenwickel oder den Schweiß von der Stirn getupft oder irgendwas anderes. Du weißt doch selbst, wie man Kranke versorgt. Und dazu gehört garantiert nicht Fummeln."

„Es gibt Studien, die eindeutig belegen, dass Sex gegen Migräne hilft. Außerdem ist Liebe immer noch die beste Medizin."

Paula schließt die Augen, atmet tief durch und fährt sich durch die Haare.

„Hast du ihm eigentlich nicht zugehört? Er wollte dich nicht einfach wiedersehen. Er hatte eine ... Mission."

Sie spuckt das Wort angewidert aus.

„Und diese Mission war, sein Ding wo reinzustecken und

dann wieder abzuhauen. Mit Liebe hat das wenig zu tun, Schatz."

Sie gestikuliert wild vor meinem Gesicht herum.

„Wahrscheinlich hatte keine seiner Schlampen Zeit oder unsere Wohnung liegt auf dem Weg zu seinem Fitnessstudio und er wollte sich vor der Arbeit noch abreagieren, weil er morgens vergessen hat, zu wichsen. Was weiß denn ich? Bis jetzt hat er mir auf jeden Fall nicht den Eindruck vermittelt, dass ihm was an dir liegt."

„Du hast mich doch ermuntert, ihn anzusprechen, und mich gecoacht", erinnere ich sie.

Aber insgeheim weiß ich, dass es stimmt, was sie sagt. Dass er mich nicht besucht hat, weil er mich so mag, sondern, ... warum auch immer.

„Ja, das war, bevor ich wusste, was er für ein Arsch ist, der dich wie eine Fickpuppe behandelt, die man sich nehmen kann, wenn man gerade nichts Besseres vorhat."

„Du hast ja eine tolle Meinung von mir, dass es für dich so abwegig ist, dass Helmut mich einfach so gut findet. Er mag mich. Und ich mag ihn. Also lass mich in Ruhe, ich will schlafen."

Zuzugeben, dass Paula Recht haben könnte, fällt mir unheimlich schwer.

„Hat er dir gesagt, dass er dich mag?"

Ich zögere.

„Na ja, nicht so direkt."

„Ha! Siehst du!", ruft sie und zeigt anklagend mit dem Finger auf mich.

„So einer wie Helmut findet alle Frauen gut, einfach aus dem Grund, weil sie eine Möse haben. Und wenn er dann auch noch so einfach so willige Beute machen kann, fackelt der nicht lange. Der wird dir alles sagen, was du hören willst, um dich abzuschleppen."

„Was hast du denn die ganzen Jahre gemacht, bevor du

Jens kennengelernt hast? So viele Männer, wie du die letzten Jahre hattest, kann man dich auch nur als Schlampe bezeichnen! Und du machst mir Vorwürfe, weil ich einmal in meinem Leben Spaß habe?"

Paula schluckt. Ich sehe deutlich, dass sie meine Worte verletzt haben. Mein Stolz hindert mich jedoch daran, das Gesagte zurückzunehmen.

„Aber ich spiele immer fair", erwidert sie ruhig.

Ich kneife meine Lippen zusammen und verschränke trotzig meine Arme vor der Brust. Es ist alles gesagt. Ich stopfe meine Decke unters Kinn, drehe Paula den Rücken zu und strafe sie mit Missachtung.

„Alles klar", stöhnt sie.

„Jens hat mich übrigens eingeladen, ihn auf eine Geschäftsreise nach Berlin zu begleiten. Er stellt da ein neues Computerspiel vor. Eigentlich wollte ich dich, wenn du krank bist, nicht alleine lassen. Aber offensichtlich legst du momentan wenig Wert auf mich und meine Meinung. Nächsten Montag bin ich wieder da und ich hoffe, du hast dich bis dahin wieder eingekriegt und dein Gehirn arbeitet wieder auf Elisabeth-Schneitinger-Modus. Unser Flug geht um sechs. Ich suche nur schnell ein paar Sachen zusammen und dann bist du mich los!"

Ich bin in der Tat nicht traurig, ein paar Tage ohne Paula zu verbringen. Normalerweise haben wir nie Streit, aber ihren Ausbruch vorhin und dass sie Helmut rausgeworfen hat, kann ich ihr momentan nicht verzeihen. Wenn ihn jemand rausschmeißt, dann ich selbst.

In Wahrheit ist Paula keine Schlampe. Sie lügt die Männer nie an, verspricht ihnen nichts, sondern klärt sie stets über ihre Absichten, lediglich Sex zu wollen, auf. Meine Vorwürfe tun mir leid. Aber ich schaffe es nicht, mich zu entschuldigen. Stumm schleicht sie in ihr Zimmer und packt. Wir verabschieden uns nicht.

Als ich die Haustüre zuschlagen höre, setzte ich mich auf und weine still leidend. Über den Streit mit meiner besten Freundin, den Kampf zwischen Kopf, der die Wahrheit kennt, und Herz und Körper und deren trotz allem verzweifelten Gier nach ihm.
Edward hüpft auf meinen Schoß, leckt über mein salziges, nasses Gesicht und rollt sich dann schnurrend auf mir zusammen. Ich höre erst auf zu weinen, als er wieder von mir runterspringt und lautstark maunzend seinen Hunger kundtut.
Immer noch schniefend schaufle ich sein Lieblingsessen in den Napf und hocke neben ihm auf dem Boden, während er frisst. Dann nehme ich ihn auf den Arm, drücke ihn an meine Brust und beteuere ihm meine Liebe. Er dankt es mir mit einem stinkenden Katzenfurz, zappelt sich frei und verkriecht sich in seine Kuschelhöhle.
Seufzend beschließe ich, mein Selbstmitleid für heute zu beenden, und gehe früh schlafen.

17 Liz

Am nächsten Tag fühle ich mich bereits wieder gut genug zum Arbeiten. Ich hasse es, krank zu sein, untätig und schlapp und zum Nichtstun verdammt. Dazu ständig das schlechte Gewissen im Hinterkopf, dass die Kollegen den Personalausfall auffangen müssen. Ohnehin würde ich keinen Tag länger ohne Helmut aushalten. Ich habe das Bedürfnis, mit ihm über den gestrigen Vorfall zu reden.

Diese Möglichkeit ergibt sich sich, als ich das Blut, das der Assistenzarzt eben bei mehreren Patienten abgenommen hat, in das an den OP angeschlossene Labor bringe. Mit den Proben in der Hand betrete ich Helmuts Revier. Dabei werde ich fast von Frau Dr. Eschbach umgerannt, die mit roten Backen und offenem Arztkittel eilig an mir vorbeitrippelt. Ich lasse meinen Blick auf der Suche nach Helmut durch den Vorraum schweifen. Zuerst sehe ich ihn nirgends, dann entdecke ich ihn, wie er mit einem zugeknoteten Müllbeutel den unreinen Raum verlässt. Als er mich ebenfalls bemerkt, stutzt er kurz, kommt aber dann näher.

„Wieder gesund?", begrüßt er mich zwanglos.
„Es tut mir leid, was gestern passiert ist", plappere ich los, seine verdächtig verstrubbelten Haare nicht beachtend.
„Ich meine, nicht das mit uns. Das tut mir nicht leid, sondern das mit Paula. Dass sie so ausgeflippt ist. Ich weiß auch nicht, was mit ihr los war. So ist sie normalerweise nicht."
Ohne auf das Gesagte einzugehen, reißt er mich mit einem Arm an sich und nähert sich meinem Gesicht. In der anderen Hand hält er immer noch den Müllsack. Mir kni-

cken die Beine weg und ich muss mich an ihm festhalten, um nicht umzufallen.

„Ich bringe immer zu Ende, was ich begonnen habe", presst er durch die Zähne.

„Und ich kann es nicht ausstehen, dabei gestört zu werden. Beste Freundinnen sind die Pest. Ich werde dich heute nach deinem Dienst zu Hause aufsuchen. Sorg dafür, dass die Furie nicht wieder reinplatzt."

„Paula ist bis Montag mit ihrem Freund in Berlin. Wir sind also garantiert ungestört", versichere ich. „Außerdem will ich mit dir reden."

„Wenn´s sein muss", knurrt er. „Stell Bier kalt und leg Kondome bereit. Um halb neun bin ich da. Und sperr den verdammten Kater weg." Er streckt mir den Müllbeutel hin. „Wirf den doch auf dem Weg zurück auf die Uro in den Container."

Bereits um acht sitze ich nervös am Küchentisch und warte ungeduldig auf Helmut. Ich habe mich heimlich an Paulas Kleiderschrank bedient und mich für ein weißes Spitzenoberteil entschieden, das mehr als nur den Brustansatz zeigt. Dazu trage ich einen kurzen Rock, meine Frisur habe ich mit Haarspray in Form gebracht. Sogar Lidschatten und Lippenstift habe ich aufgetragen. Edward streicht um meine Beine und glotzt mich von unten herauf an.

„Sorry, mein Lieber, es muss sein", erkläre ich ihm und sperre ihn in Paulas Zimmer.

Er miaut beleidigt und kriecht unters Bett, seine Augen blitzen vorwurfsvoll.

Alles ist vorbereitet: Das Bett frisch bezogen, Bier im Kühlschrank kalt gestellt, dezente Musik eingelegt und ein Dutzend Kerzen im Schlafzimmer verteilt.

Um neun Uhr höre ich endlich das ersehnte Türklingeln.

Helmut hält sich nicht mit Begrüßungen auf, sondern stolziert sofort in die Wohnung. Ich halte ihm meine Wange hin, doch er ignoriert meinen Wunsch, geküsst zu werden, und steuert zielstrebig auf das Bad zu. Über mein Aussehen und die romantische Atmosphäre verliert er kein Wort.

„Ich geh erst mal duschen. Bin gleich von der Arbeit hierher."

Ich folge ihm ins Bad und lege ihm frische Handtücher bereit. Helmut steht bereits unter der Dusche, sodass ich ihn in seiner ganzen Männlichkeit bewundern kann. Bis jetzt habe ich ja nur sein bestes Stück und seine Brust unverhüllt gesehen. Er scheint sich überhaupt nicht vor mir zu genieren, sich nackt zu zeigen. Im Gegenteil, es wirkt so, als ob er sich extra in Pose stellt wie ein Model in einem Pin-up-Kalender für Frauen.

Er wäscht sich mit geschlossenen Augen die Haare und lässt das Wasser über Gesicht und Vorderseite laufen. Seine Muskeln schwellen bei jeder Bewegung an. Der aufsteigende Dampf des heißen Wassers verleiht der Situation die Atmosphäre eines Films mit Weichzeichner.

Jedes von Helmuts Körperteilen verkörpert ein Ideal, das eines Hinterteils, eines Bauchs, eines Penis, eines Mannes. Neben seinen Tattoos an Oberkörper und Armen ziert ein großes Muster seinen unteren Rücken. Ich muss ein Prusten unterdrücken, da ich Arschgeweihe schon immer albern gefunden habe. Doch nicht einmal das kann ihn entstellen.

Vor lauter Staunen verpasse ich die Gelegenheit, zu ihm unter die Dusche zu schlüpfen. Stattdessen strecke ich ihm das Handtuch hin und er wickelt es sich nachlässig um die Hüften, den Blick stur auf mein Gesicht geheftet. Seine Augen wandern auf meine Lippen und von da abwärts über meine Brüste, meinen Bauch, meinen Schoß. Überall, wo seine Augen entlangfahren, spüre ich ein Kribbeln, als ob er mich wirklich dort anfassen würde.

Er zieht das Handtuch auf, lässt es auf den Boden fallen und präsentiert mir seinen bereits voll erigierten Penis. Er verliert keine Zeit mit Schmeicheleien oder unnötiger Konversation. Dabei wollte ich doch mit ihm endlich Klartext reden.

„Wo ist dein Schlafzimmer? Du gehst vor."

Ich wache auf, weil neben mir jemand mit der Motorsäge einen Baum fällt. Helmut liegt mit geöffnetem Mund auf dem Rücken und schnarcht so ohrenbetäubend laut, dass an Wiedereinschlafen nicht mehr zu denken ist. Ob es wohl irgendeinen Ort im Universum gibt, an dem Männer lautlos schlafen? Ich versuche, ihn auf die Seite zu rollen, doch sein schlaffer Körper ist so schwer und ich so müde, dass ich es aufgebe.

Im Laufe des Abends haben wir mehrmals miteinander geschlafen. Genauer gesagt, hatten wir eigentlich nicht zusammen Sex, sondern Helmut an mir. Denn wieder bin ich nicht zum Höhepunkt gekommen. Stattdessen bin ich unter ihm gelegen und habe zugehört, wie er heftig schnaufte und pumpte, spürte seine Hoden an meinen Hintern klatschen und hoffte dabei durchgehend, dass er endlich auch an mich denken würde.

Ich ertrug sein Gestammel „Du machst mich so geil, Baby" und sein „Ich kann´s nicht zurückhalten" und bemühte mich, wenigstens ein bisschen Spaß zu haben. Als ob ich das nicht schon lange bemerkt hätte, dass er nicht besonders lange durchgalten kann. Doch er ließ mich wieder sexuell und emotional unbefriedigt zurück, während er grinsend, und eine Hand um meinen Busen gekrallt, einschlief. Trotzdem rede ich mir ein, glücklich zu sein. Schließlich ist das passiert, was ich mir schon so lange gewünscht habe.

Bei jedem Schnarcher bebt Helmuts Brustkorb und unangenehm riechender Schlafatem weht mir ins Gesicht. Sein Schnaufen setzt immer wieder für eine Minute aus und jedes Mal zieht er danach rasselnd die Luft ein. Er schmatzt laut, ein Speichelfaden läuft seitlich an seinem Mundwinkel entlang.

Ich nehme ein Taschentuch aus der Nachttischschublade und wische ihm die Spucke von der Wange. Er grunzt und dreht sich auf die Seite, dabei entfährt ihm ein lauter Furz. Ich fahre hoch, kippe das Fenster und flüchte ins Bad, wo ich mich in die Wanne lege.

Offenbar bin ich doch wieder eingenickt, denn als ich aufwache, scheint die Sonne ins Badfenster. Ich friere entsetzlich in dem mittlerweile eiskalten Badewasser.

Schnell schlüpfe ich in meinen Bademantel und schlurfe ins Schlafzimmer. Doch Helmut liegt nicht mehr in meinem Bett. Ich suche ihn vergeblich in der Küche, schaue sogar in Paulas Zimmer, doch er ist nirgends zu finden.

Er hat auch keinen Zettel hinterlassen, keine mit Lippenstift geschriebene Nachricht auf dem Spiegel, nichts. Er ist einfach weg. Nur das zerwühlte Laken und die Kondomverpackungen verraten, dass ich unsere Zusammenkunft diesmal nicht geträumt habe.

18 Liz

Eigentlich habe ich heute frei, trotzdem breche ich zum Margarethen auf. Helmut muss mir dringend ein paar Fragen beantworten. Wieso ist er einfach abgehauen? Heimlich, als ich schlafend in der Wanne gelegen habe. Ich bin doch kein One-Night-Stand, den man einfach so zurücklässt ohne sich zu verabschieden! Oder hat er nachts einen Anruf bekommen und ist ins OP gerufen worden?

Ohne Umwege renne ich zum OP. Ich will endlich Klarheit über unsere Beziehung oder was immer das auch ist, was zwischen uns läuft.

Helmut ist nicht da.

„Er hat sich krank gemeldet", klärt mich seine Kollegin auf und sieht mich mitleidig an.

Ich frage sie, ob sie wisse, wo er wohne. Sie ziert sich zuerst, doch dann hat sie ein Einsehen und schreibt mir seine Adresse auf eine leere Medikamentenschachtel.

Seine Wohnung liegt nur fünf Stationen mit dem Bus vom Margarethen entfernt, ein modernisierter Altbau mit mehreren Wohneinheiten über einer kleinen Kneipe, „Helgas Eckl", direkt in der Innenstadt. Ich habe vergessen zu fragen, in welchem Stockwerk Helmut wohnt, finde ihn aber auf einem der Klingelschilder.

Welcher Name zu welchem Stockwerk gehört, ist nicht ersichtlich. Unschlüssig bleibe ich vor dem Eingang stehen. Ein Bewohner verlässt das Gebäude und schnell schlüpfe ich durch die sich schließende Türe. Im Gang riecht es nach Kneipe, abgestandenem Bier, kaltem Zigarettenrauch und Gulasch. Aus einer der Wohnungen dringen die Geräusche eines Fernsehers, Applaus und Gelächter sind zu hören, aus einer anderen erkannte ich AC/DCs „Highway to Hell".

In jeder Etage gibt es drei Türen. Ich versuche, durch Ausschlussverfahren herauszufinden, hinter welcher ich Helmut finden kann, komme mit dieser Methode aber nicht weit. Auf Gut Glück irgendwo zu klingeln und mich nach ihm zu erkundigen, traue ich mich nicht. Eine halbe Stunde kauere ich unbeweglich im kalten Treppenhaus auf den Stufen zum Dachboden und grüble, was ich tun soll. Seltsamerweise fällt mir währenddessen ein, dass ein kalter Untergrund Hämorrhoiden begünstigt.

Einfach wieder heimgehen will ich jedoch auch nicht. Da höre ich jemanden die Treppen hochsteigen, jemand eindeutig männliches. Und kurz darauf rieche ich ihn auch, noch bevor ich etwas sehen kann. Ein penetranter Geruch nach frischem, pheromongeschwängertem Männerschweiß.

Es ist Helmut. Er bleibt vor der mittleren der drei Türen stehen und kramt in der Tasche seiner Jogginghose. Sein Haar klebt ihm im Nacken, sein Shirt nass an seinem Körper, sodass man alle Muskeln deutlich erkennen kann. Er sieht aus, als käme er gerade von einem Wet-T-Shirt-Wettbewerb. Den er natürlich als Sieger verlassen hat. Nur die dazugehörige Schärpe fehlt.

„Hi."

Vom Sitzen steif, rapple ich mich auf. Er dreht sich um und mustert mich, fast so, als ob er überlegt, woher er mich kenne.

„Wo warst du?", will ich wissen.

„Laufen."

„Ich meine, warum bist du heute Nacht einfach abgehauen?"

„Ich kann in fremden Betten nicht pennen."

So laut, wie er geschnarcht hat, kann ich mir das nicht wirklich vorstellen.

„Verfolgst du mich?", fragt er mit genervtem Unterton.

„Nein!", beteuere ich. Doch natürlich du Hirni, oder warum bin ich sonst hier? Denkst du, ich vertreibe mir meine freien Tage immer in stinkenden, zugigen Treppenhäusern?

„Ich, ... ich wollte dich sehen. Du warst nicht mehr da. Und ich dachte ... Ich wusste nicht ... Warum du ... Kann ich mit reinkommen?"

Ich bemühe mich um ein kokettes Lächeln, bringe aber weder einen geraden Satz noch ein sexy Lächeln, sondern lediglich eine Grinsegrimasse zustande.

„Ich hab nicht aufgeräumt", blockt er ab.

„Und gleich hab ich noch einen Termin. Ich bin eh schon spät dran. Wir sehen uns morgen in der Arbeit."

Er schließt auf und verschwindet ohne ein weiteres Wort in seiner Wohnung. Die Tür zieht er so schnell hinter sich zu, dass ich nicht einmal einen kurzen Blick in sein Reich erhaschen kann.

19 Liz

Während meines nächsten Frühdienstes warte ich auf ein Zeichen von Helmut. Ich weigere mich zu akzeptieren, dass es einfach zu Ende ist. Ursprünglich hatte ich den Abend als einen Anfang geplant.
Dass Plan und Realität nicht immer zusammen passen, ist nicht neu. Denn tatsächlich ist er nicht gut, sondern sagen wir mal ausbaufähig gelaufen. Aber immerhin hätte es ein Anfang werden können.
Nur, von was? Will Helmut eigentlich eine Beziehung? Will er mich als Freundin?
Mittlerweile bezweifle ich das stark. Trotzdem komme ich nicht von ihm los, klammere mich an ihn und die Hoffnung, dass ich doch mehr sein könnte als eine Vagina auf zwei Beinen. Ein ganzer Mensch, sein Mensch. Doch je weiter ich darüber nachdenke, umso unwahrscheinlicher wird es, dass wir jemals ein Paar werden.
Ich muss dringend mit ihm reden. Also übernehme ich alle anfallenden Dokumentationen und organisatorischen Arbeiten, damit ich durchgängig das Stationstelefon bewachen kann, falls er anruft. Um 13 Uhr habe ich die Hoffnung schon aufgegeben, da klingelt es doch noch. Auf dem Display erkenne ich die Nummer vom OP.
„Komm runter", sagt er nur.
„Jetzt sofort?"
„Du wolltest mich doch sehen. Also, hier bin ich und warte auf dich. Und ich warte genau vier Minuten."
Er legt auf und ich bleibe verdutzt mit dem Hörer in der Hand sitzen. Nervös, weil ich ihn endlich zur Rede stellen kann und weil ich ihn sehe werde, suche ich im Schwesternzimmer etwas, das meinen abrupten Aufbruch in den OP rechtfertigen kann. Ich grapsche mir ein Bündel Einmalkatheter, atme tief ein und strecke meinen Rücken.

Dann breche ich auf, mein weiteres Leben zu regeln.

„Im OP brauchen sie dringend 18er Katheter. Ich flitz mal schnell und bring ihnen welche", informiere ich Marion im Weggehen.

„Du hattest nur noch eine Minute Zeit", ist Helmuts einziger Kommentar bei meinem Erscheinen.

Vom Rennen noch außer Atem strecke ich ihm die Schläuche hin. Er nimmt sie mir aus der Hand, legt sie aber sofort auf die nächste freie Ablage in Reichweite.

„Um halb zwei geht's weiter mit OPs. Also entscheide dich. Reden oder ficken? Wenn´s sein muss auch beides, aber ich weiß, für was ich mich entscheide."

Er will mich in den leeren Aufwachraum schieben, was ich nicht zulasse.

„Ach komm, nursy-Baby. Du bist doch nicht sauer, weil ich gestern Nacht gegangen bin? Ich hab´s dir doch erklärt. Ich kann woanders nicht gut schlafen. Ich brauch mein eigenes Bett. Und außerdem warst du ja auch nicht da."

„Ich bin in der Badewanne eingeschlafen. In die ich übrigens geflüchtet bin, weil du wie ein Berserker geschnarcht und mein Schlafzimmer mit deinen Fürzen verpestet hast. Du hättest mich ja wecken können und dich wenigstens verabschieden und nicht einfach heimlich rausschleichen. Außerdem können wir nächstes Mal ja zu dir gehen. Dann kannst du in deinem eigenen Bett schlafen."

„Ich nehme grundsätzlich niemanden mit nach Hause. Merk dir das. Mein Bett ist alleine mein Bett. Und ich entscheide, wer drin liegt. Wenn´s also ein nächstes Mal geben soll, dann mach nicht mehr so dämliche Vorschläge. Jetzt sind es übrigens nur noch 16 Minuten, bis die anderen aus der Pause kommen. Willst du weiterdiskutieren oder endlich zum angenehmen Teil übergehen?"

Er tritt einen Schritt auf mich zu, aber ich weiche instinktiv zurück. Das stört ihn nicht weiter, denn er folgt mir einfach, drückt mich mit seinem Körper an die Wand und grapscht eine meiner Pobacken. Ich strample mich frei und streiche meine Kleidung glatt.

„Ich will das so nicht. Nicht hier", bleibe ich standhaft.

Er lässt mich los, geht einen Schritt zurück und streckt beschwichtigend die Handflächen nach vorne.

„Kommst du heute Abend vorbei? Ich könnte was Leckeres kochen", schlage ich in der Hoffnung auf ein doch noch gutes Ende oder zumindest ein weniger demütigenderes Gespräch als in einem medizinisch riechenden Raum vor.

„Nö, heute ist Fußball in der Kneipe bei mir. Die Jungs kommen. Keine Frauen erlaubt. Morgen von mir aus. Um acht. Aber kein Veggie-Scheiß. Fleisch. Und Bier."

„Wir könnten nach dem Essen auf die Vernissage von diesem Fotografen im Kulturhaus."

Beim Wort Kultur verzieht er das Gesicht, als ob ich ihm vorgeschlagen hätte, eine atonale Oper und nicht eine ganz normale Ausstellung zu besuchen.

„Wir müssen da nicht hingehen. Auf was hast du denn Lust? Kino?"

„Nur auf dich."

Obwohl ich weiß, dass er mich mit dieser Antwort wahrscheinlich nur wieder um den Finger wickeln will, verfehlt sein Schmeicheln nicht seine Wirkung. Die Fotoausstellung kann ich mir auch mit Paula anschauen. Oder alleine.

Unser Streit fällt mir wieder ein. Ich vermisse Paula, auch wenn ich immer noch sauer auf sie bin. Als beste Freundin hat sie natürlich das Recht, mir deutlich ihre Meinung zu sagen. Ich will sie nur nicht hören. Sie stellt mich dar, als sei ich ein dummes, hormongesteuertes Etwas, ohne eigenen Willen und ohne zu merken, dass Helmut ein Arsch ist.

Ist er das? Noch habe ich einen letzten Rest Hoffnung, dass ihm etwas an mir liegt und dass ich nicht nur eine nette Abwechslung für ihn bin. Morgen Abend kann ich ihm zeigen, dass ich es wert bin, mehr zu sein als eine Kollegin mit der Zusatzfunktion Sex.

Nach der Arbeit gehe ich einkaufen, besorge Steak und Kartoffeln, Bohnen und Bier.

Mein nächster Arbeitstag vergeht dank einiger unvorhergesehener Notfälle, einem Toten und etlichen Nachblutungen und postoperativen Erbrechen schnell, sodass ich keine Zeit habe, mir wegen des bevorstehenden Abends Sorgen zu machen.

Auf dem Weg zu meinem Spind höre ich aus der Männerumkleide lautes Stöhnen. Zuerst möchte ich die eindeutigen Geräusche diskret überhören, aber die Neugierde siegt.

Ich muss wissen, wer sich hier zu einem sexuellen Rendezvous eingefunden hatte. Deshalb schleiche ich zur Tür und öffne sie einen Spalt. Als ich jedoch erkenne, wen ich da gerade in kompromittierender Stellung erwischt habe, schnappe ich nach Luft.

Helmut steht, immer noch in geblümter OP-Haube und Mundschutz, mit heruntergezogener Hose über den prallen, weißen Hintern von Jaqueline gebeugt, ihr Kleidchen ist nach oben geschoben, ein winziger rosa Slip baumelt um ihren Knöchel.

Er hat seine Stirn auf ihren Rücken gepresst, die Hände in ihren Hüften verkrallt, sie stützt sich mit den Unterarmen auf dem Schmutzwäschebehälter ab, der bei jedem von Helmuts Stößen gegen die Wand knallt.

Andy kniet in Unterwäsche neben den beiden auf dem Boden und massiert mit der einen Hand hingebungsvoll Helmuts Hoden, mit der anderen Jaquelines Brüste. Alle drei keuchen schwer. Bei Jaquelines hohem Quietschen stelle ich mir Miss Piggy beim Sex mit Kermit vor. Helmuts frosch-grüne Klamotten passen gut dazu. Sie haben mich nicht bemerkt oder lassen sich einfach nicht stören.

Ich taumle zurück, stolpere dabei rückwärts über meine Handtasche, die ich vor Schreck fallen gelassen habe, und lande schmerzhaft auf meinem Steißbein. Die ersten Tränen laufen an meinen Wangen hinunter. Tränen der Wut, auf Helmut und auf mich, weil ich so doof war, mir das Offensichtliche nicht einzugestehen. Ich rapple mich auf, schnappe meine Handtasche und renne, als ob ich meinen eigenen Rekord beim 100-Meter-Lauf brechen müsste.

Ich schaffe es nicht, die Wohnungstüre aufzusperren. Meine Hände zittern und durch die Tränen verschwimmt alles. Auf einmal wird die Türe aufgerissen und ich falle in Paulas Arme. Mein Gesicht ist nass vom Weinen und dem Rotz, ihn abzuwischen habe ich keine Kraft.

Sie stellt keine Fragen. Ich klammere mich an ihr fest wie ein Betrunkener an einer Laterne und sinke mit ihr zusammen auf den Boden.

„Paula, du bist wieder da", stelle ich unnötigerweise fest.

„Mir tut alles so leid. Ich wollte nicht streiten. Ich hasse es, wenn wir böse aufeinander sind".

Mein Schluchzen klingt jämmerlich.

„Es wird alles gut, Schatz", beschwichtigt sie mich und macht ein beruhigendes Geräusch.

„Er ist so ein Drecksskerl! Er hat mich von Anfang an nur verarscht. Ihm ging´s nur darum, seinen Schwanz in mich reinzustecken, wie in alle anderen. Mit mir als Mensch hatte das gar nichts zu tun."

Paula erspart mir jegliche Kommentare wie: ich hab´s dir doch gesagt oder Ähnliches, sondern hält mich einfach nur fest und hört zu. Ich sehe zu ihr hoch und muss blinzeln, um sie überhaupt erkennen zu können.

„Eigentlich wusste ich es von Anfang an. Ich wollte es nur nicht wahrhaben. Ich wollte so, dass er mich mag. Aber mein Gehirn war von seinem Testosteron und seinem Gerede so vernebelt, dass ich nicht mehr klar denken konnte. Dass ich überhaupt nicht mehr denken konnte, geschweige denn vernünftig handeln."

Paula reicht mir ein Taschentuch, in das ich geräuschvoll hineinschneuze.

„Wenn ich ihn gesehen habe oder mit ihm zusammen war, bestand ich bloß noch aus Körper, Vagina mit Brüsten, ohne Gehirn. Und genau so hat er mich auch behandelt. Er hat mich kein einziges Mal mit meinem Namen angesprochen, sondern nur mit affigen Kosenamen."

Mit meinem Ärmel wische ich mir die Tränen vom Gesicht.

„Wahrscheinlich weiß er gar nicht, wie ich heiße, oder es interessiert ihn einfach nicht. Oder beides. Du hast mich gewarnt, aber ich hab dir nicht zugehört. Ich hätte fast meine beste Freundin verloren wegen diesem Arsch!"

Paula küsst mich liebevoll auf die Nase, zieht meinen Kopf wieder an ihre Schulter und streichelt meinen Rücken, während ich weiter weine, bis sich mein Kopf so dumpf anfühlt wie eine zu stark aufgeblasene Luftmatratze. Dann bringt sie mich ins Bett und deckt mich zu.

„Leg dich hin, Schatz. Ich besorg uns Pizza und eine Zwei-Liter-Flasche Wein, wir machen es uns mit Drei Haselnüsse für Aschenbrödel auf dem Sofa bequem und betrinken uns, bis uns schlecht ist", bestimmt sie.

„Gehst du heute nicht mehr zu Jens?", schniefe ich.

„Nein, du brauchst mich. Ich kann schon mal einen Abend auf ihn verzichten."
„Ich liebe dich, Paula."
„Ich dich auch. Und jetzt ruh dich aus. Ich weck dich, wenn das Essen da ist."

Die Türklingel weckt mich. Da ich davon ausgehe, dass es der Pizzaservice ist, bewege ich mich nicht und vertraue darauf, dass Paula wie versprochen alles übernehmen wird.
Ich merke schnell, dass etwas nicht stimmt, denn in der Regel schreien wir in dieser Wohnung keine Pizzaboten an.
„Echt jetzt?!", höre ich sie kreischen. „Dass du dich traust, hier noch aufzutauchen, du Scheißhaufen von einem Mann!"
Ich zwinge mich in eine aufrechte Position und schleppe mich ins Wohnzimmer, um zu sehen, wen Paula da gerade fertigmacht.
„Hi Furie", begrüßt Helmut sie herablassend.
Er lehnt am Türrahmen, die eine Hand hat er in der Hosentasche vergraben, in der anderen hält er eine selbstgedrehte Zigarette, die verdächtig süßlich nach illegalen Beimischungen riecht. Paula tobt mit hochrotem Gesicht. Rauchwölkchen zischen ihr aus Ohren und Nase.
„Lass nur. Ich rede mit ihm."
Sie tritt protestierend einen Schritt zurück und verlässt das Wohnzimmer, nicht ohne mir vorher gestenreich einzubläuen, mich nicht wieder von ihm rumkriegen zu lassen.
„Was willst du?"
Ich bemühe mich um einen kalten, emotionslosen Ton. In Wirklichkeit bin ich voller widersprüchlicher Emotionen. Ihn hier stehen zu sehen, heizt die immer noch vorhande-

ne Lust auf ihn weiter an, der Schmerz über seinen Dreier, bei dem ich ihn erwischt hatte, zerfrisst mich beinahe und die Wut darüber, wie schamlos schlecht er mich behandelt hat, brodelt unkontrollierbar.

Er zieht an seiner Kippe und hält die Luft an, um den berauschenden Rauch möglichst lange in der Lunge zu behalten.

„Du hast mich doch zum Essen eingeladen." Zischend stößt er die Luft aus und streckt mir den Stummel hin.

„Willst du auch mal?"

Ich lehne unwirsch ab. Hierzu brauche ich einen klaren Kopf. Er ist offensichtlich ahnungslos. Und dreist. Also kläre ich ihn auf.

„Ich hab dich heute Nachmittag gesehen. In der Umkleide. Mit den beiden Schlampen."

Zuerst tut er so, als wüsste er nicht, wovon ich spreche. Dann verdüstert sich sein Gesicht und er kneift die Augen zu.

„Du dachtest doch nicht, dass das mit dir was Exklusives ist, oder? Ich hab nie behauptet, dass du die Einzige bist. Ich bin ein Mann und kein Luschi. Ich brauch Sex. Viel Sex. Und Frischfleisch. Sonst wird's langweilig. Und wem das nicht passt, der hat Pech. Komplikationen kann ich da nicht gebrauchen."

„Ich bin also nur eine Komplikation?", wiederhole ich. „Dann ist das ja jetzt endlich geklärt."

Wütend stapfe ich in die Küche und brülle über die Schulter: „Und du willst Frischfleisch? Kannst du haben!"

Ich zerre das Steak aus dem Kühlschrank und schleudere es ihm mit voller Kraft ins Gesicht. Endlich weiß ich, wofür uns Frau Roller, meine langjährige Sportlehrerin, immer mit Wurfübungen gequält hat. Helmut schaut kurz verdutzt und weicht einen Schritt zurück.

„Ich geh dann mal wieder. Schade ums Fleisch."

„Und wag´s nicht, noch mal wiederzukommen", knurre ich.

Bei jedem Wort werde ich wieder mehr ich selbst. Ich spüre, wie sich der Nebel, der mein Gehirn umschattet hat, langsam verzieht und ich mit jeder Sekunde klarer denken kann.

„Da kannst du einen drauf lassen", pflichtet er mir bei und wendet sich zum Gehen.

„Ach, und übrigens", füge ich gehässig hinzu, „du hast zwar einen tollen Körper, aber du bist der beschissenste Liebhaber der Welt. Du hast es kein einziges Mal geschafft, mich zum Orgasmus zu bringen."

„Du bist eben ein frigides Stück!", kontert er, ich bemerke jedoch Verunsicherung in seiner Stimme.

„Ich bezweifle stark, dass es irgendeine Frau gibt, die von fünf Minuten Kopulieren, bei denen du vier dreiviertel nur auf dich achtest, befriedigt werden kann."

Er öffnet den Mund wie ein Fisch an der Luft, bleibt aber genauso stumm und kratzt sich stattdessen am Schritt. Dann dreht er sich auf der Schwelle um und geht wortlos aus meinem Leben.

20 Liz

Helmut, the Hell, hat seinem Namen alle Ehre und mir mein Leben zur Hölle gemacht. Mein Verstand weiß, dass es richtig war, dass ich ihn rausgeworfen habe. Ich bin verletzt, denn ich war es wert, nicht als wertlos angesehen zu werden. Trotzdem vermisse ich ihn, denn verliebt bin ich immer noch. Meine Gefühle, meinen Wunsch nach Zuneigung kann ich nicht einfach abstellen.

Die Wut und die Enttäuschung darüber, wie er mich behandelt hat, helfen mir zwar, sie mildern aber nicht den Schmerz. Mein Körper hat offensichtlich noch nicht mitbekommen, dass Helmut nicht mehr zur Verfügung steht, immer noch träume ich von ihm und sehne mich nach wirklichem Sex mit ihm, so schlecht er auch gewesen sein mag.

Leider lässt es sich auch nicht vermeiden, Helmut fast täglich zu begegnen. Und jedes Mal, wenn es passiert, wenn ich ihn im OP sehe, wenn er abends in seinem ihm eigenen lässigen Gang zu seinem Porsche schlendert, reagiert mein Körper mit gewohnter Sehnsucht, kribbelt, wird heiß, lässt meine Knie zittern. Ich will das abstellen. Nur wie? Täglich kämpfe ich ohne Hoffnung auf Sieg gegen die Gefühle meines Herzens und meines Körpers.

Mein Verstand muss gewinnen. Wenn das nur so einfach wäre. Ich weiß, dass Helmut es nicht verdient hat, dass ich so leide, aber ich kann es nicht verhindern, dass mein Körper die Kontrolle über meinen Verstand übernimmt, sobald ich ihn sehe. Hätte ich einen Wunsch frei, dann würde ich Helmuts perfekten Körper einfach mit einem genauso perfekten Charakter füllen. Einem, der kein egoistischer, sexgeiler Bock ist, der die Frauen nur ausnutzt, sondern einer, der mich nett behandelt, mich respektiert und auf mich achtet. Und diese bessere Version von Helmut würde mich lieben. Wir würden glücklich sein und zusammen alt werden und Kinder haben.

Doch keine Fee klingelt an meiner Tür und erfüllt mir diesen Wunsch. Und leider keine ich auch keinen Gehirnchirurgen oder verrückten Professor, der bei Helmut einen Hirntausch durchführen könnte.

Paula und Jens geben sich reichlich Mühe, mich aufzuheitern. Sie begleiten mich ins Kino, bringen mir Schokolade und Alkohol oder verschiedene Kombinationen aus beiden mit und versuchen beim Sex leise zu sein. Sie knutschen nicht in meiner Nähe, halten nicht Händchen und flirten nicht. Sie vermeiden alles, was mich an die für mich nicht vorhandene Liebe erinnern könnte.

Ich gehe arbeiten, koche, räume auf, versorge Edward. Doch nichts davon macht mir wirklich Freude. Jedes Mal wenn ich denke, es geht mir besser, wirft mich eine zufällige Begegnung mit Helmut, ein zwangloses, berufliches Telefonat oder eine aufgeschnappte Bemerkung über ihn wieder aus der Bahn.

Ihm scheint das alles nichts auszumachen. Wenn wir uns begegnen, tut er so, als sei nichts geschehen und als seien wir uns niemals nahe gewesen.

So geht das über mehrere Wochen. Nur ein einziges Mal fällt Helmuts Maske. Wir sind alleine im OP-Vorraum. Ich habe einen Patienten gebracht und warte nun darauf, sein leeres Bett wieder mitnehmen zu können. Helmut tritt von hinten an mich heran, ich kann seinen Atem im Nacken spüren.

„Nenn mich nie wieder einen schlechten Liebhaber!", warnt er mich.

„Du bist schuld daran, dass ich geschlagene vier Tage

keinen hochgekriegt habe, du Hexe. Ich habe einen Ruf zu verlieren. Den habe ich mir hart erarbeitet und das lass ich mir von einer frustrierten Schlampe wie dir nicht kaputtmachen."

Ich stehe reglos da und sage nichts.

„Hast du mich verstanden?"

Langsam drehe ich mich um und sehe ihm kampflustig in die Augen. Wenn ich ihm jetzt Kontra gebe, habe ich vielleicht eine Chance auf Heilung.

„Drohst du mir?", frage ich zurück.

„Denn wenn du das machst, werde ich überall rumerzählen, dass du nicht länger als fünf Minuten durchhalten kannst. Wie ein Teenager mit Hormonstau. Und dass dein Schwanz so klein ist, dass man nicht mal merkt, ob du schon drin bist. Ich weiß, dass das nicht stimmt, aber ich kann die Wahrheit jederzeit so hinbiegen, dass du die Lachnummer des ganzen Margarethen sein wirst. Und deine vielen Spielzeugpuppen auch."

Ich halte seinem Blick stand. Mit auf dem Busen verschränkten Armen fahre ich fort.

„Ich glaube nicht, dass es Frau Dr. Eschbach tolerieren würde, euer Verhältnis öffentlich zu machen. Die beiden Blondinchen werden weg sein, sobald sie ihr Examenszeugnis in der Tasche haben. Es wird also niemand da sein, der deine Ehre retten kann. Und Direktor Ebner wird es sicherlich brennend interessieren, wie und in wem du deine Arbeitszeit verbringst."

Er starrt mich nur an und legt seine Hände wie ein Fußballer beim Elfmeter vor seinen Schritt. Er hat jedoch keine Gelegenheit mehr zu antworten, da in dem Moment der Medizin-Studenten-Praktikant gerade das erwartete Bett aus dem Aufwachraum schiebt.

Ich lächle den jungen Mann freundlich an, nicke ihm zu und trete hoch erhobenen Hauptes mit dem Bett durch die Schiebetür auf den Gang.

Sobald sich die Tür zugeschoben hat, versagt mein Körper. Mein Herz rast, kalter Schweiß steht mir auf der Stirn und meine Lunge schmerzt wie nach zu viel Rauchen. Ich sinke auf das leere Pflegebett und atme tief ein und aus, um Puls und Atmung zu beruhigen.

Sieger! Für heute zumindest. Jetzt kann es nur noch aufwärtsgehen. Die Szene eben hat mir noch einmal deutlich gezeigt, was für ein erbärmliches Würstchen Helmut ist.

Als die ersten Patienten schon wegen meines seltsamen Verhaltens neugierig stehen bleiben, reiße ich mich zusammen und stolziere zurück auf Station.

Zu Hause flippe ich endgültig aus. Ich lache und schluchze gleichzeitig, tanze auf meinen Triumph mit Edward auf dem Arm durchs Wohnzimmer und heule zwei Rollen Klopapier voll. Jetzt weiß ich, wie es ist, manisch-depressiv zu sein. Meine Stimmung wechselt minütlich zwischen fröhlich beschwingt und zutiefst verzweifelt.

Paula ist nicht da, hat aber vor ihrem Weggehen noch sorgfältig die Wohnung verwüstet. CDs liegen hüllenlos am Boden verteilt, einzelne Socken und sogar ein Slip hängen über der Sessellehne, der Couchtisch quillt über vor Pizzaverpackungen, gebrauchten Tassen und Zeitschriften.

Edward hat sich nach seiner unfreiwilligen Tanzeinlage im Schrank verkrochen, der Fernseher läuft noch auf voller Lautstärke, die Kaffeemaschine blubbert. Es wirkt, als ob Paula erst gerade eben die Wohnung fluchtartig verlassen hat. Wie ich sie kenne, war das auch so. Wahrscheinlich ist ihr kurzfristig eingefallen, doch wieder mal eine Vorlesung zu besuchen.

Notgedrungen fange ich an aufzuräumen, da ich zusätzlich zu meinem Chaos im Kopf nicht auch noch das in meiner Wohnung ertragen kann. Ich schmeiße die Essensverpackungen weg, trage die Dreckwäsche ins Bad, sauge und sortiere die CDs zurück in ihre Hüllen.

Nach zwei Stunden Chaosbeseitigung lege ich mich erschöpft auf die Couch und greife mir eine von Paulas Münchner Livestyle-Zeitschriften, die ich unmotiviert durchblättere.

Gerade als ich das Magazin wieder weglegen will, fällt mein Blick auf eine Stellenanzeige des Uni-Klinikums, in der Pflegepersonal für die chirurgische Intensivstation gesucht wird. Vielleicht ist das ein Zeichen. Ein Zeichen, was ich tun kann, tun muss, um endlich von Helmut loszukommen.

Alleine wäre ich nicht auf die Idee gekommen, die Arbeitsstelle zu wechseln. Aber je länger ich auf die Anzeige starre, umso verlockender und logischer erscheint mir die Lösung, wie ich Helmut nie mehr sehen müsste. Ich hätte einen längeren Arbeitsweg. Vielleicht könnte ich mir ein kleines Auto kaufen. Außerdem könnte ich mich endlich von den ganzen fremden Penissen trennen.

Und so beschließe ich spontan, mich zu bewerben. Der abgedroschene Slogan, neuer Job, neues Leben, kommt mir in den Sinn. Aber mein Leben gleicht ohnehin schon einem billigen Schundroman. Frau verliebt sich in heißen Mann. Er umgarnt sie. Sie wähnt sich am Ziel ihrer Wünsche. Mann stellt sich als Idiot heraus. Frau ist traurig. Ende der Geschichte. Kein Happy End. Das kommt bei Büchern meist erst im zweiten oder im dritten Band. Ich bin fest entschlossen, die folgenden Teile selbst zu bestimmen. Diesmal will ich der Regisseur meines Lebens sein.

21 Vincent

„Chef, lass uns heute noch einmal eine unangekündigte Wachenkontrolle durchführen. Irgendetwas stimmt da unten nicht. Der Diensthabende steht nicht mehr an seinem Posten. Ein Toilettengang ist nicht verzeichnet. Keine Ahnung, wo er ist. Er ist sonst immer zuverlässig. Sehr seltsam alles. Ich will auf jeden Fall nach dem Vorfall von letztens kein Risiko mehr eingehen. Gott sei Dank konnten die zwei Typen den Springer nicht mitnehmen."

Ich begleite Alan nach unten. Der Diensthabende, Inger, ist immer noch nicht wieder zurück, dafür steht Kalen an dem Platz vor dem Maschinenraum. Er wirkt nervös, sein linkes Auge zuckt unkontrolliert und auf seiner Stirn glänzen einzelne Schweißtropfen.

Als er mich sieht, schwankt er kaum merklich. Aber ich registriere alles. Er ist nach der Flucht der beiden Männer vom Maschinenraum abgezogen und schriftlich verwarnt worden. Obwohl man ihm nicht nachweisen konnte, dass er die Aufständischen unterstützt hatte, will ich ihn nicht mehr in der Nähe des Springers sehen.

Aus dem Maschinenraum hören wir leise Stimmen. Vorsichtig öffne ich einen Spalt die Türe und schaute hinein. Vor der Sprungeinheit stehen die zwei schon bekannten Männer und hantieren daran herum. Sie drehen an den Zahnrädern, beide tragen große Reiserucksäcke und bequeme Freizeitkleidung.

Alan will gerade Kalen zur Rede stellen, warum er statt Inger hier ist. Plötzlich knallt mir die Tür mit Wucht an die Stirn, ich bin für einen Moment benommen und taumle rückwärts.

Die beiden Männer stoßen mich zur Seite und rennen an uns vorbei. Wir reagieren sofort, spurten los, verfolgen sie durch die Katakomben und stellen sie am Ende eines

Ganges. Sie wehren sich, schlagen um sich und überwältigen Alan, der bewusstlos liegen bleibt. Mich treffen sie hart im Gesicht und am Körper. Ich bekomme einen der beiden am Hemdkragen zu fassen.

Im letzten Augenblick sehe ich, dass der Ältere den Jüngeren an der Hand fasst und den roten Knopf betätigt. Dann spüre ich ein Reißen in meinen Eingeweiden.

23 Liz

Vor mir im Bett liegt der Grund, warum ich überhaupt hier bin. Monatelang hat er mich im Schlaf verfolgt, in der Realität bezirzt und gedemütigt, mich zu einem unzurechnungsfähigen, triebgesteuerten Wesen gemacht. Ich habe nicht vergessen, wie schwer es war, mich von ihm zu lösen. Und jetzt quält er mich sogar noch in meiner neuen Arbeitsstelle und besitzt die Dreistigkeit, hier als Patient aufzutauchen.

Gibt es nicht genug andere Kliniken in Bayern, die er mit seiner Anwesenheit beglücken kann? Warum wurde er ausgerechnet hier aufgefunden? Das kann nur Absicht sein. Ich bin mir sicher, dass das Helmuts Rache ist.

„Wie weit kann man sich mit so schweren Verletzungen schleppen?", frage ich Fred, der gerade meine Beine im 45°-Winkel nach oben hält und mich mit gerunzelter Stirn mustert.

„Du kollabierst einfach und das Erste, was du fragst, ist das? Wer ist denn der Schnuckel, dass es dich so aus den Latschen haut?"

Langsam kommt Leben in mich zurück, ich rapple mich auf und lehne mich an den Türrahmen.

„Das ist Helmut Maier. Ein ehemaliger Kollege aus dem Margarethen und ..."

„Auch nicht origineller als John Nobody. Lass uns nicht vergessen, das auf der Akte auszubessern und in der Verwaltung Bescheid zu sagen. Alles andere kannst du mir später erzählen. Wir sind spät dran. Geht's denn wieder?"

Ich nicke und ziehe mich an der Türklinke hoch. Allerdings habe ich nicht vor, den neuen Kollegen gleich am ersten Tag meine desaströse Liebes- und Lebensgeschichte aufzutischen. Ich stolpere zum Bett, während Fred eine Waschschüssel mit warmem Wasser füllt.

„Zieh ihn doch schon mal aus. Ich richte alles her", delegiert er.

Ich nehme die Bettdecke weg und fummle nervös am Verschluss des hellblauen Krankenhaushemds. Darunter trägt Helmut nichts außer Verbänden an Bein und Armen und eines Pflasters, das den Harnröhrenkatheter an seinem Platz hält. Er ist komplett rasiert. Weder auf seiner Brust, noch unter den Achseln sprießt ein Haar.

Selbst sein Schambereich und sogar die Hoden sind tadellos seidig glatt. Als ich ihn das letzte Mal gesehen habe, zierte noch allerhand Pelz seinen gesamten Körper. Auch seine Muskeln kommen mir verändert vor. Nach wie vor viele, gestählt und gut definiert, doch wirken sie jetzt irgendwie anders. Natürlicher. Weniger Muckibude, sondern wie von ehrlicher körperlicher Arbeit.

Seinen Kopf umrahmen keine schwarzen Locken, die Haare sind kurz gestutzt, die Spitzen von der Sonne leicht aufgehellt. Ich streiche mit den Finger über seine Brust und seinen Bauch.

„Zum Schmachten ist auf Intensiv keine Zeit. Fang an zu waschen. Wir müssen Zeit reinholen. Du oben, ich unten", unterbricht mich Fred.

Ich werde rot, greife mir einen Waschlappen und fange an. Nebenbei fahre ich mit meinen Vergleichen fort. Helmuts Hände haben sich stets gepflegt und weich angefühlt. Diese sind rau und schwielig, Arme und Oberkörper neben den frischen Verletzungen und Hämatomen in sämtlichen Farbschattierungen von Narben übersät, der Penis beschnitten. Genau wie Helmut umgibt diesen Mann eine Aura von Testosteron, rauer Männlichkeit und Sex.

„Kannst du mir beim Drehen helfen? Ich will den Rücken waschen", bitte ich Fred.

Ein weiterer Grund, warum ich seine Rückseite sehen

will, ist, um zu überprüfen, ob sein Steißbein das 90er-Jahre-Tattoo ziert. Es existiert nicht.

Die Tätowierungen auf den Armen kann ich wegen der Gipse nicht erkennen. Ich werde misstrauisch. Der Mann vor mir gleicht Helmut wie ein Klon und doch unterscheidet er sich in so vielen Dingen.

Wer ist das? Helmut hat mir nie etwas von einem Zwillingsbruder erzählt. Nun, eigentlich hat er mir nie etwas von sich erzählt, bis auf die Sache mit seinem lädierten Ei.

„Das kann nicht Helmut sein", kläre ich Fred auf.

„Er sieht aus wie er, aber, na ja, der Rest vom Körper, und da fehlt dieses Arschgeweih und die ganzen Haare und ...", stammle ich.

„Ich frag lieber nicht, woher du das so genau weißt", schmunzelt Fred und wäscht weiter, als sei nichts geschehen.

„Dann führen wir ihn eben trotzdem als John Nobody. Aber vergiss nicht, alle Krankenschwestern sind von Natur aus neugierig. Irgendwann will ich die Wahrheit über Helmut Maier wissen."

Er streift sich Handschuhe und einen Einmalwaschlappen über und macht sich an Mister Nobodys Penis zu schaffen, rubbelt grob an der Eichel und zieht ruckartig die vom Schwitzen angeklebten Hoden von den Oberschenkeln. Ja, so ein Vorgehen kenne ich von der Urologie und zum ersten Mal an diesem Tag fühle ich mich nicht mehr ganz so fremd.

Der stationseigene Helfer, ein Teenager, der seinen sozialen Dienst im Uni-Klinikum ableistet, bringt eine durchsichtige Plastiktüte, in die Mister Nobodys Kleidung von der Nachtschwester gestopft wurde. Hose und Hemd stehen vor Dreck. Getrockneter Schlamm und Grasflecken bedecken fast jeden Quadratzentimeter.

„Kann ich das zur Wäscherei bringen?"

Ich weiß noch nichts über die hausüblichen Abläufe.

„Wäscherei für Patienten gibt's hier nicht. Das müssen die Angehörigen erledigen."

„Und wenn es keine Angehörigen gibt?", hake ich nach.

„Pech", antwortet Fred.

„Du bist nicht mehr im Margarethen, Schwester. Wir sind hier kein kleines katholisches Haus, wo alte, vertrocknete Nonnen den Wäscheservice übernehmen, damit sie beschäftigt sind. Das ist ein Uni-Klinikum, da geht's nur um Wirtschaftlichkeit und Belegungszahlen. Die Bettwäsche wird außer Haus gebracht, das ist billiger. Nur unsere Arbeitskleidung wird noch intern gewaschen. Das geht schneller, dann brauchen wir nicht so viele Garnituren zum Wechseln."

„Aber ich kann doch seine Klamotten nicht so schmutzig in den Schrank legen", protestiere ich.

„Darüber können wir uns nicht auch noch Gedanken machen. Da werden wir ja nicht mehr fertig. Räum die Tüte einfach ins Nachtkästchen. Momentan braucht er eh keine Hose."

Fred trägt noch ein paar Werte in Mister Nobodys Kurve und schiebt den Pflegewagen Richtung Tür.

„Komm, wir müssen zurück zum Skiunfall ins andere Zimmer. Zeit für Antibiose und Prophylaxen. Er ist erst seit gestern wach und ansprechbar. Kann nur leider kein Deutsch, was die Sache erschwert, ihm zu erklären, dass er sich nie mehr wird bewegen können. Seine Frau kommt jeden Tag zu Besuch. Sie versteht auch kein Deutsch. Du kannst nicht zufällig Holländisch? Wir haben's schon auf Englisch versucht, aber da sind wir auch nicht besonders weit gekommen, weil keiner wusste, wie man „Lähmung ab dem Hals" übersetzen kann."

Nein, ich kann kein Holländisch. Und was Tetraplegie

auf Englisch heißt, weiß ich auch nicht.

„Ich kann ein bisschen französisch", antworte ich stattdessen.

„So genau wollte ich's doch nicht wissen ...", witzelt Fred zweideutig und zuckelt voraus, den verunglückten Holländer zu versorgen.

Dass Mister Nobodys Wäsche, so siffig wie sie ist, im Schrank vor sich hin gammeln soll, stört mich ungemein. In einem unbeobachteten Moment stibitze ich deshalb die Tüte und verstecke sie in meiner Handtasche. Es kommt mir dabei zugute, dass ich, aus Angst irgendetwas Lebenswichtiges nicht dabei zu haben, ständig meinen halben Hausrat mit mir herumtrage. Deshalb weisen meine Taschen seit meiner Teenagerzeit die Größe eines Seesacks auf. Ich will Mister Nobodys Sachen waschen und unbemerkt wieder mitbringen. So kann ich wenigstens etwas für ihn tun, für das ich weder Handschuhe noch Beipackzettel brauche.

Dieser Körper, auch wenn er nicht Helmuts ist, übt nach wie vor eine unbeschreibliche Anziehungskraft auf mich aus, der ich mich nicht entziehen kann.

Nach meinem ersten Einsatz im neuen Wirkungskreis fühle ich mich erschöpft wie lange nicht mehr. Mein Körper weigert sich, sich weiter zu bewegen und klebt mich zu Hause auf das Sofa. Paula und Jens leisten mir Gesellschaft.

„Du hast das Richtige getan", versichert mir meine beste Freundin zum millionsten Mal.

„Du wärst im Margarethen nie mehr glücklich geworden. Ständig den Arsch von diesem Arsch vor Augen, und dazu noch die ganzen alten Säcke mit ihren runzligen Ärschen. Zu viele Ärsche, wenn du mich fragst. Wie war denn dein erster Tag, außer anstrengend?"

Ich verschweige ihr, dass ich heute das schönste Hinterteil meines Lebens gesehen habe. Schöner noch als Helmuts.

„Ganz o. k. Die Kollegen sind bis jetzt alle nett. Ich muss halt noch viel lernen. Jahrelanges Powischen und Hoden rasieren qualifiziert einen nicht gerade zur Intensivfachpflege."

„Der erste Tag bei einer neuen Arbeit ist doch immer furchtbar. Du kriegst das schon hin", muntert mich Paula auf.

„Aber irgendwas ist sonst noch."

Vor Paula kann ich nur schwer etwas verheimlichen.

„Jaaa ..."

Ich druckse herum, da ich nicht weiß, ob die beiden mich nach meiner Geschichte als komplett verrückt einstufen.

„Da ist so ein Patient. Zuerst hab ich gedacht, es ist Helmut. Er sieht wirklich haargenau aus wie er. Aber er hat keine Haare, also er hat schon Haare, aber kurze auf dem Kopf, der Rest ist komplett rasiert. Das lächerliche Tattoo am Steiß fehlt und seine Haut ist so ... So als ob er oft draußen arbeitet. Und er riecht nicht nach Helmut. Irgendwas stimmt da nicht."

„Dann hat er sie halt abrasiert, seit du ihn nicht mehr gesehen hast. Ist doch nichts Ungewöhnliches. Die meisten Männer heutzutage sind haarlos."

Sie grinst Jens anzüglich an. Seine Hautfarbe wechselt ins Rot. Dabei weiß ich doch längst, wie er nackt aussieht. Bis jetzt war ihm das nie peinlich.

„Außerdem, natürlich riecht er anders, er ist schließlich mit Medikamenten vollgepumpt und liegt in einem Krankenhausbett", entgegnet sie.

„Weswegen ist er denn eingeliefert worden? Tripper? Dann ist es bestimmt Helmut." Sie gackert gehässig.

„Ich bin auf der chirurgischen Intensiv. Da wäre er bloß, wenn man ihm den Penis wegen des Trippers amputiert hätte", verbessere ich.

„Wär doch eine gerechte Strafe, oder?", gluckst Paula.

Die Vorstellung einer kompletten Kastration heitert mich auf. Jens dagegen verzieht leidend das Gesicht.

„Stimmt. Trotzdem, er ist es nicht. Er ist ... anders eben. Ich weiß nicht, ich kann das nicht so genau beschreiben. Er sieht aus wie Helmuts eineiiger Zwilling und trotzdem strahlt er so etwas Fremdes aus. Ich spüre Helmut nicht in ihm. Als ob er nicht echt wäre. Trotzdem fühle ich mich ihm so ... nah ... und vertraut. Als ob wir eine gemeinsame Aura hätten oder als ob sie erst vollständig wäre, wenn beide Auren zusammenkommen. Verstehst du, was ich meine?"

„Nein, tu ich nicht, du Sensibelchen. Ich spür die Männer nur, wenn sie ihren Körper an meinen drücken. Alles andere ist mir zu esoterisch. Wenn es nicht Helmut ist, dann ist es halt jemand, der ihm verdammt ähnlich sieht. Jeder Mensch hat irgendwo auf der Welt einen Doppelgänger. Hab ich letzte Woche bei Galileo gesehen. Blöd nur für dich, weil du dadurch wieder ständig an diesen Hirni erinnert wirst, und blöd für diesen Patienten, weil du ihn nicht neutral behandeln kannst, weil er aussieht wie jemand, der dich sehr verletzt hat und auf den du wahrscheinlich immer noch insgeheim scharf bist."

„Schau halt einfach in seinem Ausweis nach, dann weißt du, ob er´s ist", schlägt Jens vor.

„Warum bin ich eigentlich nicht selbst darauf gekommen?", kontere ich sarkastisch. „Er hatte keine Papiere bei sich, als er gefunden wurde."

„Das wird ja immer mysteriöser." Paula gähnt ausgiebig und dehnt sich, indem sie ihre Arme nach oben reckt.

Für sie ist das Thema offenbar erledigt, sie lehnt sich entspannt zurück und schaltet den Fernseher ein.

„Ich hab seine Kleidung mitgenommen", gestehe ich ihr. „Er hat momentan niemanden, der sie waschen kann. Und irgendjemand muss sich doch kümmern."

„Und das macht natürlich wieder Mutter Theresa Schneitinger."

Sie winkt ab.

„Dein Problem, wenn du dir Arbeit mit heim nimmst. Solange ich nichts damit zu tun habe, kannst du ruhig von all deinen Schäfchen die dreckigen Unterhosen waschen."

Sie kuschelt sich an Jens und gurrt, als er seinen Arm um sie legt und sie an sich zieht.

„Oh, ich wusste gar nicht, dass DSDS schon wieder läuft. Seit wann das denn?"

Da ich ihr keine Antwort auf diese weltbewegende Frage geben kann und ich die beiden Verliebten momentan nicht weiter aushalte, verziehe ich mich mit Mister Nobodys wenigen Habseligkeiten in den Waschkeller.

24 Vincent

Kann mich nicht bewegen ... weiß nicht ... wo ich bin ...

Mein Körper ... fühlt sich ... fremd an ...

Ich glaube ... ich liege ... in einem Bett ...

Der Springer ... wo ist er ... wo sind die zwei Männer? ...

Lass mich nicht allein ... wo bist du? ...

Warum ... bin ich hier? ...

Warum ... kann ich nicht aufwachen? ...

25 Liz

Beim Beladen der Waschmaschine fällt ein kleines schwarzes Notizbuch aus Mister Nobodys Hosentasche. Trotz schlechten Gewissens, da ich gerade dabei bin, in die Intimsphäre eines im Koma liegenden Menschen einzudringen, blättere ich neugierig durch die Seiten. Sie sind vollgeschrieben mit einer zackigen und akkuraten Handschrift ohne Schnörkel oder unnötigen Verzierungen. Eindeutig die Schrift eines selbstbewussten Mannes. Vielleicht finde ich hier drin einen Hinweis auf seine Identität. Auf der ersten Seite steht lediglich:

Dokumentation Vincent 03-03-01-01-441532
7. Mondzyklus, Jahr 12 unter Gesamtminister Brady bis-

Ab hier steht nichts mehr, aber das Buch ist ja auch noch nicht voll.
Vincent. Ist das sein Name? Ich kenne keinen echten Vincent, nur Vincent Vega aus Pulp Fiction. Der ist cool, nur nicht so schön wie dieser Vincent.
Aber was ist sein Nachname? Was bedeutet der Zahlencode? Und die komischen Zeitangaben? Wahrscheinlich ist dieser Vincent, wenn er wirklich so heißt, einer dieser Fantasy-Spiele-Freaks und das hier ist so eine Art Spiel-Ablauf.
Ich kenne mich mit virtuellen Spielen nicht aus, hatte aber bis jetzt immer die Vorstellung, dass Männer, die solche Freizeitaktivitäten bevorzugten, keine gut aussehenden, Muskel bepackten Testosteronschleudern sind, sondern übergewichtige, ungepflegte Kerle, die mit 40 noch bei Mama wohnen und ihre Einsamkeit als Chipsessender Superheld vertreiben und deren Freunde Borgs, Prinzessinnen oder Dämonen sind.
Welche Rolle spielt Mister Nobody wohl? Einen kleinen

Elfen mit spitzen Ohren und Flügelchen auf dem Rücken? Ich kichere und lese weiter auf Seite zwei.

7. Mondzyklus, 16. Tag, Jahr 12 unter Gesamtminister Brady
04:45: aufstehen

Noch jemand, der zu so unbarmherziger Zeit aufstehen muss.

04:50: duschen 4 min bei 37 °C, Zähne 3 min
Kleidung: Hose, lang, 100 % Baumwolle, schwarz
Hemd, langärmlig, 100 % Baumwolle, blau
Unterwäsche 100 % Baumwolle, weiß
Socken 100 % Baumwolle, schwarz
Schuhe: Stiefel, wadenhoch, braun

Seltsame Fragen kommen mir in den Sinn. Sind die Schuhe auch aus Baumwolle? Warum nennt er hier nicht das Material? Hat er Allergien, weil seine gesamte Kleidung nur aus Baumwolle besteht? Was trägt er für Unterhosen? Ich erinnere mich an weiße enge Shorts, die ich vorhin in die Waschmaschine gestopft habe.

05:10: Frühstück:
Kaffee 2 Tassen á 250 ml, schwarz
Wasser 1 Glas á 400 ml, still
Brot, Vollkorn, 2 Scheiben,
je 5 g Butter, je 1 Scheibe Käse

Der Typ ist definitiv ein Freak. Seinen akribischen Aufzeichnungen zufolge sollte er besser auf einer psychiatrischen Station statt auf Intensiv untergebracht werden. Trotzdem lese ich weiter.

05:32: Wohnung verlassen, vorgeschriebener Arbeitsweg, zu Fuß, ohne Abweichungen
05:44: Ankunft in der Zentrale, umziehen, Uniform, Kontrolle der Waffen o. B.
06:00: Arbeitsantritt

Seit wann tragen Elfen Uniformen? Und essen Käsebrote? Außerdem besitzt er Waffen. Die Fantasy-Spiel-Theorie wird immer unwahrscheinlicher, die Psychopathen-Version dafür umso naheliegender. Trotzdem kann ich nicht aufhören zu lesen.

Es folgt eine Auflistung von Terminen, ich nehme an, dass es seine sind. Treffen mit Nummer 1 und 2 - eine konspirative Zusammenkunft auf der Enterprise? Dazu eine Vielzahl an Kontrollgängen, Truppenübungen und Patrouillen auf dem Außengelände.

Außerdem die Auswahl und Begrüßung neuer Kadetten, ein Trainingslauf durch die Steppe mit 25 kg Marschgepäck und allerhand Uninteressantes. Arbeitet er beim Militär? Anschließend ist in einer Mischung aus Fließtext und Stichpunkten eine Art Erlebnisbericht verfasst, der, so folgere ich, bei besonderen Vorkommnissen zu erstellen ist.

12:00-13:00: Mittagessen in der Zentrale laut heutigem Speiseplan, Tisch 11, Tischgenossen nach Vorschrift

Dieser Vincent hält sich offenbar streng an Regeln. Bei so einem Tagesplan kommt mir sogar mein eigentlich organisiertes und diszipliniertes Leben wie das eines Herumtreibers vor.

13:00: Kontrollgang Zentrale o. B.
14:00: unangekündigter Kontrollgang vor Maschinen-

raum bei Wachmann Kalen 04-03-05-01-15444, laut Bericht, siehe unten
14:03: Kontrolle der Aufzeichnungen und Rundgangprotokolle von Kalen 04-03-05-01-15444
Türe zum Maschinenraum vorschriftsmäßig verschlossen, Scannerlicht grün. Im Vorraum ein Geräusch, als ob etwas heruntergefallen wäre und 2 Stimmen (männlich). Worte nicht verständlich. Durch das Glasfenster 2 nicht autorisierte Männer zu sehen. Unverzüglich Verstärkung angefordert durch Betätigung des Navialarms. Mit entsicherter Waffe Türe bewacht.
14:08: Verstärkung eingetroffen, 3 Mann, nach heutigem Einsatzplan

Das klingt ja wie in einem Agententhriller. Obwohl ich alles höchst seltsam finde, bin ich gespannt, wie es weitergeht, und blättere um.

14:09: betraten zu zweit Maschinenraum (Vincent 03-03-01-01-441532 und Alan 04-03-02-01-905887)
2 Personen sichern Ausgang (Bern 04-03-04-01-849003 und Miso 04-03-04-01-315197)
1 Person (Rud 04-03-04-01-88883) bewacht Kalen 04-03-05-01-15444

Was bedeuten die langen Zahlenreihen? Dieses Spiel oder was das auch immer ist, ist spannender als erwartet.

Vor Ort die zwei verdächtigen Personen vom letzten Bericht aufgefunden. Siehe Vorfall mit der Felsenratte.
Die Personen machten sich an der Sprungeinheit zu schaffen, offenbar versuchten sie, diese abzubauen und in einen mitgebrachten hölzernen Behälter zu verstauen. Dabei löste sich eine Verankerung und fiel zu Boden,

was das von mir gehörte Geräusch verursacht hatte.
Sie bemerkten uns und versuchten erneut zu fliehen. Beide wiesen eine statusuntypische Schnelligkeit und Kraft auf und verteidigten sich diesmal mit mitgebrachten Handfeuerwaffen. Alan 04-03-02-01-905887 wurde dabei in den linken Unterbauch geschossen, ich wurde mit einem gezielten Schlag in die Genitalien außer Gefecht gesetzt und ging zu Boden.

Bern 04-03-04-01-849003 und Miso 04-03-04-01-315197 nahmen die Verfolgung auf, die beiden Flüchtigen entkamen in einem vor der Zentrale wartenden Fahrzeug (siehe Berichte Bern 04-03-04-01-849003 und Miso 04-03-04-01-315197).
Medizinische Versorgung durch Enne 03-05-01-01-738521.

14:43 bis Dienstende: Aufenthalt Genesungsstation Zentrale

folgende Krankheitstage: 0

21:30: schlafen, Schmerzen in Becken, Unterbauch und Genitalien, keine Medikation

Ein Indianer kennt keinen Schmerz ...

Ich weiß zwar, dass hier alles auf Deutsch geschrieben steht, verstehe aber so wenig wie der Holländer auf unserer Station.
Was ist eine Sprungeinheit? Ein anderer Name für ein Trampolin? Warum sollten sich Leute daran zu schaffen machen? Um meinen Kopf schwirren immer mehr Frage- und Ausrufezeichen, kriechen in Nase, Ohr und Mund,

bringen mich zum Husten. Ich lehne mich an die schleudernde Waschmaschine und lasse mich durchrütteln, um mein Gehirn freizubekommen.

Muss ich das auf Station oder womöglich der Polizei melden, dass Vincent alias John Nobody eventuell ein Psychopath ist? Was, wenn er aufwacht? Zieht er dann aus einem Geheimversteck ein Laserschwert oder tödliches Feenpulver und überwältigt mich?

Ich lese eindeutig zu viele Fantasyromane.

Die Waschmaschine beendet mit einem seufzenden Hauch ihr Werk und gibt mit einem Klicken zu verstehen, dass sie bereit zum Öffnen ist. Ich entnehme Vincents Kleidung und trage sie nach oben. Im Bad hänge ich Hose, Hemd und Unterwäsche sorgfältig auf Bügel zum Trocknen.

Erst jetzt, da die Sachen vom Dreck befreit sind, kann man sie richtig erkennen. Die Hose ist schmal und gerade geschnitten, dunkelblau, aus leichtem, weichem, aber robustem Stoff. Dazu gehören ein passendes Jackett und ein Baumwollhemd gleicher Farbe. Der Name aus dem Büchlein inklusive Zahlenreihe ist mit goldenem Garn auf jedem Kleidungsstück gut sichtbar aufgestickt. Das Ensemble erinnert an eine Uniform, jedoch kann ich diese keiner mir bekannten Berufsgruppe zuordnen.

Das Buch verstecke ich in den Untiefen meiner Handtasche. Paula soll nichts von meinen Ermittlungen erfahren. Es ist ohnehin alles schon seltsam genug.

Seltsam ist auch, Vincent täglich zu sehen, ihn zu waschen, zu versorgen, zu riechen und zu fühlen. Noch immer ist er nicht aufgewacht. Mittlerweile liegt er schon zwei Wochen bewusstlos auf unserer Station. Nach der Woche Eingewöhnung habe ich dafür plädiert, dass mir

Freds Patienten, der skifahrende Holländer und Mister Nobody zugewiesen werden. Ich habe bisher niemandem von meinen Entdeckungen erzählt, möchte zuerst selbst herausfinden, wer dieser Mann und was mit ihm passiert ist.

Jeden Tag lese ich in dem kleinen Notizbuch, studiere die Berichte immer und immer wieder, komme aber seiner Identität nicht näher. Weder weiß ich, wo er wohnt, noch gibt es Hinweise auf Verwandte, auf eine Ehefrau oder auch nur Freunde. Der ganze Text ist derart kryptisch, als ob er einem Logbuch einer schlechten Science-Fiction-Serie entstammt.

Die Tage fangen stets gleich an:
Aufstehen, duschen, anziehen und frühstücken.

Anscheinend isst er ausschließlich Käse. Dazu eine Aufstellung seiner Kleidung, die ebenfalls wenig Abwechslung aufweist und eine lange Liste von Terminen. Vincent scheint sehr beschäftigt zu sein. Ein Privatleben wird an keiner Stelle erwähnt. Seinen Berichten zufolge war er im weiteren Verlauf auf der Jagd nach den beiden Verdächtigen. Da es keinen Bericht über die Festnahme der Flüchtigen gibt, offenbar ohne Erfolg. Die Sicherheitsmaßnahmen wurden nach seinen Anweisungen verstärkt, der geheimnisvolle Maschinenraum rund um die Uhr von einem bewaffneten Mann bewacht.

Ich wüsste zu gern, ob die Diebe zwischenzeitlich gefangen wurden und ob Alan wieder gesund war. Die Zeitangaben verstehe ich nicht wirklich, doch nach der Anzahl der Aufzeichnungen scheinen mehrere Wochen vergangen zu sein. Das Tagebuch endet abrupt mit folgendem Eintrag:

9. Mondzyklus, 21. Tag, Jahr 12 unter Gesamtminister Brady

04:45: aufstehen
04:50: duschen 4 min bei 37 °C, Zähne 3 min
Kleidung: Hose, lang, 100 % Baumwolle, blau
Hemd, langärmlig, 100 % Baumwolle, violett
Unterwäsche 100 % Baumwolle, schwarz
Socken 100 % Baumwolle, schwarz
Schuhe: Halbschuhe, schwarz
05:10: Frühstück:
Kaffee 1 Tasse á 250 ml, schwarz
Wasser 1 Glas á 400 ml, still
Brot, weiß, 2 Scheiben, je 5 g Butter, je 1 Scheibe Käse

05:22: Wohnung verlassen, Arbeitsweg über die Grünflächen, zu Fuß
05:51: Ankunft in der Zentrale, umziehen, Uniform, Kontrolle der Waffen o. B.
06:00: Arbeitsantritt

Termine:

Die meisten Termine stufe ich bei meinen Ermittlungen als irrelevant ein, nur einer, der wie schnell hingekritzelt wirkt, macht mich stutzig.

11:30: unangekündigte Wachenkontrolle mit Alan 04-03-02-01-905887 vor Maschinenraum bei Diensthabendem nach Plan

Was ist bei dieser Wachenkontrolle passiert? Wurde er dabei verletzt? Aber die Frage, wie er auf den Parkplatz der Uni-Klinik geraten ist, ist damit immer noch nicht geklärt.
Ich glaube doch nicht wirklich an den Wahrheitsgehalt dieser Aufzeichnungen, die eindeutig von einem Spinner

geschrieben wurden? All das klingt nach absurden Verschwörungstheorien oder einem Hollywood-Film mit Nick Cage. Es muss eine einfache Erklärung für Mister Nobodys Verletzungen geben.

Es kann ja auch sein, dass das Buch gar nicht ihm gehört oder Skizzen für einen Fantasy-Kriminal-Roman enthalten, die Millionen wert sind.

Trotzdem verwerfe ich meine Psychiatrie-Theorie noch nicht vollständig. Von einem Praktikum im Bezirkskrankenhaus weiß ich, dass es Bestandteil mancher Therapien ist, genauestens über seinen Tagesablauf Buch zu führen.

Wenn er wirklich an einer Psychose erkrankt ist, spiegeln die Berichte wahrscheinlich seine Halluzinationen wider, gepaart mit dem realen Leben als Patient auf einer Geschlossenen.

Keine Antworten auf meine Fragen zu finden, hält mich jedoch nicht davon ab, weiter nachzuforschen. Ich will nicht aufgeben, bis ich sein Geheimnis herausgefunden habe. Nicht zu wissen, wer er ist, fasziniert mich und macht ihn noch interessanter. Dieser Unbekannte und gleichzeitig so Vertraute zieht mich auf eine Weise an, wie ich sie noch nie erlebt habe.

Mir wird klar: Ich habe lediglich Helmuts Äußeres geliebt, sein Rest ekelt mich nur noch. Diesen Körper liebe ich inbrünstiger, mit der unerklärlichen Gewissheit, dass diesmal auch die dazugehörige Seele schön ist. Trotzdem habe ich Angst davor, dass er aufwacht. Angst, dass meine Hoffnung nicht erfüllt werden würde. Und dass Vincent wirklich einfach nur durchgeknallt ist.

Außerdem ist es naiv zu glauben, dass er mich nach seinem Aufwachen aus dem Stegreif ebenso toll findet. Er kennt mich ja noch weniger als ich ihn. Nein, er kennt mich überhaupt nicht.

Ich war mehrmals auf dem Parkplatz vor der Klinik, an der Stelle, wo Vincent verletzt und bewusstlos aufgefunden wurde. Außer einem allmählich verblassenden Blutfleck habe ich keine weiteren Spuren gefunden. Anfangs dachte ich noch, dass ich eine Luftveränderung spürte, wie das Flirren auf Asphalt an einem heißen Sommertag oder die Energie, die bei großen Menschenansammlungen in der Luft liegt. Doch dieser Eindruck wird täglich schwächer, bis nach einiger Zeit überhaupt nichts mehr zu spüren ist.

Ich sitze jetzt alleine zu Hause und grüble über Vincent, sein Leben und seine Herkunft nach. Da kommt mir eine Idee. Ich will wenigstens Klärung, ob Vincent ein verschollener Zwilling von Helmut ist oder ob sie sich einfach nur zufällig so extrem ähnlich sehen.
Centa, die Sekretärin des Margarethen und bekennender Fan von Helmut, weiß alles über ihn. Da sie bis dato auch noch nicht von ihm gevögelt und danach weggeschmissen wurde, lebt sie immer noch in dem Glauben, dass er der tollste Mann der Welt sei.
Dass er sie noch nicht flachgelegt hat, liegt wohl daran, dass Helmut trotz seines breitflächigen Begattens einen gewissen Anspruch nach ästhetischen Frauenkörpern hat.
Centa hingegen ist eher Wuchtbrumme als Frau, ein Meter achtzig groß, 120 kg schwer, verteilt vor allem auf Hüften und Schenkeln, mit dauergewelltem Haar und einer Brille, unter der wegen der hohen Dioptrien ihre Augen auf Erbsengröße geschrumpft werden. Stets trägt sie ein Ensemble aus Rock und Twinset, gerne aus Polyester, was der Grund für ihre afriaförmigen und ebenso großen Schwitzflecken unter den Achseln ist.
Auf einer feuchtfröhlichen Betriebsfeier hat sie mich und ein paar weitere Kolleginnen in ihr Büro geführt, in

dem sie uns stolz ihren im Wandschrank versteckten Helmutschrein gezeigt hat. In allerbester Stalkermanier hatte sie akribisch alles gesammelt, was sie über Helmut legal oder illegal herausgefunden hatte.

Abschriften aus Familienbüchern waren genauso dabei wie Schulzeugnisse, heimlich aufgenommene Fotos von Helmut in der Kantine, auf dem Klo oder in der Männerdusche und ein getragenes OP-Hemd, das sie aus der Dreckwäsche gezogen hatte und an dem wir an diesem Abend alle verzückt schnüffelten wie Katzen an Baldrian.

Wenn jemand über Helmuts Familienkonstellationen informiert ist, dann sie. Da ich aber nicht weiß, wie viel sie über die Gründe meiner Kündigung im Margarethen weiß und nicht riskieren will, dass sie mir aus Solidarität zu Helmut gar nichts verraten wird, muss ich mir einen guten Plan zurechtlegen.

Ich nehme das Telefon. Wie im Film lege ich ein Taschentuch über den Telefonhörer.

„Margarethenkrankenhaus, Sekretariat, Centa Lüdich am Apparat, was kann ich für Sie tun?", flötet sie mit ihrer quäkenden Stimme nach wenigem Klingeln in mein Ohr.

Sie spricht das E in Margarethen so kurz aus, dass es wie „retten" klingt. Ist nur die Frage, wen sie retten will.

Ich senke meine Stimme um einige Töne und fange an:

„Guten Morgen. Hier ist Inspektor Kopetzki vom Dezernat Mord und Vermisste. Ich komme gleich zum Punkt. Wir haben einen unbekannten Mann aufgefunden. Er ist schwer verletzt und liegt derzeit noch im Koma. Bei unseren Ermittlungen sind wir auf Ihre Einrichtung gestoßen. Das Gesichtserkennungsprogramm hat einen Ihrer Mitarbeiter eindeutig identifiziert. Er heißt Helmut Maier. Kann es sein, dass genau dieser Helmut Maier gerade auf einer Intensivstation mit seinem Leben ringt?"

Centa schreit auf, ich muss den Hörer vom Ohr weghalten, um einen Hörsturz zu vermeiden.

„Aber ich habe Helle, ich meine Herrn Maier noch gestern Abend vor seinem Haus beobachtet, äh, zufällig gesehen. Wann ist das denn passiert?"

„Das spielt keine Rolle. Aufgrund Ihrer Aussage, dass Sie Herrn Maier gestern noch gesehen haben, kann es nicht der genannte Mann sein", antwortete ich ruppig mit meiner dilettantischen Männerstimme.

„Andererseits täuscht sich die Gesichtserkennung nie. Es kann nicht zufällig sein, dass Herr Maier einen eineiigen Zwillingsbruder hat oder einen Verwandten, der ihm sehr ähnlich sieht?"

„Nein, ich habe alle Unterlagen genau studiert und mehrfach seine Eltern besucht. Mit der Hebamme habe ich bereits zweimal gesprochen. Bei keinem der Gespräche wurde ein Zwillingsbruder erwähnt", vertraut sie mir an.

Sie wird immer redseliger.

„Beim letzten Familienfest habe ich keinen auch nur annähernd so gut aussehenden Menschen gesehen wie ihn. Dabei war ausnahmsweise mal die ganze Verwandtschaft anwesend. Was selten vorkommt. Nein, er hat bestimmt keinen Doppelgänger, da bin ich mir hundertprozentig sicher!", beteuert sie.

Wäre ich ein echter Polizist, müsste ich jetzt eine Untersuchung wegen massiven Stalkings einleiten, da bin ich mir sicher. Als Elisabeth Schneitinger belasse ich es aber beim bloßen Wundern, bedanke mich und lege auf.

Ich gehe das Gespräch noch einmal im Kopf durch. Dass es überhaupt stattfinden konnte und Centa wirklich auf meinen erbärmlichen Trick hereingefallen ist, ist unglaublich.

Andererseits war mein Gehirn wegen Helmut lange Zeit auch völlig auf Leerlauf gestellt.

Kein Zwilling, kein unbekannter Doppelgänger. Wenn es stimmt, was Centa erzählte, und davon gehe ich aus, da sie ihn ja offenbar Tag und Nacht bewacht und verfolgt, frage ich mich: Wer ist dann Vincent?

Tagsüber präge ich mir seinen Körper genau ein und zeichne die Abweichungen zu Helmut abends zu Hause auf ein ausgedrucktes Foto aus dessen Facebook-Seite. Die Haare überklebe ich mit hautfarbenem Leukoplast und male darauf stattdessen Stoppelhaare.

Mein Kunstwerk verstaue ich in meinem Geldbeutel, aus dem ich es mindestens 20 Mal pro Tag herausziehe und betrachte.

Vincent hat mich gelehrt, dass ich noch längst nicht über die Geschichte mit Helmut hinweg bin. Im Gegenteil. Jeden Tag diesen Körper zu sehen, weckt meine Sehnsucht aufs Neue. Ich muss mir erneut eingestehen, dass ich nie in Helmut als Mensch, sondern die ganze Zeit lediglich in sein Aussehen verliebt war. Ansonsten würde mich dieser Mann, der Vincents Körper, aber hoffentlich nicht seinen Charakter besitzt, nicht so faszinieren.

Ich bin drauf und dran, mich wieder zu verlieben. Aber diesmal in eine reloaded Version von Helmut und ohne zu wissen, ob Vincent genauso fies und gemein ist.

Ehrlich gesagt, ist es schon passiert, ich stecke mitten in einem neuen Liebesschlamassel. Ich liebe einen Komapatienten, einen zwar bewegungslosen, aber trotzdem unglaublich sexy Körper. Eindeutig das Verschrobenste, was mir in meinem Leben passiert ist.

Das kann ich nicht einmal Paula erzählen, übertrifft es doch jeglichen Blödsinn, den ich wegen eines Mannes jemals veranstaltet habe. Doch ich kann nicht anders.

Vincent zieht mich auf eine Art an, die eindeutig nichts mit seinem Intellekt oder reinen Hormonen zu tun hat. Bis jetzt hat er schließlich noch kein einziges Wort gesprochen und keiner weiß, ob er überhaupt wieder aufwachen wird.

Dass er aussieht wie Helmut, kann nicht der einzige Grund sein. Sobald ich das Zimmer betrete, umfängt mich seine betörende Aura, die mich wie Zuckerwatte süß und zäh umwabert und mich augenblicklich an sein Bett zieht.

Es fühlt sich an, als ob zwischen uns eine unsichtbare und unerklärliche Verbindung bestünde. Als ob ich ihn schon immer liebte. Als ob er der Teil sei, der mich endlich erden könnte, retten aus dem Chaos meines Lebens, meines Körpers und meiner Seele. Dumm nur, dass er es in diesem Zustand nicht verwirklichen kann.

Es ist mir egal, dass ich ihn nicht kenne. Mein Herz kennt ihn bereits seit Anbeginn der Zeit. Ich weiß, das hört sich übertrieben pathetisch und kitschig an. Aber dieses Gefühl geht über alles hinaus, was ich je für einen anderen Menschen gefühlt habe. Es ist kein einfaches Verliebtsein, überhaupt kein bekanntes Gefühl, ich habe keine Schmetterlinge im Bauch oder so. Ich weiß es einfach, so wie man weiß, dass man Hunger hat oder aufs Klo muss.

Ich weiß, dass er der Mann ist, der für mich bestimmt ist, und dass ich vorher nur in Helmut verliebt war, um diesen Körper zu erkennen und ihm zu helfen, zurück ins Leben zu finden, damit wir zusammen sein können. Wenn ich weiter darüber nachdenken würde, müsste ich mir eingestehen, wie absurd das alles klingt.

Ich fasse ihn öfters an, als es professionelle Pflege erfordert, wasche ihn zärtlich, bette ihn stündlich neu und rede mit ihm, mache freiwillig Überstunden und übernehme Zusatzdienste, nur um bei ihm zu sein. Vor allem hoffe ich, dass er so schnell nicht entlassen oder auf eine andere Station verlegt wird.

Andererseits wünsche ich mir nichts sehnlicher, als dass er aufwacht, damit ich ihn endlich kennenlernen kann.

In dieser Nacht fange ich wieder an zu träumen. Nur, dass es diesmal Vincent und nicht Helmut ist, der mich im Traum liebt und begehrt.

26 Liz

„Ich werde ausziehen! Jens baut in New York eine neue Filiale auf und ich werde mit ihm gehen", verkündet Paula mir.

Sie platzt plötzlich damit heraus, als ob sie die Worte wie bei explosionsartigem Durchfall nicht mehr zurückhalten kann.

Es ist Mittag, ich habe später Nachtdienst und deswegen Zeit, mit meiner Freundin zu essen. Wir sitzen in unserem Lieblingsdönerladen. Im Hintergrund flimmert auf einem gigantischen Flachbildschirm eine türkische Telenovela. Jugendliche aus den umliegenden Schulen belagern die Theke.

Den ganzen Vormittag wirkte Paula nervös, knetete ihre Hände und biss vorhin nur wenige Stücke ihrer Hackfleischpizza ab, was mich misstrauisch machen müsste, da sie normalerweise eine gute Esserin ist. Ihre Worte habe ich verstanden, deren Inhalt dringt aber erst langsam in mein Gehirn vor. Ich bin mit dieser furchtbaren Neuigkeit eindeutig überfordert.

„Aber ich kann die Miete nicht alleine zahlen", rufe ich verzweifelt und lasse meinen Dürumrest auf den Teller fallen.

Das ist das Einzige, was ich ihr antworten kann. Ich will ihr noch viel mehr sagen.

Dass sie mich nicht auch noch verlassen kann. Dass sie meine beste Freundin ist und dass ich ohne sie verloren bin. Dass dann keiner auf Edward aufpasst, wenn ich Nachtdienst habe. Dass sie Jens erst seit Kurzem kennt und dass sie die Paula ist, die keine feste Beziehung hatte, seit wir befreundet sind. Und das sind immerhin mehr als 20 Jahre. Dass ich Jens dafür hasse, dass er mir mein Gegenstück wegnimmt. Dass ich mich trotz allem für sie freue, endlich ihren Hafen gefunden zu haben. Aber ich kann nicht.

Sie legt ihre Hand auf meine.

„Es hat nichts mit dir zu tun, das weißt du doch, oder?"

Ich nicke und wische mir mit der fettigen Serviette erste Tränen aus dem Gesicht.

„Ich werde dich vermissen", schluchze ich. „Wann ..."

„Heute Nachmittag fange ich an zu packen. Morgen bin ich weg. Ich werde nur meine Klamotten und ein bisschen persönlichen Kram mitnehmen. Die Möbel lass ich dir alle da. Erwin kannst du auch haben. Das Zimmer kannst du neu vermieten. Ich werde die Miete weiterzahlen, bis du jemanden gefunden hast."

„Ich will aber niemand anderen!"

Ich fühle mich mies. Weil Paula auszieht und weil ich so egoistisch bin, darüber traurig zu sein, dass sie glücklich ist. Weil es bedeutet, dass sie mich alleine mit mir selbst lässt.

„Warum schon morgen?"

„Ich weiß es schon seit ein paar Wochen", gibt sie kleinlaut zu.

„Aber du hattest so viel um die Ohren, mit Helmut und dem neuen Job und diesem Doppelgänger. Ich wusste nicht, wie ich´s dir schonend beibringen sollte ..."

Jetzt weint Paula auch. Ein paar Schüler drehen sich um und kichern. Paula umklammert mein Handgelenk und sieht mich flehend an.

„Ich liebe ihn", sagt sie wie als Erklärung.

Wir bezahlen und verlassen Arm in Arm den Imbiss.

Zu Hause kauere ich vornübergesunken auf Paulas Bett, während sie in ihrem Kleiderschrank stöbert und ausmistet. Ein Kleidungsstück nach dem anderen landet auf dem Boden. Nur wenige in den bereitgestellten Kisten. Die guten ins Töpfchen, die schlechten ins Kröpfchen.

Sie hat ihren Prinz gefunden, der zwar nicht auf einem Schimmel durch den Schnee herangetrabt ist, aber dafür so viel Geld hat, dass er sich wahrscheinlich ein eigenes Königreich kaufen könnte.

„Nimm dir, was dir gefällt", bietet sie mir an.

„Paula, du vergisst, dass unsere Körper kleidungstechnisch nicht kompatibel sind. Das gelbe Kleid ist eine Ausnahme."

Wieder fange ich an zu weinen. Ich heule wirklich viel in letzter Zeit, fällt mir auf. Doch ich kann nicht aufhören, meine Tränendrüsen führen ein Eigenleben und produzieren unablässig weiter salzig brennende Flüssigkeit, als ob sie außerhalb meiner Kontrolle sind. Paula kauert sich neben mich, drückt ihre Stirn an meine Wange und umarmt mich.

„Ach, Lizzy. Schatz. Du wirst immer meine große Liebe bleiben. Kein Mann der Welt kann gegen dich anstinken. Aber wir sind über 30, wir müssen erwachsen werden. Ich kann nicht ohne ihn hierbleiben."

Sie hat Recht, auch wenn das ungewohnte Worte aus Paulas Mund sind. Ich werde es alleine schaffen. Immerhin habe ich ja noch Edward, meine Bücher und Filme und eine Arbeit, die meinen Tag ohnehin so ausfüllt, dass wenig Zeit für anderes bleibt.

Und ich habe einen bewusstlosen Körper, den ich liebe.

Wenn man es so direkt ausspricht, klingt das nach einem wirklich erbärmlichen Leben.

So sitzen wir eng umschlungen, bis es Zeit für mich ist, zu meiner Schicht ins Krankenhaus zu gehen. Paula setzt mich auf dem Weg zu Jens und in ihr neues Leben an der Notaufnahme ab. Die ganze Fahrt über hielten wir uns an den Händen und schwiegen.

Ich fühle mich, als ob es ein Abschied für immer ist.

Außer mir arbeiten im Nachtdienst Fred und Heidi und ein blutjunger Bereitschaftsarzt in Ausbildung, der so lange Wimpern hat, dass sie wie angeklebt aussehen, und etwas zu langer, wellig gegelter Knabeninternatsfrisur.

Heidi ist sichtlich entzückt von ihm und schwänzelt um ihn herum wie ein Diabetiker um Süßigkeiten. Sie bringt ihm Kaffee, lacht gackernd über seine Witze und grinst hingerissen, als er auf der Eckbank im Pausenraum seinen Arm hinter ihr auf die Lehne legt. Er flirtet fleißig zurück und säuselt ihr billige Komplimente ins Ohr, die sie aber offensichtlich trotzdem freuen, denn sie errötet und blickt zu Boden.

Gerade erzählt er ihr ausschweifend von seiner ersten Operation von letzter Woche, bei der er, kann man seinen Ausführungen glauben, so souverän einen Herzstillstand abgewendet hat, dass selbst der Chefarzt beeindruckt war.

Heidi hängt an seinen Lippen und haucht ab und zu:

„Oh Ruben, das war bestimmt gefährlich!" oder

„Oh Ruben, gut, dass Sie da waren!"

Fred und ich sehen uns an, verdrehen die Augen und stellen uns darauf ein, auch Heidis Patienten mit zu übernehmen. Momentan scheint sie mit ihren geröteten Wangen und mädchenhaftem Kichern nicht in der Lage, sich um so profane Dinge wie Lagerungspläne und Monitorüberwachung zu kümmern.

Fred und ich arbeiten lange genug in der Pflege, um zu wissen, dass so junge Ärzte wie Dr. Langwimper in der Realität bei Operationen, wenn sie Glück haben, Nähen üben dürfen. Ansonsten stehen sie meist nur unnötig im Weg herum und holen nicht Patienten engelsgleich aus dem Tod zurück. Wahrscheinlich hat er noch nicht einmal seinen Doktortitel. Seinen richtigen Namen habe ich ohnehin schon wieder vergessen.

Fred ist mir ans Herz gewachsen. Er ist auf unanstrengende Art fröhlich, klug und witzig und trägt seine etwas tuntig wirkende Homosexualität mit Selbstironie zur Schau. Ich arbeite gerne mit ihm zusammen, profitiere von seiner Erfahrung auf Intensiv und mit Männern.

Er hat seine Warnung bezüglich neugieriger Krankenschwestern bisher nicht in die Tat umgesetzt, da er wohl spürt, dass das Thema Helmut für mich ein sehr schwieriges ist. Langsam kommt unsere beginnende Freundschaft jedoch an den Punkt, an dem man entweder tiefer geht oder es sich in der unspannenden, aber ungefährlichen Oberflächlichkeit gemütlich macht. Ich bin noch unsicher, zu welcher Variante ich tendiere und beschließe, Fred die Richtung vorgeben zu lassen.

Nach Paulas Hiobsbotschaft bin ich zu keiner Entscheidung mehr fähig, die über „Magst du Milch in deinen Kaffee?" hinausgeht.

Wir lassen Heidi mit ihrem Superdoc im Groschenroman-Arzt-Krankenschwester-Himmel zurück und beginnen mit der Versorgung einer 90-jährigen Alzheimerpatientin, die bei ihrem Fluchtversuch aus dem Pflegeheim gestürzt ist und sich dabei eine komplizierte Oberschenkelhalsfraktur zugezogen hat. Sie ist mit Hand- oder Fußmanschetten fixiert und zusätzlich mit hohen Dosen Morphium ruhig gestellt, damit sie nicht über die angebrachten Bettgitter klettert und sich weitere Brüche holt. Mit ihr im Zimmer liegt eine jugendliche Borderlinerin, die beim Ritzen versehentlich die Hauptschlagader am Handgelenk erwischt hat und anschließend fast verblutet wäre.

Beide schlafen dank Anästhetika und starker Analgetika friedlich lächelnd.

„Jetzt ist dein Schnuckel dran."

Fred packt mich an der Kitteltasche zieht mich mit sich.

„Wenn ich nur an seinen festen Hintern und seinen Sixpack denke, wird mir ganz wuschig. Den würd ich nicht von der Bettkante stoßen", schmachtet er und wedelt mit seiner Hand vor seinem Gesicht herum.

„Und heute kommst du mir nicht aus. Ich will endlich wissen, was mit diesem geheimnisvollen Helmut gelaufen ist."

So viel zur Entscheidung, wohin unsere Freundschaft führt.

Fred überträgt die Beatmungsparameter in den Pflegedokumentationsbogen, während ich Vincents fiebrige Stirn abtupfe. Die Hämatome sind vollständig verheilt, sodass sein Gesicht in seiner ganzen Schönheit zu erkennen ist. Allein der Schlauch zur enteralen Ernährung, der in die Nase hineinführt, und der Beatmungstubus zwischen seinen vollen Lippen, stören das perfekte Bild.

„Das Fieber sinkt trotz der ganzen Medis überhaupt nicht. Langsam mach ich mir echt Sorgen. Hoffentlich verlieren wir ihn nicht."

„Ach was, da haben schon ganz andere bei uns überlebt und sind vergnügt rausspaziert. Ansonsten sind seine Werte doch stabil", beruhigt mich Fred und klopft mir auf die Schulter.

„Du wirst sehen, in ein paar Tagen wacht er auf und alles wird gut. Dann kannst du ihn mit nach Hause nehmen und ihr lebt glücklich bis ans Ende eurer Tage", prophezeit er mir augenzwinkernd.

„Wie meinst du das?", frage ich unsicher.

„Schwester, es ist nicht zu übersehen, dass du auf den Typen total abfährst. Aber keine Sorge, außer mir ist das keinem hier aufgefallen. Und ich schweige wie ein Mönch mit Schweigegelübde."

Er schließt einen imaginären Reißverschluss vor seinen Lippen. Ich sehe ihn entsetzt an, da ich gedacht habe, es geheim halten zu können, was ich für diesen Körper empfinde. Mein Verstand rät mir, dass es höchste Zeit ist, dass Mister Nobody aufwacht und die Station wechselt oder zumindest einer anderen Pflegekraft zugeteilt wird. Meine Gefühle und meine Hormone wehren sich jedoch dagegen vehement. Ich will ihn behalten. Und wenn ich ihn nur so haben kann, dann muss ich damit leben.

„Bitte, du darfst das auf keinen Fall irgendjemandem erzählen!", flehe ich Fred an.

Leugnen hat ohnehin keinen Zweck mehr.

„Es ist sowieso schon alles schlimm genug für mich und frustrierend und unheimlich und ich bin so durcheinander und ..."

„Hey, jetzt komm mal runter. Alles ist gut. Ich hab doch gesagt, dass ich´s niemandem erzähle. Aber dafür rückst du endlich mit allem raus."

„Einverstanden", lenke ich ein.

„Morgen vor dem Nachtdienst, so um vier", schlage ich vor und tippte meine Adresse in sein Smartphone.

„Die Kurzversion oder die lange?"

Wir sitzen uns auf meiner Couch gegenüber. Edward hat sich zwischen uns ausgestreckt und schnurrt zufrieden, da Fred ihm hingebungsvoll den Bauch krault.

„Beides", beantwortet er meine Frage.

„Die Kurze, damit ich schnell im Bilde bin. Du weißt ja, neugierige Schwestern ... Und die lange, damit ich alles genau weiß."

Ich hole tief Luft und beginne.

„Die Zusammenfassung ist: Helmut ist wahrscheinlich einer der heißesten Typen im Universum, aber ein Riesenarsch. Also ein höllischer Arsch mit göttlichem Arsch sozusagen."

Ich muss grinsen wegen meines schlechten Wortspiels.

Fred verzieht jedoch keine Miene und hört mir aufmerksam zu.

„Ich war in ihn verknallt und er hat das ausgenutzt, hat mich ein paar Mal gepoppt und dann hab ich ihn in der Männerumkleide mit zwei fast noch minderjährigen Schwesternschülerinnen erwischt. Er hat mich beleidigt und verletzt, ich hab ihm gedroht, mich zu rächen, und ihn einen schlechten Liebhaber genannt. Was auch stimmt."

Ich bin stolz auf mich, dass ich alles so abgeklärt darstellen kann.

„Ich hab´s nicht mehr ertragen, ihn jeden Tag zu sehen, und mich bei euch beworben. Und da bin ich jetzt. Das war´s."

„Worüber ich mich sehr freue. Also darüber, dass du jetzt bei uns bist", ergänzt Fred und lächelt.

„Und was hat das mit unserem Mister Nobody zu tun?"

Ich fahre meinen Laptop hoch und zeige Fred kommentarlos Helmuts Facebook-Fotos. Er saugt quietschend die Luft ein und schaut immer wieder von mir zum Bildschirm. Man kann sehen, wie er im Kopf Helmut mit Vincent vergleicht.

Und dann erst erzähle ich ihm alles von Anfang an. Von Helmut und davon, wie er mich systematisch um den Finger gewickelt hat, von Centa und ihrem Helmutaltar, von Andy und Jaqueline, von Dr. Eschbach und dass Helmut nie darauf geachtet hat, dass ich auch meinen Spaß habe.

Von meinen Träumen und von Paula und Jens und dass ich mich ohne sie einsam fühle. Dass Mister Nobody genauso aussieht wie Helmut, den ich nie wiedersehen wollte und an den ich nun jeden Tag wieder erinnert werde. Davon, dass ich Helmut hasse, seinen Körper aber immer noch so scharf finde wie keinen anderen und damit auch Vincents.

Dass ich gerne wüsste, wer Vincent ist, und dass ich hoffe, dass diesmal Körper und Charakter zusammenpassen.
Ich erzähle ihm wie schrecklich ich mich fühle, weil ich so verkorkst bin, mich in einen Komapatienten zu verlieben, von dem ich hoffe, dass er mich auch irgendwann lieben wird.
Nur das kleine schwarze Buch und meine Recherchen erwähne ich nicht. So weit bin ich noch nicht.

Fred pfeift durch die Zähne und schweigt lange. Er muss wohl erst verdauen, was aus mir herausgesprudelt ist.
„Das ist ja mal eine krasse Geschichte! Und ich dachte, mein Liebesleben ist verkorkst. Schwester, du spinnst, das weißt du doch, oder? Auch wenn ich verstehen kann, dass du so einem Mann verfallen bist."
Er verzieht in gespieltem Entsetzen sein Gesicht und beteuert dann inbrünstig:
„Wenn dieser Helmut dir noch einmal wehtut, dann besuch ich ihn mit meinen besten Tuntenklamotten im Margarethen, knutsche ihn öffentlich und bedanke mich für die schöne Nacht. Danach wird er so schnell keine mehr flachlegen, Süße. Oder noch besser, ich lass mir einen Schnauzer stehen und verkleide mich wie der Ledertyp aus dem YMCA-Video, mit gelbem Halstuch in der hinteren Hosentasche."
Er klemmt sich Edwards Schwanz zwischen Nase und Oberlippe und verdreht übertrieben lasziv die Augen.
„Dein Angebot ist verlockend, vielleicht komme ich ja irgendwann darauf zurück."
Die bloße Vorstellung, wie Fred Helmut vor den Kollegen als vermeintlich schwul bloßstellt, reicht mir vorerst. Wir sehen uns an und gackern los. Noch in der Straßenbahn auf dem Weg zur Arbeit albern wir kindisch herum und überlegen uns immer neue Arten, Helmut lächerlich

zu machen. Wir kichern so laut, dass eine Dame mit Federhut und Krokohandtasche über uns den Kopf schüttelt und missbilligend ihre schmalen Lippen schürzt. Wir strecken ihr synchron die Zunge raus und hüpfen ausgelassen aus der Tram.

Fred ist nicht Paula, aber es macht Spaß, mit ihm Zeit zu verbringen und zu lachen. Ich bin froh, dass ich ihn in mein Chaos eingeweiht habe. Ein realer Freund neben meinen Romanfiguren wird mir guttun.

27 Liz

Als wir auf Station ankommen, kauert Dr. Langwimper fahlgesichtig und kaltschweißig auf dem Gang und streichelt sich in Schonhaltung seinen Bauch, Heidi reibt schluchzend seinen Arm. Valentina rennt schnaubend an ihnen vorbei, das Stationstelefon ans Ohr gepresst, in das sie wild gestikulierend hineinschreit, ich höre nur Fetzen wie

„Da, da, njet, njet" und etwas, das ich nicht verstehe, aber ebenfalls als Russisch identifiziere. Wenn sie aufgeregt ist, verfällt sie oft in ihre Muttersprache, also ist die Sache ernst. Aus Mister Nobodys Zimmer hört man lautes Brüllen, Poltern und Wimmern.

„Elisabeth, dein Patient ist aufgewacht und zertrümmert gerade sein Zimmer. Er hat sich die Schläuche rausgerissen und flippt total aus! Ruben wurde niedergeschlagen, dabei wollte der doch nur helfen", giftet mich Heidi an, als ob ich Schuld an dem Katastrophen-Szenario habe.

Ich sprinte ins Zimmer, in dem sich mehrere Schwestern, Pfleger und Ärzte zusammengerottet haben. Sie versuchen den unsanft erwachten Patienten durch Festhalten zu beruhigen.

Überall ist Blut, es riecht metallisch und süßlich nach Vitamin B. Die Überwachungsgeräte sind umgeworfen, piepsen und blinken alarmiert, Infusionen baumeln hin und her und tropfen ihren Inhalt auf Kissen und Linoleum.

Vincent wehrt sich, um den fixierenden Händen zu entkommen. Mit einem gezielten Tritt schleudert er sein gegipstes Bein in das Gesicht eines Pflegers der Nachbarstation, der zur Verstärkung gerufen worden ist. Dieser fällt getroffen nach hinten und landet dabei auf Birgit, die mit einem gepressten Ächzen zu Boden geht und regungslos liegen bleibt.

Vincent knurrt wie ein angeschossener Wolf und beißt um sich. Sabine stürmt mit dem Notfallkoffer herein und zieht eine Spritze mit Beruhigungsmittel auf, dessen Menge einen Dinosaurier lahmlegen würde. Ich muss zu ihm. Gewaltsam stoße ich meine Chefin zur Seite und dränge mich ans Kopfende.

Dabei brülle ich unablässig:

„Tut ihm nicht weh!" und greife seine Hand.

Zuerst will er sie mir entreißen, doch ich lasse nicht los und drücke beruhigend seine Finger.

„Er hat Angst! Das sieht man doch! Er weiß doch gar nicht, wo er ist!", schreie ich meine Kollegen an.

Dann wende ich mich wieder ihm zu.

„Ganz ruhig, Vincent. Es ist alles in Ordnung. Dir wird nichts passieren. Alles wird gut. Ich bin da", wiederhole ich immer wieder mantraartig und wische ihm behutsam den Schweiß aus der Stirn.

Als er seinen Namen hört, erstarrt er und scheint zu sich zu kommen. Er dreht seinen Kopf zu mir, sieht mich mit geweiteten Pupillen an und direkt in meine Seele. Ich glaube Erstaunen und Erleichterung in seinem Gesicht zu erkennen.

Ab da ist es endgültig um mich geschehen. Solche Augen habe ich noch nie gesehen. Helmuts sind dagegen nur ein billiger Abklatsch. Dieser blaue, traurige und hungrige Blick zeugt von Tiefe und Lebenserfahrung. Er strahlt große Autorität gepaart mit unglaublicher Sensibilität aus und ich weiß instinktiv, dass dieser Mann zu bedingungsloser Liebe und leidenschaftlichem Sex fähig ist.

Durch seinen Krafteinsatz und die Aggressivität, mit der er sich verteidigt, produziert sein Körper Unmengen an Adrenalin und Testosteron, das ihm aus allen Poren quillt und den Raum überflutet. Trotz der absurden Situation fühle ich mich erregt. Ich streichle weiter seine Schulter, was ihn zu beruhigen scheint, denn sein Körper entspannt sich und er legt sich zurück aufs Kissen.

Sabine reagiert blitzschnell und rammt ihm die Beruhigungsspritze in das ungegipste Bein. Vincent erschlafft, mich hält er dabei fest umklammert, und sackt zurück in die Bewusstlosigkeit.

Später sitzen wir alle im Pausenraum zusammen und erholen uns von dem Vorfall. Jeder hängt seinen Gedanken nach. Die Patienten auf Intensiv bleiben in der Regel friedlich, verletzt wurde noch nie jemand. Heidi bringt Dr. Langwimper im Stationsrollstuhl zum Personalwohnheim. Der ausgeknockte Pfleger hält sich einen Eisbeutel an die Schläfen und Birgit kämpft immer noch mit Atemnot.

Sabine hat lange auf einer geschlossenen psychiatrischen Station gearbeitet und als Einzige schon einmal solch einen Ausraster erlebt. Allerdings ohne den weltmeisterverdächtigen Gipsbein-Kickbox-Umnieter. Ich will so schnell wie möglich zu Vincent zurück und kann es kaum erwarten, dass die anderen endlich nach Hause gehen.

Der Nachtdienst hat längst begonnen und ich muss Fred irgendwie davon überzeugen, dass ich heute nicht mit ihm die Patienten versorgen kann, sondern plane, die ganze Nacht an Vincents Bett Wache und Händchen zu halten.

In der Aufregung haben offenbar alle vergessen, dass ich es gewesen bin, die Vincent beruhigt hat. Keiner verliert darüber ein Wort und keiner will wissen, woher ich plötzlich Mister Nobodys richtigen Namen kenne. Ich bin darüber sehr froh, momentan kann ich ohnehin keine glaubhafte Erklärung abgeben. Also schweige ich auch.

„Er kann nicht hierbleiben", durchbricht Sabine die Stille.

„Ich kann euch nicht gefährden. In dem Fall steht das Mitarbeiterwohl über dem Patienten. Wir müssen ihn in die Psych überweisen. Wir haben hier nicht die Kapazitäten für jemanden, der so aggressiv reagiert wie er. Wir wissen nicht, was er machen wird, wenn er wieder aufwacht. Außerdem hat er eh keine Krankenkassenkarte. Jetzt, wo er von der Beatmung weg ist, kann ich ihn nicht länger hierbehalten. Die Psych ist billiger, da zahlt das Sozialamt."

„Auf der Geschlossenen können sie ihn zwar sedieren, aber körperlich ist er noch nicht stabil genug. Er braucht noch intensive Betreuung und Pflege. Das können die nicht leisten", entgegnet Fred, der wohl ahnt, dass ich Vincent nicht so einfach hergeben werde.

Es entbrennt eine Diskussion, wie weiter mit Vincent verfahren werden soll. Alle sind sich darin einig, dass er die Station verlassen muss.

Ohne nachzudenken, platzt es aus mir heraus:

„Ich nehm ihn mit zu mir."

Die anderen starren mich an.

„Du kannst doch nicht einfach einen Patienten mit nach Hause nehmen", widerspricht Birgit.

„Warum nicht?"

Ich muss überzeugende Argumente finden.

„Er kann nicht hier auf der Intensiv bleiben. Das ist klar. Er hat keine Angehörigen. Wenn er entlassen wird, sitzt er auf der Straße. Er braucht immer noch rund um die Uhr Pflege. Meine Mitbewohnerin ist gerade ausgezogen und ich habe Platz. Ich kann Urlaub nehmen, von mir aus auch unbezahlten, und ihn versorgen, bis er niemanden mehr braucht."

„Aber er ist höchst aggressiv. Und du kennst ihn doch gar nicht! Außerdem brauchen wir dich hier! Einen Personalausfall können wir uns nicht leisten", warnt Sabine.

„Ich habe keine Angst vor ihm", erwidere ich überzeugt. Er wird mir nichts tun.

„Gebt mir einen Tag, um alles vorzubereiten. Dann hole ich ihn ab. Ich werde meinen Jahresurlaub nehmen und dafür sorgen, dass ihr schnell Ersatz für mich bekommt."

Ich bin vollkommen übergeschnappt, wenn ich das wirklich durchziehe.

„Ich unterschreibe jedes Formular, das ihr wollt, aber gebt ihn mir mit. Bitte!" Mein Ton wird flehender.

„Ich hatte so einen Fall noch nie. Normalerweise nehmen Angehörige die Leute mit nach Hause, nicht irgendjemand. Ich weiß gar nicht, ob das rechtlich überhaupt geht. Wir haben hier doch keine sozialpädagogische Inobhutnahme", überlegt Sabine laut.

Zumindest hält sie es wohl nicht mehr für ganz so abwegig. Ich schöpfe Hoffnung und argumentiere weiter.

„Auf der Psych wird er sowieso nur ruhig gestellt. Ihr kennt das System doch. Da dümpelt er vor sich hin und was passiert dann? Wo soll er hin? Ins Obdachlosenheim? Er ist doch kein Penner, das sieht man doch. Er kommt von irgendwo her, er hat ein Leben und eine Vergangenheit. Ich kann ihm helfen, das zurückzubekommen."

„Aber warum?", fragt Birgit stellvertretend für alle.

Ich liebe ihn.

Doch die Wahrheit kann ich ihnen nicht sagen. Stattdessen presse ich meine Lippen zusammen und hoffe, dass mir spontan eine plausible Antwort einfällt.

„Elisabeth hat ein bisschen recherchiert", kommt mir Fred zur Hilfe.

Er zwinkert mir zu und ich bete inständig, dass seine Geschichte einigermaßen glaubhaft ist.

„Wir konnten es euch nur noch nicht sagen, weil ja dieses Chaos war. Mister Nobody ist der Bruder von Elisabeths Exfreund."

„Ich dachte, er hat keine Angehörigen."

Sabine beäugt mich mit zusammengekniffenen Augenbrauen.

„Ja, keine Angehörigen vor Ort. Mein Ex ist letztes Jahr nach Australien ausgewandert und die Eltern sind schon seit Jahren tot. Ansonsten gibt's niemanden", erweitere ich Freds Ausführungen.

„Und warum hast du ihn nicht gleich erkannt?", hakt Sabine nach.

„Ich wusste gar nicht, dass ... Klaus ... überhaupt einen Bruder hat. Er hat nie von ihm gesprochen."

Ich nehme den ersten Namen, der mir einfällt, um die Lüge auszuschmücken.

„Aber er sieht Klaus so ähnlich und das hat mich nachdenklich gemacht. Deswegen habe ich ihn in Australien angeschrieben. Es hat ziemlich lange gedauert, bis ich seine E-Mail-Adresse rausgefunden habe und bis eine Antwort kam. Wir sind nicht gerade im Guten auseinandergegangen und hatten seit unserer Trennung keinen Kontakt."

Ich tue zerknirscht.

„Klaus hat bestätigt, dass er zwar einen Bruder hat, diesen aber seit Jahren nicht mehr gesehen hat. Sie hatten wohl Streit wegen ... des Erbes der Eltern. Aber er kommt nach Deutschland, sobald es geht. Er hat mich gebeten, mich bis dahin um Vincent zu kümmern."

Puh, was für eine aberwitzige Geschichte. Ich bezweifle, dass meine Kollegen mir das glauben werden. Zu meinem Erstaunen nickt Sabine.

„Na gut. Du kannst ihn mitnehmen. Aber du übernimmst die volle Verantwortung für alles. Morgen Abend ist er hier weg. Ansonsten ruf ich doch die Kollegen aus der Psych an und lasse ihn abholen. Sorg dafür, dass er weiterhin regelmäßig ärztlich untersucht wird. Und denk

dran, dass bald die Gipse wegkommen."
Ich juble innerlich und stimme allem zu.
Morgen wird er mir gehören.

„Danke."
Fred steht hinter mir und massiert mir die schmerzenden Schultern. Seit vier Stunden harre ich an Vincents Bett aus und wache über ihn.
„Gern geschehen", antwortet er mir.
Ich lehne mich rückwärts an ihn und schließe meine müden Augen.
„Fred, warum hast du mir geholfen?"
„Keine Ahnung. Vielleicht, weil ich ein hoffnungsloser Romantiker bin? Und weil ich dir wünsche, dass alles gut wird? Geh nach Hause. Ich pass auf ihn auf. Außerdem ist er so voller Diazepam, dass er bis morgen Mittag sowieso nicht wach wird."
Es fällt mir schwer, Vincent zurückzulassen. Aber ich muss noch viel vorbereiten.
Jetzt bin ich froh, dass Paula mir ihren Nissan vermacht hat, schließlich kann ich Vincent in seinem desolaten Zustand nicht in der Straßenbahn nach Hause transportieren. Außerdem passt ihm wegen der Gipse seine Uniform nicht, also muss ich ihn in Flügelhemd und einem liegen gebliebenen, grau-hellblau gestreiften Altmännermorgenrock mitnehmen.

28 Liz

Jetzt ist er tatsächlich bei mir.

Fred hat mir geholfen, ihn in den Van und anschließend in den 2. Stock zu verfrachten. Vincent ist anstandslos mitgekommen. Er hat mich nur angesehen und genickt. Sein intensiver Blick dringt in mich ein und erfüllt mich mit einer ungewohnten Zufriedenheit und Ruhe.

Seit er das erste Mal aufgewacht ist, hat er kein einziges Wort gesprochen. Er liegt in meinem Bett, Arme und Bein auf weiche Kissen gelagert und schläft friedlich. Selbst im Schlaf sieht er einfach göttlich aus. Ich sitze an das Nachtkästchen gelehnt auf dem Boden und betrachte ihn. Er wirkt verletzlich, keine Spur der gestrigen Gewalt.

Hast du nichts aus der Geschichte mit Helmut gelernt?, höre ich Paula schimpfen. Kaum bist du über den einen weg, dem du nachgelaufen bist wie ein liebeskranker Teenie, und schon machst du den gleichen Fehler, schaltest dein Hirn aus und verfällst dem nächsten Typen.

Gut, dass ich nie zu kiffen angefangen habe, denn offensichtlich bin ich mehr als suchtgefährdet. Und nicht zurechnungsfähig. Süchtig nach ... nach was eigentlich?

Nach Helmut? Nach Vincent? Nach dem Körper der beiden? Nein, es ist nicht nur der Körper. Ich liebe Vincent. Ihn. Als Mensch. Ich weiß nicht, warum.

Helmut stachelte meine Hormone an, sodass ich ihn am liebsten jedes Mal, wenn ich ihn gesehen habe, sofort angesprungen hätte. Mehr aber auch nicht. Das wird mir jetzt, da ich Vincent gefunden habe, bewusst. Bei ihm ist es mehr. Eine unerklärliche, tiefe Verbundenheit. Nur wirkliche Liebe fühlt sich so an.

Trotzdem, was habe ich mir nur dabei gedacht, ihn einfach mitzunehmen? Ich habe einen wildfremden Mann mit nach Hause genommen, von dem ich nichts weiß, außer dass er offensichtlich in Selbstverteidigung ausgebildet ist. Seltsamerweise habe ich keine Angst. Aus irgendeinem Grund vertraue ich ihm.

Ich weiß, dass er nicht wie Helmut ist und mir nicht wehtun wird.

Er öffnet die Augen und dreht seinen Kopf zu mir.

„Hi", begrüße ich ihn leise.

Er bleibt still. Vielleicht kann er ja gar kein Deutsch.

„Verstehst du meine Sprache?"

Blöde Frage, schließlich ist seine Dokumentation auch auf Deutsch geschrieben. Er nickt und fixiert mich mit seinen ungewöhnlich, unglaublich blauen Augen.

„Hast du Durst? Und Hunger? Ich kann dir eine Suppe kochen. Magst du Suppe?"

Er zuckt mit den Schultern und verzieht sofort darauf sein Gesicht.

„Du hast Schmerzen. Leider gibt es hier keine Morphiumpumpe. Nur profane Schmerztabletten. Deswegen musst du vorher etwas essen. Ich möchte nicht, dass dein Magen auch noch schlappmacht."

Ich lächle ihn etwas scheu an und erhebe mich ächzend. Vom langen auf dem Boden Kauern sind meine Beine eingeschlafen.

„Bleib hier", krächzt er. „Bitte."

Seine Stimme ist tief, rau und unsicher vom wochenlangen nicht Benutzen.

„Ich mag es ... wenn du mit mir sprichst ... das beruhigt mich."

Diesmal schweige ich. Seinen Akzent kann ich nicht zuordnen, aber er klingt sexy und verwegen.

„Ich habe gedacht ..."

Es fällt ihm sichtlich schwer, zu sprechen.

„... ich träume nur ... aber jetzt ... bist du da ... du bist real." Er stockt erneut und atmet pumpend.

Hat er mich während der ganzen Zeit seiner Bewusstlosigkeit wahrgenommen?
„Wie lange war ich weg?"
„Du warst fast einen Monat im Koma."
Er holt zischend Luft, was ihn zum Husten bringt.
„Du hast mich gehört?"
Kann das sein?
„Ich habe dich gehört ... und gespürt ... wie im Traum ... das war schön ... du hast dich gekümmert ... um mich ... die ganze Zeit ... ich wusste nicht ... wo ich bin ... ich hatte Angst ..."
Seine Augen zeigen, wie viel Angst er hatte. Er zittert trotz der dicken Decke.
„Ich weiß", beschwichtige ich ihn.
„Du bist Elisabeth."
Er hat mich wirklich gehört. Die ganze Zeit. Er erkennt mich. Warme Freude steigt in mir auf und unwillkürlich muss ich grinsen.
„Liz", verbessere ich ihn.
„Weißt du, was passiert ist?"
Er stöhnt leise.
„Dann lass uns später darüber reden. Du musst etwas essen."

Ein Berg von Kissen hält ihn aufrecht, ich füttere ihn mit Flädle in Instant-Gemüsebrühe. Bei jedem Löffel schließt er die Augen und schluckt genüsslich, als ob er nie etwas Besseres gegessen hätte.
„Streck die Zunge raus", befehle ich, lege eine Voltaren darauf und halte ihm ein Glas Wasser an die Lippen.
Er schluckt gehorsam und fixiert mich wieder mit diesem intensiv blauen Blick. Ich bin nicht in der Lage, das Glas abzustellen, bin mit halb ausgestrecktem Arm erstarrt wie ein Parkinsonkranker. Er sieht unverschämt gut

aus und ich muss mich beherrschen, ihn nicht einfach zu küssen. Aber das wäre Ausnutzen von Abhängigen. Außerdem kennt er mich erst seit wenigen Stunden. Deswegen wende ich mich schnell ab. Es ist mehr. Mehr als nur sein gutes Aussehen und sein sexy Körper. Mehr als ich verstandesmäßig begreifen kann.

Es fühlt sich an wie in der Leopardenspur, wenn man durch die Zentrifugalkraft aneinandergepresst wird. Hier allerdings nicht rein körperlich, sondern zusätzlich seelisch und emotional.

„Nachher stecke ich dich in die Badewanne. Schluss mit wochenlanger Katzenwäsche im Bett. Und du bekommst wieder richtige Klamotten", fliehe ich in vertrautes Krankenschwester-Terrain.

Nach einem ausgiebigen Mittagsschlaf führe ich ihn ins Bad. Er stützt sich schwer auf mich und hüpft auf seinem gesunden Bein, das andere ist immer noch eingegipst und darf nur eingeschränkt belastet werden.

Sein Krankenhaus-Flügelhemd steht hinten offen und entblößt seinen perfekten Hintern und seinen muskulösen Rücken. Er geniert sich offenbar gar nicht, auch nicht, als ich ihn in die Wanne hieve und ihn ausziehe. Ich drehe den Hahn auf und fülle Kamillenöl ins dampfende Wasser. Seine gegipsten Arme und das rechte Bein hängen über dem Wannenrand, damit sie nicht nass werden.

Ohne Scheu, aber auch ohne demonstratives Herzeigen, wie Helmut es gemacht hat, liegt er entspannt da.

Sein nicht nur sehr ansehnlicher, sondern überaus schöner Penis trudelt im langsam steigenden Wasser. Vincents gesamter Körper ist wunderschön. Seine Haare sind mittlerweile nachgewachsen, dunkle Löckchen zieren seine Brust und seinen Schambereich.

Er ist durch und durch männlich, mit dichten, gesunden

Haaren, doch nicht so viele, dass es affenartig wirkt. Es sind genau richtig viele, sodass ich ihn gerne dort kraulen würde, bis er schnurrt.

Ganz selbstverständlich lässt er sich von mir waschen, so, als ob wir uns schon immer kennen würden. Obwohl ich nicht mit im heißen Badewasser sitze, sondern vor der Wanne auf den kalten Fliesen knie, habe ich menopausengleiche Schweißausbrüche und mein Atem beschleunigt sich.

Vincent brummt, als ich mit der Seife und anschließend mit dem Waschlappen vorsichtig über seine ausgeprägten Bauchmuskeln und seine wachsende Erektion streiche. Obwohl ich so eine anatomische Reaktion bei pflegebedürftigen Männern schon unzählige Male gesehen habe, werde ich rot und suhle mich in der Vorstellung, dass ich es bin, die ihn erregt.

Ich gebe Shampoo in meine Hand und massiere Haare und Kopfhaut. Dann spüle ich es gründlich mit dem Duschstrahl aus und lege dabei meine gewölbten Finger an die Stirn, damit ihm kein Schaum in die Augen läuft.

„Rasier mir bitte auch das ganze Kraut am Körper weg. Ich kann das nicht leiden so", weist er mich an, als ob ich seine private Kosmetikerin wäre.

Schade, mir gefallen seine weichen Haare. Trotzdem hole ich meinen Damenrasierer aus dem Allibert und verteile nach Pfirsich riechenden Rasierschaum auf seiner Brust und seinem Unterkörper. Ich bin geübt darin, Männer im Intimbereich zu rasieren, doch meine Hände zittern unkontrolliert. Irgendwie schaffe ich es, ihn nicht zu verletzen. Ich täusche vor, zu prüfen, ob alle Haare und Stoppeln entfernt sind, und streichle seine nun glatte Haut. Aber eigentlich will ich ihn einfach nur anfassen.

Als ich fertig bin, wickle ich seinen großen Körper in ein Badetuch und rubble ihn trocken, während er auf dem

Wannenrand sitzt. Er senkt seinen Kopf auf mein Dekolleté. Aus Müdigkeit oder weil er Nähe sucht? Egal, es fühlt sich gut an. Mein Puls rast, was mir unangenehm ist, da er in dieser Stellung bestimmt meinen synkopischen Herzschlag hören kann.

Ich tupfe mit dem Handtuch seinen Nacken, seine Schultern und seine Oberarme und sauge seinen Duft auf. Er riecht gut. Frisch gebadet, nach Kamille und Pfirsich, Weichspüler und nach ihm, seinem fantastischen, unverwechselbaren, männlichen Geruch. Er gähnt laut und beißt mich dabei fast in den Busen.

„He, lass das!", schimpfe ich lachend.

Doch in Wahrheit sehne ich mich danach, dass er weitermacht, seine Lippen um meine Nippel schließt, daran saugt, mich zum Beben bringt.

„Woher stammen deine vielen Narben?", frage ich und streiche über eine, die quer über sein Schulterblatt verläuft.

Er setzt sich aufrecht und blafft nur „Sportverletzungen".

Ich bin enttäuscht, da ich gehofft habe, mehr über diesen mysteriösen Mann herauszufinden. Aber es ist, als ob er eine Mauer aus Geheimnissen um sich herum aufgebaut hat und ich keine Chance habe, diese irgendwie zu überwinden.

Er lehnt sich wieder an mich.

„Bist du müde? Soll ich dich ins Bett bringen?"

„Ich will sein, wo du bist", murmelt er an meine Brust.

Allein diese kleine Berührung überzieht meinen Körper mit Gänsehaut.

Vor ihm kniend, helfe ich ihm in seine Unterwäsche, ein vergessenes T-Shirt von Jens und eine Jogginghose aus Paulas ausgedünntem Schrank, bei der ich das rechte Bein abgeschnitten habe, sodass der dicke Verband Platz hat.

Als ich die Shorts nach oben ziehe, achte ich darauf, ihn nicht zu intim zu berühren. Ich fürchte, wenn ich ihn erneut anfasse, kann ich nicht mehr aufhören. Die Hose kneift sichtlich im Schritt, doch er beschwert sich nicht. An meinem Arm schleppt er sich zum Sofa, auf dem er augenblicklich einschläft.

Wir müssen dringend reden. Ich muss die Wahrheit erfahren, darüber, wer er ist, wo er herkommt und was passiert ist. Aber im Moment gebe ich mich damit zufrieden, ihn bei mir zu haben, quetsche mich ans Fußende des Sofas und schalte den Fernseher ein.

Ich bin wohl auch kurz eingenickt, denn als ich aufwache, thront Edward auf Vincents Brust und stößt schnurrend seinen Katzenkopf an dessen Stirn. Der erwidert Edwards Gruß auf gleiche Weise. Dann ringelt sich Edward, an Vincents Gips gekuschelt, zusammen und lässt sich mit den aus dem Verband hervorlugenden Fingerspitzen kraulen. Beide wirken höchst zufrieden.

Vincent bemerkt, dass ich wach bin und strahlt mich wie ein kleiner Junge an.

„Ich wollte immer eine Katze haben. Ich glaube, dein Kater mag mich."

„Ja, scheint so", pflichte ich bei.

In Vincents Alphatier-Gegenwart verhält sich sogar mein Revoluzzerkater wie ein dressierter Hund und ordnet sich selbstverständlich dem vermeintlichen Rudelführer unter.

„Warum hast du keine Katze?"

„Es ist mir nicht gestattet, Haustiere zu halten."

„Mein voriger Vermieter hat auch keine Katzen erlaubt. Aber ohne Edward kann ich nicht sein. Deswegen bin ich lieber umgezogen."

Vincent runzelt die Stirn.

Ich nehme seine Beine, lege sie auf meinen Oberschenkeln ab und umfasse seine kalten Zehen mit meinen Händen, um sie zu wärmen. Offenbar ist er kein besonders großer Redner.

„Hast du noch Schmerzen?"

Er verneint stumm.

„Woher kennst du meinen Namen?", fragt er in das unangenehme Schweigen.

Ich schlüpfe unter seinen Beinen heraus, grabe in meiner Handtasche nach dem kleinen schwarzen Buch und strecke es ihm hin.

„Ich wollte wissen, wer du bist. Ich habe das hier in deiner Hosentasche gefunden."

Er reißt es mir aus der Hand und steckt es vorne in seine Jogginghose.

„Das ist nicht fürs Fußvolk bestimmt! Du bist nicht befugt, das zu lesen!", reagiert er ruppiger als erwartet.

Fußvolk? Bin ich etwa Fußvolk? Was denkt er, wer er ist? Ich kann verstehen, dass man sauer wird, wenn man herausfindet, dass ein Fremder im Tagebuch gelesen hat, aber ich wollte ihm doch nur helfen, herausfinden, was sein Leben ist.

„Ich war neugierig. Ich wusste ja nicht ...", fiepe ich kläglich, erschrocken über seinen Ausbruch.

„Tut mir leid, ich wollte dich nicht erschrecken. Es ist nur ..."

Abermals redet er nicht weiter.

„Ich will Antworten, Vincent! Wer bist du? Und was ist mit dir passiert? Wer hat das mit dir gemacht?"

Ich deute anklagend auf seine eingegipsten Gliedmaßen. Er hebt seinen Arm, lässt ihn aber dann doch wieder sinken.

„Du darfst nicht ... ich bin ...", stammelt er.

„Es ist kompliziert."

„Dass es kompliziert ist, habe ich auch schon mitbekommen", werfe ich ihm an den Kopf.

„Ich bin ein großes Risiko eingegangen, dich einfach mitzunehmen. Schließlich hast du im Krankenhaus zwei Pflegekräfte und einen Arzt umgenietet. Vielleicht bist du ja ein aggressiver Psychopath und gehst gleich auf mich los. Keine Ahnung! Du verrätst mir ja nichts. Ich kenn dich nicht. Und trotzdem bist du hier. Wenn du mir nicht vertraust, kann ich dich auch zurückbringen!"

„Ich werde dir nichts tun."

„Ja, ich weiß", antworte ich ihm versöhnlicher.

Mein Atem beruhigt sich etwas. So kommen wir nicht weiter. Nicht heute. Ich reibe mir mit den Handflächen über das Gesicht und stoße resignierend die Luft aus. Aufgeben werde ich nicht. Aber jetzt bin hundemüde.

„Lass uns ins Bett gehen. Es war ein langer Tag. Wir reden morgen weiter."

Mit letzter Kraft bugsiere ich ihn in mein Bett, bevor ich in Paulas falle.

Mitten in der Nacht werde ich von unverständlichem Wimmern aus dem Nachbarzimmer aufgeweckt. Paulas Wecker zeigt 02:36 Uhr.

Erschrocken springe ich auf und spurte zu Vincent. Er hat offenbar einen Albtraum, rudert mit den Armen vor seinem schweißnassen Gesicht und stöhnt. Ich lege mich neben ihn, halte ihn fest und flüstere beruhigende Worte. Er kommt zur Ruhe, wacht aber nicht auf.

Als ich mich von ihm lösen will, grummelt er im Halbschlaf, dreht sich auf die Seite und drückt mich mit seinem Gips an sich. Sein gesundes Bein wickelt er um meine Hüfte. Damit er nicht aufwacht, wehre ich mich nicht, sondern kuschle mich stattdessen an ihn und falle von ihm umschlungen wieder in den Schlaf.

29 Liz

Vincents Arm liegt hart und schwer auf meiner Brust und nimmt mir fast die Atemluft. Vorsichtig winde ich mich unter ihm heraus und strecke mich. Ich habe hervorragend geschlafen und fühle ich mich frisch und ausgeruht. Vincent regt sich und schaut mich verschlafen an.
„Guten Morgen", brummelt er.
Wundert er sich überhaupt nicht, dass ich neben ihm liege?
„Guten Morgen auch."
„Magst du mir von deinem Traum heute Nacht erzählen?"
„Liz, ich ... Ich bin froh, dass ich hier bin", windet er sich.
Ich gebe ihm noch Schonfrist und gehe erst einmal in die Küche. Um fit zu sein für das Gespräch, das folgen muss, brauche ich dringend Kaffee. Als ich mit zwei Tassen zurück ins Schlafzimmer komme, hat sich Vincent bereits aufgerappelt und sitzt gebeugt am Bettrand.
„Du kannst noch nicht alleine aufstehen", rüge ich krankenschwestermäßig.
„So schön es in deinem Bett ist, aber ich muss dringend aufs Klo."
Ich stelle die Kaffees auf das Nachtkästchen, hake ihn bei mir unter und helfe ihm in die Senkrechte. Im Stehen überragt er mich wie Helmut um einen Kopf. Er schwankt leicht, fängt sich dann aber und lässt sich von mir brav ins Bad führen und die Hose herunterziehen.
„Den Rest schaffst du ja alleine. Hier wird im Sitzen gepinkelt. Ruf mich, wenn du fertig bist."
Statt mich zu rufen, steht er plötzlich hinter mir in der Küche. Vor Schreck lasse ich das Brotmesser fallen, es verfehlt nur knapp meine Zehen und hinterlässt einen unschönen Striemen im Parkett. Edward streicht maunzend

um Vincents Beine. Die Unterhose hängt in den Knien, das T-Shirt ist nach oben verrutscht.

„Mit den Gipsen hab ich's nicht geschafft, sie alleine hochzuziehen."

Obwohl ich seinen Körper mittlerweile schon Dutzende Male nackt gesehen habe, kann ich nicht anders, als ihn zu bewundern. Ich starre ihn an und genieße den Ausblick auf seinen Unterkörper und den Ansatz seines Waschbrettbauchs. Auch sein Penis und sein Hintern sind Prachtexemplare. Mir läuft das Wasser im Mund zusammen.

„Mir wird langsam kalt", erinnert er mich an meine Aufgabe als Pflegerin.

Obwohl es mir schwerfällt, diesen Anblick wieder unter Klamotten zu verstecken, komme ich seiner Aufforderung nach.

Es klingelt. Ich frage mich, wer mich so früh besuchen will, und öffne die Türe. Davor steht ein für mein Morgengefühl zu fröhlicher, zu grinsender und zu motiviert wirkender männlicher Mensch Mitte 50.

Er ist klein- in etwa so wie ich- untersetzt, mit silbern glänzender Bundfaltenhose und einem schreiend gelben Jackett, das mich blendet. Dazu trägt er braune Bommelslipper und verbreitet einen aufdringlichen 4711-Gestank. Seine äußere Erscheinung lähmt mich. Das nutzt er aus und quetscht sich an mir vorbei in die Wohnung.

„Gnädige Frau, Sie werden nicht glauben, was für ein überaus fulminantes, unschlagbares und bahnbrechendes Angebot ich Ihnen, ganz persönlich Ihnen, heute unterbreiten kann."

Ich verstehe nicht, was er mir sagen will. Vincents halb nackter Körper und die frühe Uhrzeit führen dazu, dass mein Gehirn noch nicht richtig funktioniert. Außerdem beginnt der Kaffee, seine verdauungsfördernde Wirkung zu entfalten, und drangsaliert mein sensibles Abdomen. Aber vielleicht verursacht mir auch diese erwartungsvoll Zähne zeigende Erscheinung vor mir die Koliken.

Urplötzlich zieht er ein kleines grünes Döschen aus seinem Aktenkoffer, schüttet seinen Inhalt, eine Mischung aus Asche, Rotwein, Milben und Spitzerdreck, auf meinen Läufer im Flur und verreibt es mit einem rosa Baumwolllappen.

„So viel Dreck verschwindet täglich in Ihrer Auslegware", verkündet er.

Ich kläre ihn nicht darüber auf, dass ich erstens nie auf den Boden asche. Zeitens nie Rotwein, sondern, wenn Alkohol, dann Weißwein oder Prosecco trinke, die beide quasi durchsichtig sind. Drittens, dass mir Staubmilben, da unsichtbar, völlig egal sind und ich viertens seit meiner Grundschulzeit keine Bleistifte mehr benutze.

Doch es ist zu spät. Würde ich den Mann jetzt bitten zu gehen, müsste ich alleine eine Lösung für das Entfernen des unbestreitbar hartnäckigen Flecks finden. Also lasse ich ihn gewähren und seine Aufgabe in Gottes Schöpfung erfüllen. Und offensichtlich hadert er keineswegs mit seinem Schicksal als Fleckentferner, sondern geht seiner Erfüllung hingebungsvoll und geradezu freudig erregt nach.

Fasziniert beobachte ich, wie er eine Flasche mit neonoranger Flüssigkeit herbeizaubert und auf den Teppich gießt, wie er das Gebräu mit einer kleinen Wurzelbürste einrubbelt, und höre mir seine predigtartigen Anpreisungen über das neonorange Mittel an. Dann kramt er aus seinem Köfferchen einen batteriebetriebenen Ministaubsauger heraus, mit dem er geschäftig meinen Flur in den Urzustand zurückversetzt.

Bevor ich ihn stoppen kann, schüttet er die Inhalte weiterer kleiner Döschen auf verschiedene Möbelstücke und auf den Fußboden. Meine Wohnung sieht innerhalb kurzer Zeit schlimmer aus als jede Messiwohnung.

Er hält mir die Flasche vor die Nase und setzt erneut an.

„Belästigt dich der Mann?"

Vincent steht im Türrahmen und wirft einen langen, bedrohlichen Schatten auf den Eindringling. Mit strengem Gesichtsausdruck inspiziert er die vor ihm ablaufende Szene.

Als der Vertreter Vincent entdeckt, stockt er, seine Worte enden in einem Stottern und langsam lässt er das Wundermittel sinken. Neben dem stattlichen Vincent wirkt der Vertreter geradezu winzig. Wie eine Ameise neben einem Hirschkäfer. Ich nutze seinen Rückzug und flüchte mich zu Vincent, der mir beschützend seinen Arm um die Schulter legt, mich halb hinter sich schiebt und den kleinen dicken Mann finster von oben herab anfunkelt.

Der fängt daraufhin hektisch an, überall die leuchtende Flüssigkeit zu verteilen, wuselt und flitzt durch die Wohnung wie Dizzy Devil, krabbelt unter die Couch, rubbelt, wischt und saugt. Dann sinkt er hechelnd auf meinen Sessel, nicht ohne ihn vorher von alten Chipskrümeln zu befreien.

Er tut mir leid. Ich bringe ihm ein Glas Wasser, das er erst dann an die Lippen führt, nachdem Vincent ihm mit einem Kopfnicken zu verstehen gibt, dass er trinken darf. Als er fertig ist, stellt er das Glas vorsichtig auf den Couchtisch, steht auf, drückt sich mit gesenktem Kopf an uns vorbei und verschwindet.

Vincent schaut mich an, als ob ich einen Fehler gemacht hätte. Ich fühle mich wie ein Schüler, den der Lehrer beim heimlichen Rauchen erwischt hat, und schäme mich, obwohl ich nicht weiß, wofür.

Er öffnet den Mund, schließt ihn jedoch wieder und schüttelt nur leicht den Kopf. Dann dreht er sich um und

humpelt zurück zu seinem Frühstück. Im Weggehen höre ich ihn murmeln:
„Euer Reinigungspersonal ist echt komisch."

Nach diesem Besuch sitzen wir auf der Couch in meiner nun blitzsauberen Wohnung, sein lädiertes Bein hat Vincent auf dem Tisch hochgelegt. Das Frühstück, Brot mit Quark und Erdbeermarmelade, hat er restlos verputzt. Ich freue mich über seinen Appetit.
Vincent hat in meinem Bücherregal ein altes Micky-Maus-Heft gefunden, in dem er fasziniert blättert und über dessen Inhalt er immer wieder lauthals lacht. Ich versuche, mich auf die neueste GALA zu konzentrieren, was mir aber aufgrund unserer direkten Nähe nicht gelingt. Immer wieder sehen wir uns verstohlen an.
„Was ist das für ein Buch?", traue ich mich endlich zu fragen.
„Woher kommst du? Wer bist du? Was ist passiert?"
„So viele Fragen sind nicht gut."
„So eine blöde Ausrede habe ich von einem Typen schon mal gehört. Aber diesmal will ich Antworten."
Er rutscht hin und her.
„Ich kann nicht. Ich ...Ich ... Du darfst es nicht wissen. Es ist ..."
„Es ist kompliziert, ich weiß. Probier's doch einfach. So schlimm kann's doch nicht sein, oder?"
„Liz, es ist ... gefährlich für dich, wenn du zu viel weißt", druckst er herum.
Was soll denn so gefährlich sein? Denkt er, wir sind die Protagonisten in einem Verschwörungs-Thriller?
„Im Moment weiß ich gar nichts!", erinnere ich ihn.
„Was bist du? Bist du aus einem Gefängnis ausgebrochen? Bist du ein entflohener Massenmörder und willst mich umbringen und aufessen? Bist du von der Mafia oder ei-

nem illegalen Menschenschmugglerring? Oder hast du dich einfach im Suff geprügelt und kannst dich an nichts mehr erinnern? Und was ist mit dem Buch? Wieso schreibst du so komische Sachen? Was ist verdammt noch mal mit dir los?"

„Es ist nichts von alldem. Du würdest es nicht verstehen. Du darfst es nicht wissen."

Ich schließe resignierend die Augen.

„Ja, das hast du schon gesagt", gebe ich genervt zurück und starte einen neuen Versuch.

„Bist du ein Agent von einem geheimen Geheimdienst auf geheimer Mission?"

Ich kann meinen gehässigen Tonfall nicht verbergen.

„So was in der Art", gibt er zu meinem Erstaunen zu.

„Aber nicht, wie du denkst."

„Und wie dann? Bist du ein whistle blower und auf der Flucht vor der NSA?"

Er lacht laut, was mich verwirrt. Ich finde daran nichts Lustiges.

„Nein, eure NSA ist kein ernstzunehmender Gegner für uns. Ich bin nicht auf der Flucht. Es war vielmehr ..." Er verzieht die Lippen. „... ein Arbeitsunfall."

„Jetzt verstehe ich gar nichts mehr. Wenn es ein Arbeitsunfall war, dann muss doch jemand dabei gewesen sein, als es passiert ist. Du musst den Unfall der Berufsgenossenschaft melden. Jemand, dein Arbeitgeber oder deine Kollegen, müssen dich vermissen. Aber keiner hat dich gesucht."

„Oh, sie suchen mich. Da kannst du sicher sein. Sie werden mich zurückholen. Sobald sie mich geortet haben. Normalerweise dauert das nicht so lange. Ich darf gar nicht hier sein."

Geortet? Ich kann mich an kein Navigationsgerät bei seinen wenigen Sachen erinnern.

Er muss es verloren haben.

„Wer sind sie? Bei welcher Firma arbeitest du? Bist du auf Montage bei dieser Großbaustelle im Stadtzentrum? Ich kann dort anrufen und ihnen sagen, wo du bist."

„Ich arbeite nicht auf einer Baustelle. Sehe ich etwa aus wie ein Bauarbeiter? Außerdem kannst du sie nicht einfach anrufen. Sie sind ... zu weit weg."

Nein, ich muss zugeben, die meisten Bauarbeiter sind zwar auch oft oben ohne, jedoch ohne einen dazugehörigen Körper, der diese Freizügigkeit zulässt.

„So weit weg können sie doch gar nicht sein, wenn du vor der Klinik gefunden worden bist. Was ist los, Vincent? Das ist alles so verwirrend. Warum sagst du mir nicht einfach, was passiert ist?"

„Liz, ich würde mir nichts mehr wünschen, als dir die Wahrheit sagen zu können. Aber es geht nicht. Ich kann dich nicht gefährden. Ich ..."

Unsere Gesichter sind sich so nah, dass ich die Poren auf seiner Nase erkennen kann. Ich wünsche mir, dass er mich einfach küsst. Er atmet schwer und kommt beinahe unmerklich näher.

„Ich würde dich jetzt so verdammt gerne küssen", raunt er, sein Atem riecht nach Kaffee, Marmelade und ihm.

Dann zuckt er auf einmal zurück und legt unvermittelt los.

„Ich kann nicht! Und ich darf nicht! Denn ich werde bald weg sein. Aber ich will dich nicht verlieren! Ich weiß nicht, was hier passiert, was mit uns passiert. Ich weiß nur, du bist die Frau aus meinen Träumen, die bei mir war, als ich im Koma lag, und jetzt bist du echt und noch viel besser, als ich mir vorgestellt habe. Ich bin dir verfallen, als ich das erste Mal deine Stimme durch den Nebel meines Bewusstseins gehört habe. Und als ich dann endlich dein Gesicht sehen durfte, deine liebevollen braunen Augen, die diesen gefährlichen Grünstich bekommen, wenn du sauer bist, als ich deine Hände bewusst gespürt habe, deinen wunderbaren weichen, sexy Körper gesehen habe, da war´s um mich geschehen."

Vincent macht eine kleine Pause und sieht mich einfach nur an. „

Ich habe versucht, mich zu wehren. Aber es geht nicht. Ich habe alle verachtet, die sich plötzlich unsterblich verlieben. Ich wollte das nie. Jetzt schon. Ich will dich. Das verwirrt mich. Du versorgst mich so liebevoll. Ich sehe, wie du mich ansiehst. Und ich sehe das Gleiche in dir. Du riechst so gut und fühlst dich so gut an. Wenn du bei mir bist, habe ich keine Angst mehr, obwohl alles hier so anders ist und meine Erinnerungen und Träume mich quälen. Wenn du bei mir bist, dann ist es mir egal, wo ich gelandet bin. Deine ganze Welt ist so verwirrend für mich, die Gefühle, die ich für dich habe, obwohl wir uns überhaupt nicht kennen, sind so verwirrend und ich will sie nicht haben, doch ich will sie schon haben, weil es das Schönste ist, was ich jemals gefühlt habe, aber ich will nicht, dass du verletzt wirst."

Ich habe das Gefühl, als blickt er mir mit seinen wunderschönen Augen direkt in meine Seele.

„Ich wünsche mir nichts mehr, als weiter mit dir zusammen zu sein und noch mehr, aber ich weiß, dass sie mich zurückholen werden. Und dass uns das beide zerreißen wird und wenn wir weitergehen, dann wird alles noch schlimmer, obwohl es genau das ist, worauf es hinauslaufen wird und was wir beide so sehr wollen. Je weniger du von mir und meiner Welt weißt, umso leichter wird es für dich sein, mich gehen zu lassen. Außerdem darf keiner von deiner Welt von meiner wissen. Das ist nicht gut."

Er ringt nach Luft und wendet sich ab.

Ich bin geplättet wegen seines plötzlichen Wortausbruchs und seiner unerwarteten Liebeserklärung. Ich bin glücklich, weil er genauso fühlt wie ich, und todtraurig, weil er mich nicht ins Vertrauen ziehen will.

„Schau mich an. Bitte."

Ich drehe ihn zu mir zurück und umfasse sein Gesicht mit meinen Händen. Er schließt die Augen und lehnt sich leicht gegen mich.

„Egal, was passiert ist. Wir werden das zusammen durchstehen. Ich weiß nicht, woher du kommst und warum ich nichts davon erfahren darf, aber ich weiß, dass wir beide etwas füreinander empfinden, das über bloßes Verknalltsein hinausgeht. Warum auch immer das so ist. Mich haben meine Gefühle genauso überfahren wie dich. Ich wusste nicht, dass es möglich ist, dass man jemanden so schnell, so intensiv lieben kann, ohne ihn zu kennen. Aber nun ist es passiert und du bist hier. Bei mir. Ich werde dich nicht einfach wieder gehen lassen! Also hör auf damit, mich schonen zu wollen."

Er schmiegt seine Wange in meine Hände und seufzt lautlos.

„Es ist unvermeidbar. Ich werde dich verlassen müssen. Denn sie werden mich zurückholen."

Ich weiß nicht, wer „sie" sind und warum er immer vom „Zurückholen" faselt. Das Einzige, das ich deutlich höre, ist, dass er mich wieder verlassen will. Wie so oft, erfasse ich nicht das Ganze, sondern halte mich an seltsamen Kleinigkeiten fest, die mir gerade auffallen. Wie gestelzt er immer spricht. Wie gut seine Haut riecht. Wie schwielig seine Finger sind. Dass ihm keine Haare aus Nasenlöcher und Ohren wachsen. Dass man bereits nach wenigen Stunden wieder einen Bartschatten auf seinem Kinn sehen kann. Dass seine Halsmuskeln leicht zucken, wenn er spricht. Dass mich selbst kleine Berührungen von ihm erschauern lassen.

Unsere Gesichter sind sich wieder so nahe, dass seine Nase meine berührt.

„Was sollen wir nur machen, Liz?"

„Ich weiß es nicht. Ich weiß nur, dass ich dich nicht verlieren will."

Er hält kurz inne, dann überbrückt er die letzten Zentimeter und küsst mich doch. Erst sanft, dann immer wilder, bis wir beide kaum noch Luft bekommen und uns keuchend voneinander lösen. Ich klettere auf seinen Schoß und schlinge meine Arme um ihn, da ich das Gefühl habe, ihn ganz fest halten zu müssen, so als ob er sonst einfach davonfliegen würde wie ein heliumgefüllter Luftballon.

Er drückt mich an sich und vergräbt sein Gesicht in die Kuhle an meinem Schlüsselbein. Wegen seiner Gipse ist es, als ob ich von Kens Plastikarmen umarmt werde. Trotzdem fühle ich mich so wohl wie nirgends sonst.

Ich lege meinen Kopf schief, sodass er freien Zugang zu meinem Hals hat, und stöhne leise, als seine Lippen immer tiefer wandern, bis hinunter zu meinen Brüsten. Ich recke sie ihm entgegen, damit er leichter herankommt. Seine Erektion drückt an meinen Schritt. Wir werden immer gieriger. Die fehlenden Antworten sind mir wieder einmal egal.

Ich will nur ihn, in einer Dringlichkeit, wie ich sie selbst bei Helmut nie kannte. Wir drängen uns aneinander, küssend, beißend, fummelnd. Plötzlich schiebt er mich noch energischer als vorhin weg, fährt sich aufgebracht durch seine Haare und stöhnt.

„Wir dürfen das nicht. Es geht nicht."

Er scheint verzweifelt und redet weiter vor sich hin, dass das alles unmöglich sei und er wieder zurück müsse und dass wir uns nicht lieben dürften und noch einiges anderes wirres Zeug.

Warum darf ich nicht einfach glücklich sein?

Warum zieht er sich zurück, wenn ich ihm, wie er ja fest behauptet, auch nicht egal bin? Ich spüre und sehe unter seiner Hose deutlich, dass er auch mehr will.

Warum lässt er es nicht zu? Warum wird alles immer so kompliziert, sobald es anfängt, schön zu sein? Ich weiß nicht, wie ich darauf reagieren soll, dass er genau das Gegenteil dessen sagt, was er eigentlich will. Soll ich ihn also in Ruhe lassen oder so tun, als habe ich ihn nicht gehört und ihn noch mal küssen?

Die Entscheidung wird mir abgenommen, denn ein Fellknäuel presst sich protestierend zwischen uns. Da ich nicht Gefahr laufen will, von Edwards Krallen attackiert zu werden mache ich ihm Platz. Er thront triumphierend auf Vincent und wedelt mir seinen haarigen Schwanz ins Gesicht. Also rücke ich ans Ende der Couch, um Distanz zwischen mich und Edwards Katzenpo, aber auch zu Vincent und meinen aufschreienden Gefühlen zu bringen. Wird er mir irgendwann seine Geschichte erzählen?

Ich setze zu einer Frage an, stelle dann aber fest, dass Edward und Vincent eingeschlafen sind und dabei leise im Duett schnarchen. Minutenlang betrachte ich sie und gehe im Kopf noch einmal die letzten Wochen und das, was heute passiert ist, durch.

Auch ich habe Vincent noch nicht alles erzählt. Er weiss nicht, dass er ein Abbild meines Ex-Lovers ist, nichts davon, dass ich Angst habe, dass er eines Tages tatsächlich weg sein wird. Auch weiss er nichts davon, dass ich noch mehr Angst davor habe, erneut verarscht zu werden.

Ich denke, seine Geheimniskrämerei und seine unglaubwürdige Abwehrhaltung ist nur eine Masche, um einen Grund zu haben, plötzlich zu verschwinden.

Am Nachmittag besucht mich Fred.

„Die Aushilfe von der Zeitarbeitsfirma, die sie als Ersatz

für dich geschickt haben, ist echt ein Vollpfosten!", jammert er beim Reinkommen.

„Kein Wunder, dass die niemand fest einstellen will. Die anderen sind übrigens ziemlich sauer auf dich, weil du nicht mehr da bist."

Er sieht sich stirnrunzelnd in meiner Wohnung um.

„Was macht Mister Nobody?"

Ich lege den Zeigefinger auf meine Lippen und nicke mit dem Kopf zum Wohnzimmer.

„Vincent schläft", flüstere ich.

Dann ziehe ich Fred ins Bad und schließe hinter uns die Türe. Ich setze mich auf den Klodeckel und stütze das Kinn auf meine Fäuste.

Plötzlich bricht alle Anspannung aus mir heraus und ich weine hemmungslos. Fred kniet sich vor mich auf den Badvorleger und tätschelt unbeholfen mein Knie.

„Wir haben uns geküsst", schniefe ich.

„Und wieso weinst du dann so?"

Statt einer Antwort schneuze ich laut schnaubend in ein Stück Klopapier.

„Soll ich euch abholen und zum Doc fahren, wenn Schnuckel seine Gipse abbekommt? Ich kann mir freinehmen."

Er scheint überfordert mit so vielen weiblichen Gefühlen und wackelt vor und zurück.

„Nein, danke. Ich schaff das schon", lehne ich ab.

„Es ist nur alles ein bisschen viel zurzeit."

Nachts schlafen wir wieder in einem Bett, doch Vincent ist distanziert und still. Er liegt auf dem Rücken, sein linker Arm ist an der Schulter abgewinkelt. Wir berühren uns nicht. Edward residiert zu unseren Füßen. Ich bin müde, kann aber nicht einschlafen, zu viele Gedanken hindern mich daran, endlich zur Ruhe zu kommen. Außerdem will ich keinen Moment mit Vincent schlafend vergeuden. Er bewegt sich nicht und bemüht sich, gleichmäßig zu atmen. Ich habe aber in meinem Berufsleben schon zu viele Schlafende gesehen und gehört, dass ich weiß, wann jemand tatsächlich schläft oder nur so tut.

Mir ist bewusst, wie verrückt die Situation ist. Ich liege in meinem Bett mit einem Wildfremden, von dem ich immer noch nicht mehr weiß, außer seine medizinischen Diagnosen und in welchen Körperöffnungen Schläuche steckten.

Und dass ich ihn liebe.

Am nächsten Morgen sitze ich bereits mit meinem Kaffee in der Küche, Vincent wankt herein und lässt sich schwerfällig auf einem der Stühle nieder. Er will nach meiner Tasse greifen, scheitert aber an seiner gipsbedingten Unbeweglichkeit. Schließlich gibt er auf und lässt sich von mir füttern und tränken.

„Bin ich froh, wenn morgen diese Dinger weg sind", stöhnt Vincent über seine Armgipse.

Ich nicht. Ich genieße es, ihn zu umsorgen und zu pflegen. Von mir aus könnte er bis zum Sankt Nimmerleinstag meiner Pflege ausgeliefert sein. Vincent merkt, dass ich nicht auf seinen Konversationsversuch reagiere.

„Bist du mir böse?"

Ich antworte nicht und beschmiere weiter wie besessen Vincents Butterbrot mit Marmelade.

„Glaub mir, es ist besser für uns beide, wenn wir uns von unseren Gefühlen nicht hinreißen lassen."

„Was soll daran gut sein?", schreie ich ihn an und steche wütend das Messer in das Brot, immer wieder, bis nur noch kleine Fetzen übrig sind.

Erdbeermarmelade spritzt auf den Tisch und meine Hände, sodass es aussieht, als ob ich mir die Pulsadern aufgeschnitten hätte. Ich wische mich notdürftig am Tischtuch ab.

„Was ist daran gut, dass du nicht mit mir zusammen sein willst? Warum hast du mir gesagt, dass du mich liebst?"

„Weil es die Wahrheit ist. Ich liebe dich und ich will nichts mehr, als mit dir zusammen zu sein, dich anzufassen, mit dir zu schlafen. Aber es geht nicht. Ich kann dich nicht in Gefahr bringen."

Er redet wieder einmal so kryptisch, dass ich beschließe, es für den Moment dabei zu belassen, und gehe duschen, um das klebrige Massaker von meiner Haut zu entfernen.

Als ich zurückkomme, sitzt Vincent immer noch am Küchentisch, seine Arme hat er auf dem Tisch ausgestreckt, sein Kopf liegt dazwischen.

Er hebt den Kopf und schaut mich mit feuchten Augen an. Dieser große, starke Mann, das Alphatier, kauert hier in meiner Küche und weint. Er sieht so verletzlich aus, dass ich trotz meiner Wut zu ihm gehe, mich auf seinen Schoß setze und ihn in den Arm nehme.

„Ich kann mir nicht einmal die Tränen selbst abwischen", stellt er fest und muss plötzlich heftig lachen.

Sein massiger Körper zittert und immer wieder verwandelt sich sein Glucksen in mühsames Husten. Genauso plötzlich wie er angefangen hat, stoppt sein Anfall und er sackt zusammen, sein Kopf bleibt auf meiner Schulter liegen.

Ich nehme ihn an der Hand und führe ihn zur Couch, wo ich ihn wie ein Baby in die Decke wickle und ihm über das Haar streichle, bis er eingeschlafen ist. Noch lange bleibe ich bewegungslos neben ihm sitzen und versuche, nicht ebenfalls zu verzweifeln. Irgendwann halte ich es nicht mehr aus und kuschle mich mit unter seine Decke. Ich muss ihn anfassen, muss ihn spüren, solange ich noch kann. Es ist mir egal, ob er wieder gehen muss. Ich will so viel von ihm bekommen, wie es geht. Und sei es nur für kurze Zeit. Ihn nicht zu berühren ist keine Option. Vincents Herz pocht kräftig gegen meine Finger, die zärtlich seine Brust liebkosen. Seine Brustwarzen stellen sich unter der Berührung auf, er summt und wacht auf.

„Was machst du?", fragt er schlaftrunken, hält mich aber nicht auf.

„Dich davon überzeugen, dass ich es wert bin."

„Ich weiß, dass du´s wert bist", erklärt er mir ernst.

„Das ist es nicht. Es ist ..."

Er unterbricht sich wie so oft und schaut mich schmerzerfüllt an.

„Hast du eine Frau und kannst deswegen keine Beziehung mit mir anfangen?"

„Nein, ich habe keine Frau. Zumindest keine, mit der ich zusammen bin."

Ich horche auf.

„Und eine, mit der du nicht zusammen bist?"

„Männer wie ich ... mit meinem ..."

Offenbar überlegt er, wie weit er gehen kann.

„... Status ... haben jederzeit Zugang zu Frauen. Es gehört zu meinen ... Privilegien ... dass Frauen mir Freude bereiten. Es wird erwartet, dass wir diese ausgiebig nutzen."

Wer erwartet denn so etwas?

„Das heißt, du gehst regelmäßig zu Prostituierten? Das hast du doch gar nicht nötig!"

„Die Frauen sind keine Prostituierten. Sie bekommen kein Geld. Es ist eine Ehre, mir zur Verfügung zu stehen."

Sein Gerede von Ehre und Status klingt wie aus einem meiner Werwolf-Romane. Oder nach Nazi-Propaganda.

„Und nutzt du dieses ... Privileg ... oft?"

Ich stolpere über seine komische Ausdrucksweise.

„Wenn mir danach ist."

Aha. Wie oft ist ihm wohl danach? Ich rücke von ihm ab.

„Warum darf ich dir keine Freude bereiten?"

Ich fürchte mich vor der Antwort, stelle die Frage aber trotzdem.

„Du bist nicht wie sie. Keine dieser Frauen bedeuten mir etwas", antwortet er in einem Ton, der mich warnt, weiter zu nachzufragen. Statt Klärung werfen seine Antworten und Formulierungen immer neue Fragen auf.

„Außerdem bereitest du mir die größte Freude, die ich mir vorstellen kann, einfach dadurch, dass du du bist. Dort, wo ich herkomme, gibt es keine Frau, die solche Gefühle in mir auslöst."

Ich schmelze dahin bei diesen Worten, sodass ich augenblicklich wieder vergesse, genauer nachzufragen, woher er kommt und wieso er sich so komisch ausdrückt.

„Warst du nie verliebt?"

„Nein, nicht, bis ich dich getroffen habe."

„Was hindert dich dann daran, mich ... und uns ..."

Ich fuchtele wild mit meinen Armen, deute auf mich und ihn.

„Liz, ich ... Ich kann nicht."

Ich habe keine Lust mehr auf seine Ausflüchte und seltsamen Antworten und drücke flehend meine Lippen auf seine und meine Hand an seinen Schritt, der mir deutlich sagt, dass er nicht so vernünftig ist wie sein Besitzer.

Vincent sperrt sich zunächst, doch ich höre nicht auf, liebkose mit meiner Zunge seine. Dann gewinnt endlich sein Körper den Kampf gegen den Verstand und Vincent erwidert meinen Kuss, hungrig, gierig und verzweifelt.

Er reibt stöhnend seinen Schwanz an mir und lässt sich von mir verwöhnen, bis er heftig in Paulas Jogginghose ejakuliert.

„Das ist mir seit 20 Jahren war nicht mehr passiert, dass

ich mich nicht zurückhalten konnte und in meine Hose ..."

Ich lasse ihn nicht zu Ende sprechen, sondern küsse ihn erneut und helfe ihm beim Umziehen und Saubermachen.

Zwar weiß immer noch nicht, wie es jetzt mit uns weitergeht, aber wir scheinen in unserer Beziehung, oder was immer das auch ist zwischen uns, einen entscheidenden Schritt weitergekommen zu sein. Ich hoffe, dass er sich nun nicht mehr so sträuben wird gegen das, was ist. Gegen die Liebe und die Lust, die so eindeutig vorhanden ist wie Edward, der gerade seine Schnauze tief in Vincents klebriger Unterhose versenkt.

Es ist spät geworden, wir liegen aneinandergekuschelt im Bett. Sein Gips quetscht unangenehm meine Schulter. Trotzdem fühlt sich seit seinem Zusammenbruch heute alles ein bisschen leichter an.

Hoffentlich zieht er sich nicht wieder in seine, seiner Meinung nach bessere, Abwehrhaltung zurück, sondern sieht ein, dass das hier, dass wir zusammen besser sind. Ich bin so voller Hoffnung, dass ich mich traue, weiter zu forschen und auf seine wenigen Andeutungen einzusteigen.

Ansonsten bekomme ich ja keine Informationen. Also muss ich mich mit seinen befremdlichen Geschichten zufriedengeben und vertrauen, dass langsam Stein für Stein von seiner Geheimnismauer abgetragen werden kann. Und ich muss hoffen, dass nicht plötzlich alles zusammenstürzt und mich darunter begräbt.

„Wie ist das mit deinem Status? Hast du noch mehr Privilegien, außer Frauen und Sex? Zum Beispiel Partys, Geld, Ruhm, Macht?", ziehe ich ihn betont beiläufig auf.

„Ja, all das. Und außerdem eine Putzfrau und Essen frei Haus. Lass uns schlafen. Ich werde jetzt nicht weiter darüber reden. Mach das Licht aus", weist er mich scharf an.

Seine Stimme lässt erkennen, dass er es gewohnt ist, Befehle zu geben. Von einem Moment auf den anderen ist er nicht mehr der zärtliche Liebhaber, sondern ein Anführer, ein Alphatier durch und durch. Ich schlucke und bin sofort still.

Mit dieser Antwort habe ich nicht gerechnet und beim Lichtausschalten frage ich mich erneut, wer dieser Mann in meinem Bett ist.

30 Liz

„Lass uns etwas unternehmen", schlägt Vincent vor.
„Ich bekomme hier bald die Krise, wenn ich nicht ein bisschen rauskomme. Ich bin es nicht gewohnt, so viel und so lange untätig herumzusitzen."
Das kann ich gut verstehen.
„Was möchtest du denn machen?"
„Ich würde mir gerne eines eurer Museen anschauen. Mich interessiert eure Kunst."
Ich habe noch nie einen Mann getroffen, der freiwillig in ein Kunstmuseum geht. Nicht einmal, wenn er dafür mit Sex belohnt wird.
„Du interessierst dich für Kunst?", frage ich ungläubig.
„Ja, ist das ein Problem?"
„Nein, nein", wiegle ich hastig ab. „Gerne. Im Kunstzentrum läuft gerade eine Sonderausstellung über Romantische Malerei."
„Klingt gut." Er lächelt mich mit seinen umwerfenden Lippen an und streckt demonstrativ alle viere von sich.
„Aber du musst mich tragen."

Ich trage ihn nicht, sondern habe mir einen Besucherrollstuhl an der Kasse ausgeliehen, mit dem ich Vincent durch die Ausstellungshalle schiebe. Da es erst früher Vormittag ist, sind wir beinahe die einzigen Besucher. Wir lassen uns von einem Audio-Guide die Gemälde erklären.
Ich ekle mich ein bisschen vor dem kleinen Gerät, weil ich mir vorstelle, dass daran noch Ohrenschmalz vom Vorgänger kleben könnte. Also halte ich es wie ein Smartphone auf Lautsprecher vor mein Gesicht, kann so aber nicht alles verstehen.
Vincent hat sich, ohne zu zögern, den Kopfhörer ins Ohr gesteckt und lauscht aufmerksam den Ausführungen, gibt

jedoch selbst keine Kommentare ab. Das Bild „Der Wanderer über dem Nebelmeer" von Caspar David Friedrich fasziniert ihn mehr als die anderen, denn als ich weitergehen möchte, hält er mich auf und bittet mich, auf seinem Schoß Platz zu nehmen. Die abgebildete Szene die auf dem Gemälde beunruhigt mich.

„Siehst du die Einsamkeit?", fragt er leise. Der Lufthauch, der beim Sprechen entsteht, streift meinen Nacken. Ich weiß nicht, ob er mit mir spricht oder zu sich selbst.

„Der Mann will souverän wirken, seine aufrechte Haltung zeigt seinen Status und seine Bildung. Aber er ist nachdenklich. Irgendetwas beschäftigt ihn."

Ich lege den Kopf schief und versuche, mich in das Bild zu vertiefen und das zu sehen, was Vincent darin sieht. Doch ich sehe nur die Rückansicht eines vornehm gekleideten Herrn auf einem Felsen, dem der Wind das lange Haar zerzaust.

„An was denkt er wohl?"

„Er ist auf der Suche", antwortet Vincent, ohne nachzudenken.

„Er weiß, wo er ist, aber er weiß nicht, wie er dort hingekommen ist. Alles liegt im Nebel. Und doch fühlt er sich auf unerklärliche Weise zu Hause und aufgehoben. Er wirkt nicht so, als ob er schnell wieder weg will. Schau auf seine Fußhaltung. Er steht sicher und fest. Aber er passt nicht an diesen Ort. Er trägt einen Gehrock. Auf dem Berg. Ist das nicht seltsam?"

Doch, ist es. Aus dem Kunstunterricht kenne ich das Bild, habe mir aber noch nie Gedanken darüber gemacht, warum der Mann so fein gekleidet einen Berg bestiegen hat.

Ich kann nicht weiter darauf eingehen, denn auf einmal steht ein etwa vierjähriger Junge in Cord-Latzhose und geringeltem Rolli vor uns und zeigt mit ausgestrecktem, schokoladenverklebtem Finger auf Vincents Gipse.

„Mami, schau mal. Was hat der Mann?", quiekt er ungeniert.

Die Mutter, der das Verhalten ihres Sohnes sichtlich peinlich ist, eilt herbei und entschuldigt sich überschwänglich. Als sie Vincent genauer ansieht, schluckt sie und kichert verlegen. Der grinst nur, schubst mich sanft von seinem Schoß und beugt sich mit freundlicher Miene zu dem Kind.

„Ich hatte einen Unfall", erklärt er.

„Was ist passiert?" Der Junge reißt die Augen auf. „Hast du dich mit deinem Auto überschlagen? So wie im Kino? Oder bist du vom Balkon gefallen? Der Nachbar von meinem Opa ist mal vom Balkon gefallen, weil er sich über das Geländer gelehnt hat. Aber das darf man nicht. Ich mach so was nicht. Ich bin schon groß."

„Du hast recht. Man muss immer aufpassen. Aber nein, ich bin nirgendwo runtergefallen. Zwei Halunken haben mich niedergeschlagen, als ich sie verfolgen wollte."

Das hat er mir nicht gesagt. Warum kann er dem Jungen so frei erzählen, was passiert ist? Ich spitze meine Ohren, weil ich kein Detail verpassen will. Wahrscheinlich ist es ohnehin nur eine ausgedachte Geschichte, um den Jungen zu unterhalten.

„Haben sie dich bitsch bum batsch umgehauen?"

Der Kleine boxt mit angestrengtem Gesicht wie ein Comic-Superheld in die Luft.

„So ungefähr", lacht Vincent.

„Und hast du die bösen Männer gefangen?"

Er starrt Vincent bewundernd an. Der lehnt sich, plötzlich wieder abweisender, zurück.

„Nein, leider nicht", brummt er und gibt mir mit einem Kopfnicken zu verstehen, dass er weitergehen möchte.

Ich winke dem Jungen und seiner Mutter zum Abschied und schiebe ihn Richtung Ausgang.

Zurück im Auto spreche ich ihn ohne Umschweife auf das eben Geschehene an.

„Was war das denn gerade für eine Geschichte, die du dem Jungen erzählt hast? Warum hast du mir nicht gesagt, wie du verletzt worden bist?"

„Abenteuergeschichten!", stoppt er mich und dreht den Kopf zum Fenster.

Die restliche Fahrt über schweigen wir beide.

31 Liz

Als ich am nächsten Tag den ansonsten starken, momentan aber durch die Verletzungen zur Unselbstständigkeit gezwungenen Vincent abermals aus dem zweiten Stock ins Auto helfen muss, ärgere ich mich darüber, Freds Chauffeurdienste abgelehnt zu haben. Ich weigere mich, mich meinen neuen oder alten Kollegen zu stellen und bringe Vincent deswegen nicht in ein Krankenhaus, sondern zu einem niedergelassenen Arzt, um die Gipse entfernen zu lassen.

Wir sitzen im Wartezimmer, Vincent breitbeinig und selbstbewusst, ich nervös und zappelig. Sämtliche Frauen stieren meinen Begleiter unverhohlen an. Die beiden Arzthelferinnen tuscheln und kichern und linsen dabei immer wieder zu uns herüber. Sie sollten lieber arbeiten.

Bestimmt steht die Quartalsabrechnung an oder sie müssen Privatpatienten an ihren jährlichen Check-up erinnern.

Vincent begegnet dem weiblichen Schmachten mit neutraler Selbstverständlichkeit. Offensichtlich ist es nichts Neues für ihn, von Frauen angehimmelt zu werden. Ich winde mich unwohl auf meinem Stuhl, er lächelt mich jedoch beschwichtigend an und legt seine Hand auf meinen Oberschenkel.

Allein diese kleine Geste lässt mein Herz flattern. Ja, schaut nur her, ihr Damen, er gehört mir!

Wir werden aufgerufen und er humpelt, den Arm über meine Schultern gelegt, ins Behandlungszimmer. Eine der Arzthelferinnen eilt hinzu, um ihn beim Gehen zu unterstützen, er hält sie jedoch mit seinem harten Anführerblick auf. Sie zuckt zusammen und hastet zurück zu ihrem Computer.

Sobald der erste Gips ab ist, zieht mich Vincent an seine

Seite und hält mich an sich gepresst, bis der zweite und der Beingips ebenfalls zu Boden gefallen sind. Sofort legt er auch den anderen Arm um mich, umklammert mich und streicht rastlos über meinen Rücken.

Der Arzt räuspert sich diskret und bittet Vincent, mich kurz loszulassen, damit er dessen Gliedmaßen untersuchen kann. Skeptisch bewegt Vincent seine Gelenke und runzelt die Stirn über seine schrumpelige Haut.

„Das ist normal", beruhigt ihn der Arzt, als er Vincents Blick bemerkt.

„Vom Schwitzen reagiert die Haut, wie wenn man zu lange in der Badewanne sitzt. Bis heute Abend sollte sich das gegeben haben. Belasten Sie Ihre Arme und das Bein noch nicht zu sehr. Falls Sie Probleme oder Schmerzen haben, dann melden Sie sich bitte. Ansonsten ist soweit alles verheilt. Passen Sie gut auf ihn auf!", verabschiedet er uns.

Beim Hinausgehen hält mich Vincent weiterhin so fest, dass ich mehrmals stolpere. Vor der Praxistüre drängt er mich sofort in eine Ecke, umfasst mich mit seinen trotz der langen Untätigkeit immer noch muskulösen Armen und küsst mich stürmisch. Wir versinken in einen alles um uns herum unwichtig machenden Kuss, als ob wir nicht in einem öffentlichen Treppenhaus stehen würden. Unsere Zungen spielen miteinander, wir kleben aneinander wie Klettverschluss.

„Endlich kann ich dich richtig anfassen!", stöhnt er, seine Stirn an meine gelehnt.

„Du fühlst dich so gut an, so weich und zart. Und deine Brüste erst ..."

Ja, das alte Thema. Hätte mich auch gewundert, wenn er da eine Ausnahme gewesen wäre. Er will gerade nach meinem Busen greifen, da hören wir eine erboste Stimme hinter uns.

„Das ist ja eine Unverschämtheit, hier in der Öffentlichkeit. Haben Sie jungen Leute denn gar keine Manieren mehr?", schimpft ein alter Mann mit Tirolerhut und Trachtenjanker und fuchtelt gefährlich mit seinem Gehstock vor uns herum.

„Der ist doch nur neidisch und will dir selber an die Wäsche", flüstert mir Vincent ins Ohr und kichernd verlassen wir Hand in Hand das Gebäude.

Zurück in der Wohnung führt mich Vincent direkt ins Schlafzimmer. Er hinkt noch etwas, ist aber trotzdem so schnell, dass ich Mühe habe, ihm zu folgen.

„Ich dachte, du willst nicht so weit gehen?", necke ich ihn und hoffe trotzdem, dass er sich nicht wieder selbst stoppt bei dem, was er eindeutig tun will.

„Scheiß drauf, was ich gesagt habe. Ich kann mich nicht mehr wehren", stößt er hervor. „Jetzt, nachdem ich dich einmal angefasst habe, kann ich nicht mehr aufhören!"

Wieder küsst er mich mit einer Leidenschaft, die ich bisher nur aus Filmen kenne.

Und weil ich auch nicht will, dass er aufhört, erwidere ich seinen Kuss genauso hungrig. Ich weiß immer noch nicht, wer Vincent ist und was mit ihm passiert ist, aber das ist mir im Moment egal.

Ich will nur ihn. Alles ist anders als mit Helmut. Inniger, vertrauter, verheißungsvoller. Vincent wird mich sicher nicht unbefriedigt zurücklassen. Seine Berührungen sind fordernd und doch zärtlich. Die Art, wie er küsst und mich hält, verrät seine Erfahrung.

Ich fahre unter sein T-Shirt, huldige seinen Schultern, seinem Rücken, seinen Hüften, seinem Hintern. Er presst sich noch fester an mich und seinen harten Schwanz an meinem Bauch. Mit erhobenen Armen lasse ich mir von ihm das Top ausziehen.

Mich überzieht eine Gänsehaut, obwohl es im Raum warm ist. Er senkt die Augen und leckt sich genüsslich die Lippen, greift unter den Rand meines BHs und entblößt meine Brüste. Dann umschließt er sie mit seinen großen, rauen Händen und knetet sie bedächtig. Meine Nippel stellen sich vor Erregung auf, ich lege den Kopf in den Nacken.

„Du bist so schön", keucht er und küsst mich wieder und wieder, meine Augen, meinen Mund, meinen Hals. Seine Lippen und seine Hände sind überall.

„Leg dich hin", weist er mich kurz an. Ich mache, was er verlangt.

„Zieh dich aus."

Währenddessen steigt auch er aus seiner Hose und entledigt sich seines T-Shirts. Langsam kommt er näher und beugt sich über mich, küsst meinen Busen und wandert weiter über meinen Bauchnabel nach unten. Er legt sich neben mich und zieht mich halb auf sich.

Wir streicheln uns am ganzen Körper, mal sinnlich langsam, mal fordernd schnell. Seine Hände gleiten über meinen Rücken auf meinen Po, den er mit tiefem Stöhnen erkundet. Seine Finger finden meine weibliche Mitte und stimulieren mich zärtlich und doch kraftvoll genug, dass ich nach mehr bettle.

Noch einmal kreist er um meine Klitoris und ich falle in den heftigsten Orgasmus meines Lebens. Er hält mich lächelnd fest, bis ich wieder zu Atem komme. Wann er seine Unterhose ausgezogen hat, weiß ich nicht, aber auf einmal liegt er auf mir, seine Erektion zuckt zwischen meinen Schenkeln.

In einem letzten Aufflackern von Vernunft stammle ich: „Ich nehme nicht die Pille."

„Mach dir keine Gedanken. Verhütung ist nicht nötig", murmelt er in meinen Mund.

„Warum ...", will ich einhaken, doch wieder hindert er mich mit seinen Lippen am Sprechen.

„Später, Liebste, nicht denken, genießen", raunt er, teilt mit dem Knie meine Beine und dringt in mich ein.

Sofort übernimmt mein Körper die Kontrolle über meinen Verstand. Ich vergesse alle Bedenken und gebe mich ihm hin. Er fühlt sich so gut an in mir, als wenn wir füreinander passgenau gemacht wären und bewegt sich aufreizend langsam.

Ich biege ihm mein Becken entgegen, damit er noch weiter in mich hineingleiten kann, und zusammen finden wir einen Rhythmus, der so erregend erfüllend ist, dass mir Tränen über die Wangen laufen. Die ganze Zeit sehen wir uns in die Augen, halten uns fest umschlungen. Bisher wusste ich nicht, was der Unterschied zwischen Sex und Liebe machen ist.

Ich hatte schon einige Männer in meinem Leben, schließlich bin ich 31. Der Sex war mit manchen gut, mit manchen schlecht und mit den meisten ok.

Warum habe ich mich bis jetzt mit weniger zufriedengegeben?

Das hier ist nicht ok, es ist auch nicht gut. Es ist so, dass ich dafür kein passendes Wort finden kann. Es ist auch nicht bloßer Sex, kein schnelles Ficken wie mit Helmut.

Das, was hier mit Vincent geschieht, ist Liebe machen. Noch nie hat sich ein Mann in mir so gut angefühlt, so allumfassend glücklich machend. Durch ihn bin ich vollständig, bin ich endlich ich.

Ein weiterer Höhepunkt naht, ich bäume mich auf, kralle meine Fingernägel in Vincents Rücken und komme keuchend.

Er folgt mir nur wenige Augenblicke später und ergießt sich in mir, bevor er mit einem befriedigten Grunzen auf mir zusammenbricht.

„Jetzt tun meine Arme aber echt weh", brummelt er müde.

Wir liegen beide, satt vom Lieben, auf dem Bauch, die Gesichter einander zugewandt. Sein Arm liegt auf meinem Steiß.

„Der Arzt hat ja auch gesagt, du sollst sie noch nicht so belasten", rüge ich ihn im Spaß.

„Das war´s wert."

Er grinst wie ein kleiner Junge, der zum ersten Mal mit seiner neuen Xbox spielen durfte. Wir lächeln uns an. Seine Hand löst sich und streift zärtlich meinen Rücken hinauf bis zu meinem Nacken, den er sanft massiert. Meine Finger fahren die Linien seiner Lippen nach. Er öffnet sie und fängt spielerisch mit seiner Zungenspitze meinen Daumen.

„Soll ich dir eine Schmerztablette holen?"

Als Antwort rollt er auf meinen Rücken, drückt mich mit seinem Gewicht in die Matratze und beißt mich in den Hals. Mein Körper überzieht sich mit Gänsehaut und ich erschauere.

„Später", nuschelt er dabei.

„Ich mag dich nicht loslassen."

Er reibt seine erneut beginnende Erektion an meinen Pobacken, greift mit der einen Hand um mich und drückt seinen Handballen an meine Scham. Mit dem anderen Arm stützt er sich vor mir ab.

Mein Blick fällt auf ein Tattoo an der Innenseite seines Unterarms, das mir bis jetzt nicht aufgefallen war. Bis jetzt war es zuerst von Verbänden überdeckt und dann war ich durch unser Liebesspiel abgelenkt.

Es ist die Nummer aus seinem Buch. Wenn er nicht so jung wäre, könnte man meinen, es sei eine Gefangenennummer aus einem Konzentrationslager.

Ich komme nicht dazu, die Tätowierung weiter zu analysieren, da Vincent mein Ohr leckt und leicht darauf pustet. Genüsslich stöhne ich und merke, wie schnell sich auch bei mir die Erregung wieder aufbaut. Woher hat er nur diese Energie? Vor ein paar Tagen lag er noch im Koma. Seine Potenz hat das offensichtlich überhaupt nicht beeinträchtigt. Doch bevor wir weitermachen, habe ich noch eine Frage an ihn.

„Warum hast du gesagt, wir brauchen nicht verhüten? Ich hoffe doch, das hast du nicht nur gesagt, weil du Kondome hasst."

„Ich musste noch nie eines benutzen."

Er hat bei allen diesen vielen Frauen noch nie ein Kondom benutzt, frage ich mich erschreckt und denke an syphilitische, juckende Geschlechtsteile, eitrigen Ausfluss und monsterartig aussehende Filzläuse nach ungeschütztem Geschlechtsverkehr.

„Aber das ist nicht der Grund. Ich bin sterilisiert. Alle Männer ... wie ich ..."

Wieder ringt er um Worte.

„... sind sterilisiert, damit wir unsere Privilegien ohne Konsequenzen jederzeit ausleben können."

Er rutscht von mir herunter und stützt sich seitlich auf seinen Ellbogen. Ich drehe mich ebenfalls, sodass wir uns anschauen können.

„Willst du denn nie Kinder haben? Oder hast du etwa schon genug?", hake ich verdutzt nach.

„Nein, ich habe keine Kinder und ja, ich möchte welche haben. Mit der richtigen Frau zum richtigen Zeitpunkt. Alle Männer mit meinem Status können jederzeit Kinder zeugen. Wir alle haben genug eingefrorenes Sperma, dass es für eine ganze Armee reicht. Auch das gehört zu unseren Privilegien. Im Krisenfall kann ... können sie auf die besten Gene zurückgreifen oder eben dann, wenn wir beschließen, dass es an der Zeit ist", erläutert er mit diesem stolzen „meine-Spermien-meine-Gene-meine-Nachkommen"-Männergrinsen.

„Mich nervt dein Gerede von Status und Privilegien und Männer wie wir!"

Vor allem, da er nicht endlich mit der Wahrheit rausrückt. Entweder nimmt er sich selbst nur ungeheuer wichtig und hat ein Selbstbewusstsein, das an Allmachtsdenken grenzt, oder er ist wirklich eine wichtige Person. Oder er tischt mir gerade die größte Fantasiegeschichte des Universums auf.

„Was bist du? Was ist das für ein Status, von dem du immer redest?", keife ich.

„Hör auf! Ich habe dir bereits zu viel erzählt."

Er macht wieder dicht, also bleibe ich beim offenbar unverfänglicheren Verhütungsthema.

„Hast du schon mal von Syphilis, Tripper, Feigwarzen oder HIV gehört? Oder Filzläusen? Hepatitis B? Die machen, soweit ich weiß, nicht vor einem Status halt."

Die letzte Bemerkung konnte ich mir nicht verkneifen. Er schaut mich mit zusammengezogenen Augenbrauen streng an, antwortete aber trotzdem.

Wenn er sauer ist, sieht er noch sexyer aus, wild und ungebändigt.

„Die Frauen stehen unter ständiger ärztlicher Aufsicht. Männer werden alle drei Monate gründlich untersucht. Wir können es uns nicht leisten, geschwächt zu sein. Krankheiten aller Art kommen in der Regel ohnehin nur in den unteren Statusrängen vor."

Weiß er eigentlich, wie merkwürdig und auch ein bisschen abstoßend dieses ständige Hinweisen auf seinen Status ist?

Sind wir in Deutschland nicht seit Jahrzehnten über so ein Kastendenken hinaus?

Ich will ihn aber nicht wieder verärgern und halte diesbezüglich erst einmal besser meinen Mund.
„Bist du nie krank? Nicht einmal ein Schnupfen?"
„Nein. Und jetzt Schluss mit Fragen!"
Er hat wieder diesen kalten Ton, der keine Widerrede duldet.
„Wirst du mir irgendwann alles erzählen?"
Er zögert.
„Ich weiß es nicht."
Das ist doch schon mal besser als das sonst so klare Nein. Vielleicht sind wir heute durch unsere körperliche Nähe auch der Wahrheit näher gekommen.

Bevor ich weiter darüber nachdenken kann, schubst er mich aus dem Bett und gibt mir einen kräftigen Klaps auf den Po, der mich aufkreischen lässt. Dann verkündet er mit königlicher Geste:
„Jetzt hol mir eine Schmerztablette, Weib. Ich möchte die zweite Runde einläuten."

Ich reibe mir meinen schmerzenden Hintern und frage mich, wie oft er Frauen tatsächlich so bezeichnet. Momentan will ich das aber lieber nicht genauer wissen, sondern freue mich auf unsere Fortsetzung.

Diesmal liebt er mich mit einer Leidenschaft und einer Verzweiflung, als ob es ein Abschied wäre.
„Geh nicht weg", flehe ich ihn an.
Ich weiß, er wird es mir nicht versprechen. Aber ich werde ihn nicht kampflos aufgeben.

32 Liz

Es ist wieder passiert. Als ich am Morgen frierend aufwache, bin ich alleine. Ich muss nicht aufstehen und ihn suchen. Denn ich weiß, dass er nicht da ist.

Seine Abwesenheit schmerzt wie ein herausoperiertes Organ, wie eine schwarze, bedrohliche Leere in mir. Sie haben ihn zurückgeholt, wie er es angekündigt hat. Und ich weiß nicht einmal, wer sie sind. Oder ob er von selbst gegangen ist. Vielleicht bin ich wieder nur einem genialen Blender auf den Leim gegangen und er hat sich die Geschichte mit der Heimholung ausgedacht, um ohne weitere Erklärungen verschwinden zu können. Vielleicht ist Vincent ja ein genauso großer Idiot und Frauenverachter wie Helmut und konnte das während unserer kurzen gemeinsamen Zeit nur besser verbergen.

So oder so ist er weg. Und ich muss hierbleiben. Ohne ihn.

Edward stupst seinen Kopf an meinen und maunzt. Ich ziehe ihn an mich. Er wehrt sich nicht.

Ich habe keine Kraft mehr zum Leben. Ich stehe nicht auf. Ich wasche mich nicht. Ich esse nicht. Ich schaue nicht fern. Ich weine nicht. Ich spreche nicht. Ich schlafe nicht. Ich gehe nicht ans Telefon. Ich gehe nicht arbeiten. Ich überziehe mein Bett nicht, ich möchte seinen Geruch nicht verlieren. Ich halte das kleine schwarze Buch in meinen Händen wie eine Schmusedecke und bette meinen Kopf darauf. Ich brauche es als Herzschrittmacher, als Sauerstoffgerät, als Seelenprothese. Wenn ich es loslasse, sterbe ich.

Er hat es wie mich zurückgelassen.

Ich verlasse das Bett nur, wenn ich Edward füttere oder Wasser lassen muss.

Ich habe keine Kraft, darüber nachzudenken, ob Vincent wiederkommt, keine Kraft, überhaupt irgendetwas zu denken. Ich habe keine Kraft zu fühlen. Wenn ich zulasse, zu fühlen, ist der Schmerz über seinen Verlust so groß, dass ich nicht mehr atmen kann. Er drückt auf meinen Brustkorb, zerquetscht mein Herz, verhöhnt meine Seele. Ich habe keine Kraft zu hoffen, ihn jemals wiederzusehen.

Ich weiß nicht, wie lange ich so vor mich hin vegetiere. Die Tage verschwinden wie Socken in der Waschmaschine.
Wie lange muss man bewegungslos liegen, bis man einfach stirbt? Ich bin zu schwach zum Googeln dieser Frage. Also warte ich einfach auf meine Auflösung.
Mehrmals am Tag höre ich Fred auf den Anrufbeantworter sprechen. Ein paar Mal auch Paula, die sich Sorgen macht, weil ich nicht auf ihre Mails reagiere. Ich rufe nicht zurück. Was sollte ich sagen? Dass ich mich dematerialisiere, weil Vincent nicht mehr da ist? Dass ist nicht weiß, was ich glauben soll, weil ich nicht weiß, ob seine wenigen Andeutungen auf seine Identität wahr sind oder er mich in noch größerem Ausmaß als Helmut verarscht hat?
Helmuts Verlust löste in mir nichts weiter aus als profanen Liebeskummer. Das begreife ich jetzt. Die Trauer um Vincent dagegen ringt mich nieder. Sie lähmt mich, ich kann ihr nicht entkommen, kann mich nicht gegen sie wehren.

Wenn ich doch einmal kurz einnicke, überwältigen mich die Träume. Wirre, beängstigende Bilder wechseln sich ab mit Szenen von Vincent und mir, wie wir uns lieben und in den Armen halten.
Seine Liebe hat sich so echt angefühlt, so unendlich, so bedingungslos. Er hat mich nicht angelogen. Tief in mir weiß ich, dass er auch an mich denkt und über unsere

Trennung genauso leidet wie ich. Doch meist bin ich zu kraftlos, um mich daran festzuhalten.

Ein Mensch oder irgendein anderes Lebewesen hämmert gegen meine Türe und brüllt. Ich erkenne Freds Stimme. Er droht mir, sie einzutreten, wenn ich nicht öffne. Ich bezweifle, dass er das schaffen würde, und rühre mich nicht. Irgendwann ist er weg.

Einige Zeit später höre ich, wie sich jemand an meinem Schloss zu schaffen macht. Die Tür springt auf und ich sehe Fred und einen Handwerker in Blaumann und einer Kappe, auf der ein großer Schlüssel prangt.

Fred rennt mit erschrockenem Gesicht auf mich zu und gibt dem Schlüsselmann mit wedelnder Hand zu verstehen, dass er gehen kann.

Er zieht mich in seine Arme. Ich wehre mich nicht, umarme ihn aber nicht zurück, sitze nur stocksteif da.

„Gott sei Dank! Weil du weder auf meine Anrufe noch auf mein Klopfen reagiert hast, hab ich dich schon tot auf dem Teppich liegen sehen."

Ich wünschte, das wäre ich. Dann würde die Qual aufhören.

Er verzieht angewidert das Gesicht.

„Wie du stinkst! Wann hast du das letzte Mal geduscht?"

Fred schleppt mich ins Bad, zieht mich aus und verfrachtet mich in die Badewanne. Dort hocke ich, nackt, die Knie angezogen, die Arme schützend darum geschlungen.

Er wäscht mich liebevoll, rasiert meine Beine und Achseln, kämmt meine Haare und stopft mich in frische Kleidung, sogar meine Zähne putzt er mir.

Ich lasse alles geschehen, als ob es nicht ich wäre, deren Körper er hier versorgt. Dann kocht er mir Grießbrei und füttert mich.

Ich öffne meinen Mund und schlucke, wenn er mich dazu auffordert.

„Hör bitte auf, nur geradeaus zu starren. Du machst mir Angst", fleht er.

Mühsam drehe ich meinen Kopf in seine Richtung.

„Hat er dich sitzen gelassen?"

Er betont es nicht wie eine Frage, sondern wie eine Feststellung.

„Du kanntest ihn doch kaum", erinnert er mich, wie als Begründung, warum ich nicht leiden darf.

„Wie lange soll das so gehen? Wir brauchen dich auf Station. Edward braucht dich. Ich brauche dich."

Kraftlos ziehe ich die Schultern nach oben.

„Ich kann ohne ihn nicht leben", flüstere ich.

„Oh, Schwester! Du bist ja melodramatischer als jede Dragqueen! Du wirst nicht einfach sterben. Was für ein Scheißkerl, dich so zu behandeln, nachdem du dich so selbstlos um ihn gekümmert hast!" Sein Finger wedelt in der Luft herum und zeigt dann auf meinen Unterleib. „Hat er dich gepoppt?" Ich nicke.

„Immer das Gleiche mit den Kerlen! Zuerst Liebe, dann die Fliege. Das hat er nicht verdient, dass du wegen ihm so leidest!"

Doch, das hat er.

„War's wenigstens gut?"

Mehr als das. Gigantisch, umwerfend, das Leben umkrempelnd, erleuchtend. Ich nicke wieder.

„Was hast du jetzt vor? Willst du die nächsten Jahre auf deinem Sofa sitzen, die Haare wachsen lassen, bis du aussiehst wie Bob Marley, dich nicht mehr waschen, deine Achselhaare zum Zopf flechten und um ihn trauern?"

Klingt nach einem guten Plan.

„Ich nehm dich jetzt mit zu mir. Dann kann ich besser auf dich aufpassen."

Ich schüttle vehement den Kopf. Was ist, wenn Vincent wiederkommt, und ich bin nicht da?

„Soll ich lieber hierbleiben?"

Nein. Ich kann niemanden ertragen.

Er rauft sich die Haare und zerstört dabei seine perfekte Föhnfrisur.

„Na gut. Du bist erwachsen. Du weißt, wo du mich findest, wenn du beschließt, wieder zu uns Lebenden zu stoßen. Was soll ich denn in der Arbeit sagen, wie lange du noch weg bist?"

Mir egal.

„Liz, du machst es einem echt schwer, dir zu helfen!", schimpft er.

„Ich komme wieder, wenn du dich nicht meldest. Nächstes Mal machst du mir die verdammte Türe auf, sonst bezahlst du den Schlüsseldienst", droht er, bevor auch er mich wieder verlässt.

Die Tage ziehen an mir vorbei wie U-Bahnen, in die ich nicht einsteigen kann. Ich höre „Wish you where here" auf Dauerschleife. Mein Hausarzt hat mich für weitere zwei Wochen krankgeschrieben. Er sagt, ich habe eine akute Anpassungsstörung, eine exogene Depression. Er will mir Medikamente verschreiben, mich in eine Klinik einweisen. Als ob der Schmerz, der mich niederringt, als ob Liebe so einfach wegtherapiert werden könnte.

33 Liz

Die Sonne scheint in mein Schlafzimmer und blendet mich. Zum ersten Mal seit langer Zeit stehe ich lächelnd auf und öffne das Fenster.

Es ist Mitte März, es riecht nach Frühling, eine Blaumeise sitzt auf dem Baum vor meinem Haus und zwitschert, als ob ihr Leben davon abhinge. Die Luft ist mild. Ich schließe die Augen und recke mein Gesicht der Sonne entgegen, sauge den tröstenden Geruch nach neuem Leben in mich hinein und genieße die Wärme auf meiner Haut. In diesem Moment beschließe ich, nicht zu sterben.

Ich gebe mir große Mühe und gehe seit einigen Wochen wieder meinem Alltag nach. Doch ich verrichte meine Arbeit freudlos. Ich fühle mich immer noch dumpf, abgestumpft, verlangsamt. Das Leben fällt mir schwer. Es ist, als ob ich in dickem Honig schwimmen müsste. Mein Körper funktioniert. Aber meine Seele liegt noch im Koma.

Kein Tag vergeht, an dem ich nicht an ihn denke. Keine Nacht, in der ich nicht von ihm, von uns, träume. Das kleine schwarze Buch trage ich ständig bei mir und beschütze es wie Gollum seinen Ring.

„Vergiss ihn! Es ist schon so lange weg! Er kommt nicht zurück!", appelliert Fred täglich.

„Er ist nur ein Mann", beschwört mich Paula, wenn wir skypen.

Was würde sie machen, wenn Jens plötzlich weg wäre? Würde es ihr helfen, wenn ich sagen würde, er sei ja nur ein Mann? Keiner der beiden kennt das Ausmaß meiner Gefühle. Es ist verständlich, dass sie so denken.

Ich schreibe in Vincents Buch. Meine ausladende, unleserliche Handschrift kontrastiert zu seiner akkuraten, kleinen und erinnert mich an unsere Gegensätze.

Wo ist er?

Dokumentation Elisabeth Schneitinger
Irgendwann im Frühling 2014

04:45: aufstehen
04:50: duschen 13 min, Zähne 1 min
Kleidung: Jeans, lang, schwarz
T-Shirt, kurzärmlig, lila Katzenkopf-Muster
Strickjacke, langärmlig, schwarz
Unterwäsche, die schöne schwarze mit dem String
Socken, schwarz, Material? Keine Ahnung
Schuhe: Stiefel, Fell, schwarz
05:15: Frühstück:
Kaffee, 3 Tassen mit viel Zucker

05:30: Wohnung verlassen, Straßenbahn Nr. 4
05:55: Ankunft Uniklinik, umziehen, Arbeitskleidung (Intensivuniform, grüne Hose, grüner Kasack)
06:02: Arbeitsantritt, Patienten-Übergabe, Kaffee

Lieber Vincent,
ich weiß nicht, ob du das jemals lesen wirst. Wenn ja, dann heißt das, du bist hier und ich bin wieder vollständig. Ich versuche, zu leben, aber es ist so schwer ohne dich.
Heute war ein ganz normaler Arbeitstag. Die Kollegen sind immer noch sauer, weil ich so lange von der Arbeit weg war. Sie sagen, ich habe sie hängen lassen. Langsam beruhigen sie sich aber.
Edward vermisst dich. Er wälzt sich auf deinem Kissen, das ich seit deinem Weggehen nicht neu überzogen habe, und schnüffelt sich high. Dabei schaut er so besoffen, mit halb geöffneten Katzenlippen und den Augen

auf halbmast, dass ich jedes Mal lachen muss. Dabei ist mir überhaupt nicht mehr nach Lachen, seit du weg bist. Ich lebe nicht mehr ohne dich.

Ich weiß nicht, was ich dir sonst erzählen soll. Mein Alltag ist so langweilig wie eh und je. Ich steige in die Straßenbahn, gehe arbeiten, putze Hintern, hänge Infusionen auf, wasche meine Wäsche, wische Staub, ziehe mich morgens an und abends wieder aus. Aber nichts ist mehr wichtig ohne dich.

Ständig stelle ich mir dieselben Fragen: Soll ich auf dich warten? Wirst du wiederkommen? Oder bist du der größte Lügenarsch im Universum? Hast du mir deine Liebe nur vorgespielt?

Ich hoffe nicht, denn ich liebe dich. Und ich vermisse dich. So sehr, dass ich nicht mehr existieren wollte. Jetzt habe ich beschlossen, weiterzuleben.

Für dich und für uns. Vielleicht kommst du nie wieder. Vielleicht suchst du ja aber auch eine Möglichkeit, zu mir zurückzukommen und mir alles zu erklären.

Vielleicht denkst du gerade an mich, während ich das hier schreibe. Vielleicht vermisst du mich auch. Allein die Hoffnung, dass du heute endlich kommst, lässt mich weiterhin jeden Tag aufstehen.

Fred sagt, ich übertreibe, schließlich kenne ich dich gar nicht richtig. Er mag damit Recht haben, dass ich dich nicht kenne. Du hast mir auch nie die Chance gegeben, zu erfahren, wer du bist. Aber er hat nicht Recht damit, dass ich mit meinen Gefühlen übertreibe. Ich wusste nicht, dass Liebe so gewaltig sein kann, so existenziell verändernd nach so kurzer Zeit. Und doch können wir nicht zusammen sein. Denn du bist gegangen.

Du hast mich zerbrochen zurückgelassen.

Falls ich mich täusche, und du hast mir die Geschichten nur erzählt, um mich unkompliziert verlassen zu kön-

nen, dann hatte ich wenigstens für kurze Zeit die Illusion, wie es ist, dich zu lieben.
Meine Vernunft schreit mich an, dass die Wahrscheinlichkeit, dass „sie dich geholt haben", so gering ist, als wenn du erzählt hättest, du seist ein Alien. Doch dieser kleine Rest Wahrscheinlichkeit reicht mir, weiter zu hoffen. Ich weigere mich zu glauben, dass du mich mit deiner Liebe betrogen hast.
Wie du mich im Arm hältst, wie du mich küsst, wie deine Finger mich liebkosen ... das kann nicht gespielt gewesen sein. Das kenne ich zu gut von ... von Helmut, von dem ich dir nie erzählt habe, weil es dazu nicht mehr gekommen ist.
Wo bist du, Vincent?
Warum hast du mich verlassen?
Warum gibt es kein Lebenszeichen von dir?
Du bist verschwunden, als ob du nie existiert hättest.
Nur dieses Buch bleibt mir. Und die Erinnerung an dich.
In ewiger Liebe, Liz

Ich lege meinen Kopf auf das Buch und weine die Tränen, die wochenlang darauf gewartet haben, zu fließen.
Danach fühle ich mich gereinigt, wie von innen sauber gemacht. Vielleicht hat meine Seele jetzt eine Chance auf Heilung. Und seit langem schöpfe ich mal wieder etwas Zuversicht.

34 Vincent

Ich wusste, dass sie mich finden werden. Der Sender ist bei dem Sprung heil geblieben. Damit haben sie mich geortet und zurückgeholt. Aber ich will nicht hier sein. Nicht mehr. Ich habe meine Heimat immer geliebt. Jetzt will ich nur noch bei Liz sein. Sie ist meine Heimat.

Zu vieles ist nicht gesagt. Ich habe mich nicht von ihr verabschiedet. Wenn sie über unsere erzwungene Trennung nur halb so viel leidet wie ich, dann geht es ihr richtig schlecht. Ich kann die Vorstellung nicht ertragen, dass sie leidet.

Wenn sie wüsste, wie sehr ich sie vermisse.

Sie verdient eine Erklärung. Ich konnte ihr keine geben. Es ist zu gefährlich. Sie würde es nicht verstehen. Oder würde sie es doch?

Sie ist klug. Ich hätte es wenigstens versuchen müssen. Aber die Wahrheit ist schwer zu glauben, wenn man aus ihrer Welt kommt. Sie hat noch nie davon gehört, dass es uns gibt. Einige wenige ihrer Wissenschaftler denken über die Möglichkeit nach, dass wir und andere existieren könnten. Aber sie sind weit von einer Lösung oder gar der Wahrheit entfernt. Außer uns sind alle so rückständig. So konnten wir unentdeckt bleiben. Selbst wenn sie es wüssten, würden sie es nicht verstehen.

Ihr Gehirn ist nicht leistungsfähig genug. Und sie sind zu materialistisch. Was sie nicht verstehen können, glauben sie nicht.

Ich hoffe, Liz ist anders. Sie muss mir glauben. Ich will, dass sie weiß, wer ich bin. Sie fragt sich, ob ich ein Alien sei. Darüber kann ich nur lachend. Sie hat keine Ahnung, dass Aliens nicht so attraktiv sind wie ich.

Ich hatte nie vor, mich in Liz zu verlieben, hatte nie vor, mich überhaupt zu verlieben. Liebe ist gefährlich.

Sie macht uns schwach. Sie entmannt uns. Sie entzieht uns die Kontrolle. Dachte ich. Bis ich sie gefunden habe. Nie habe ich mich so lebendig, so männlich, so menschlich gefühlt. Nur sie schafft es, dass ich keine Kontrolle mehr habe, dass ich die Beherrschung verliere.

Dass ich Dinge fühle und tue, die außerhalb meines Verstandes sind. Sie tauchte in meinem Geist auf, spazierte einfach so in meinen Kopf und mein Herz und machte sich dort breit, bevor ich sie das erste Mal gesehen habe.

Ich habe sie bereits geliebt in einem Zustand, der frei von jeglichen bewussten Entscheidungen war. Es ist einfach passiert. Sie hat mich überwältigt. Normalerweise verliere ich keine Kämpfe. Nur gegen sie hatte ich nicht den Hauch einer Chance. Ich habe versucht, mich zu wehren, gegen die Lust und die Liebe, die sie in mir auslöst. Aber es hat nicht funktioniert.

Es war nie mein Plan, zu lieben. Ich habe ja nicht einmal geplant, zu springen. Alles habe ich dort durcheinandergebracht. Das darf nicht sein. Niemand darf es erfahren.

Minister Rozwan müsste Konsequenzen ziehen. Also halte ich das, was ich bei Liz erlebt, was ich bei ihr gefühlt habe, was ich immer noch für sie empfinde und was ich nicht einfach abstellen kann wie die Lust, andersfarbige Socken anzuziehen, unter Verschluss.

Ich muss weiterleben, muss so tun, als ob sich nicht mein gesamtes Leben auf den Kopf gestellt hätte, muss weitermachen wie bisher, meine Arbeit als Wächter verrichten und sie vergessen.

Das sagt der Verstand.

Mein Herz schreit nach etwas anderem. Nach ihr. Ich weiß, wenn ich sie nicht wiedersehe, werde ich zugrunde gehen.

Momentan verweile ich noch auf der Genesungsstation. Die Heiler sorgen dafür, dass ich wieder vollständig gesunde. Die Ärzte und Schwestern in Liz' Krankenhaus haben ihr Bestes gegeben, dass meine Verletzungen heilen, aber im Vergleich zu unserer Medizin ist es, als ob man Wahnvorstellungen vertreiben wollte, indem man Löcher in die Schädeldecke bohrt.

Ich bekomme Medikamente zur Entgiftung meines Körpers von den Schmerzmitteln und interne Verstärker für meine Arme und mein immer noch schwaches Bein. Wächterheiler Enne und Pflegerin Kani leisten gute Arbeit. Trotzdem verbringe ich noch weitere sechs Wochen in der Rehabilitationseinheit der Zentrale.

Wenigstens werde ich hier auf der Genesungsstation nicht von Frauen belästigt. Pflegerin Kani ist momentan die Einzige, die mich anfassen darf. Von der ich es ertrage, berührt zu werden. Ich brauche immer noch Hilfe bei einfachen Tätigkeiten, sie wäscht meinen Rücken oder pflegt meine Zugänge. Sie ist professionell. Ansonsten will ich niemanden sehen. Keine der Frauen, die sonst für mich da sind, darf in meine Nähe kommen.

Ich weiß, mein Körper wird es nicht sehr lange aushalten ohne Sex. Die Natur hat es so eingerichtet, dass Männer normalerweise keine Probleme mit unverbindlichem, gefühlfreiem Sex haben. Doch seit ich Liz gefunden habe, habe ich ein Problem damit. Noch kann ich mich damit herausreden, dass ich krank bin.

Minister Rozwan besucht mich regelmäßig und möchte einen genauen Bericht, was passiert ist. Ich flüchte mich in Ausreden, gebe vor, mich nicht erinnern zu können. Von Liz dürfen sie nichts erfahren, ich darf sie nicht gefährden.

Es ist strengstens verboten, den Springer zu benutzen. Ich bin dafür ausgebildet, das zu verhindern. Aber ich muss einen Weg finden, zu Liz zurückzukehren. Ohne sie gibt es für mich keinen Grund mehr, morgens aufzustehen. Ich habe keine Idee, wie es weitergehen soll, wenn ich wieder bei ihr bin, weiß nicht, ob wir jemals zusammen sein können.

Seit ich das erste Mal ihre Stimme in meinem Kopf gehört habe, bin ich ihr verfallen. Alle anderen Frauen erscheinen mir jetzt, nachdem ich Liz gefunden habe, unscheinbar, blass und uninteressant.

Ich wünschte, ich könnte für immer mit ihr zusammen sein. Aber es geht nicht. Es gibt keine Möglichkeit. Sie darf nicht hier sein. Und ich darf nicht bei ihr sein. Sie darf überhaupt nicht wissen, dass es mich gibt. Es wäre am Besten für alle, wenn sie mich vergessen würde. Aber allein der Gedanke daran lässt mich atemlos zurück.

Ich will sie. Als Mann, als Freund, als Beschützer. Koste es, was es wolle. Ich werde eine Möglichkeit finden, denn ich bin Spezialist darin, schwierige Situationen zu meistern und zu kämpfen für das, was wichtig ist. Nun hat sich mein Ziel verlagert. Auf sie.

Ich halte es nicht länger aus, untätig zu sein, und bitte Enne, mich zu entlassen, damit ich arbeiten und mich ablenken kann. Ich muss ihm versprechen, mich noch etwas zu schonen. Aber ich schone mich nicht. Ich will, dass der körperliche Schmerz den seelischen vergessen lässt. Es funktioniert nicht. Ich tue so, als ob ich normal weiterlebe und arbeite.

Eines Morgens ruft mich Minister Rozwan zu sich.

„Schön, dass Sie da sind. Ich hoffe, Sie sind wieder vollkommen genesen."

„Danke, es geht mir gut, Minister."

Er tritt breit lächelnd auf mich zu.

„Ich habe schon gehört, wie unzureichend das Gesundheitssystem dort ist. Gut, dass Sie keine Langzeitschäden davontragen werden. Nicht auszudenken! Sie sind mein bester Mann! Ich kann nicht auf Sie verzichten! Wissen Sie, was für ein Chaos in Ihrer Truppe war, als Sie nicht da waren? Alan hat sich große Mühe gegeben, aber Sie, Wächterführer Vincent, sind nun mal nicht so leicht zu ersetzen. Ihre Männer brauchen Ihre starke Hand."

Ich erwidere nichts.

„Aber jetzt, da Sie wiederhergestellt sind, müssen wir den Vorfall mit den beiden Flüchtigen evaluieren. Das darf nicht wieder vorkommen. Aufseher Kalen wurde natürlich sofort vom Dienst suspendiert und in Untersuchungshaft verbracht. Noch sind die Ereignisse nicht vollständig geklärt. Aber vermutlich hat Kalen den Rebellen jedes Mal geholfen, in die Zentrale und den Maschinenraum zu gelangen."

Ich höre weiter zu.

„Wenn wir die beiden nur ausfindig machen könnten! Wer weiß, was sie dort für Schaden anrichten werden", überlegt der Minister laut.

„Ich könnte zurückkehren und versuchen, sie zu finden", schlage ich aus einer plötzlichen Eingebung heraus vor.

Das wäre eine Möglichkeit, Liz zu sehen. Ich werde nicht bei ihr bleiben können. Nicht, solange sie mich orten können. Aber ich würde alles dafür geben, sie noch einmal zu sehen, sie noch einmal zu spüren, sie noch einmal zu lieben, mich zu erklären. Es ist nicht ihre Schuld, dass ich gegangen bin. Das muss sie wissen.

„Ich bin mir nicht sicher, ob ich Ihnen das ein weiteres Mal zumuten kann. Die Wahrscheinlichkeit, die Männer zu finden, ist sehr gering, das wissen Sie sicher, Vincent. Die beiden haben keinen Sender."

Bei Liz zu sein, ist keine Zumutung.

„Andererseits müssen sie zur Rechenschaft gezogen werden. Wenn wir sie einfach gehen lassen, hätten sie das erreicht, was sie wollten."

„Lassen Sie es mich versuchen, Minister. Geben Sie mir zwei Wochen. Wenn ich sie bis dahin nicht gefunden habe, müssen wir sie wohl laufen lassen."

„Es ist gefährlich. Sie könnten erneut verletzt werden."

„Letztes Mal bin ich unter anderen Voraussetzungen gesprungen. Es war ein Unfall. Dieses Mal wird mich das System kontrollieren. Es wird nichts passieren."

Ich muss es schaffen, den Minister zu überzeugen. Der überlegt lange und wackelt dabei auf seinen Ballen vor und zurück, die Hände hat er auf dem Rücken verschränkt.

„Gut. Versuchen Sie es. Wenn es einer schafft, dann Sie. Ich gebe Ihnen fünf Tage. Keinen Tag länger. Wenn Sie in Schwierigkeiten geraten oder es Komplikationen gibt, dann verbergen Sie sich, bis wir Sie zurückholen. Sie dürfen kein Risiko eingehen."

„Verstanden, Minister. Ich werde vorsichtig sein", verspreche ich. Ich muss mich beherrschen, ihm nicht vor Freude um den Hals zu fallen.

Liz, meine einzige, meine wahre Liebe, ich werde dich wiedersehen. Schon bald.

35 Liz

Ich habe mir angewöhnt, in Paulas Zimmer oder auf dem Sofa zu schlafen. Mein Bett birgt zu viele Erinnerungen an Vincent. Von der Couch habe ich Rückenschmerzen. Ich hoffe, sie lenken mich von meinen Seelenschmerzen ab.

Auch diese Nacht träume ich von ihm. Er hebt mich mit seinen starken Armen hoch, drückt mich beschützend an seine Brust und legt mich vorsichtig in mein Bett. Ich kuschle mich an ihn. Endlich bin ich zu Hause, geborgen in seiner liebevollen Umarmung.

Aufwachen, weil Edward mein Gesicht ableckt, ist nicht schön. Ich will ihn verscheuchen, aber ich kann mich nicht bewegen. Etwas, jemand, hält mich von hinten umschlungen. Vincents Arme! Mein Herz setzt für mehrere Schläge aus. Das Letzte, an das ich mich erinnere, ist, dass ich auf dem Sofa eingeschlafen bin. Dann habe ich geträumt, dass Vincent mich in mein Schlafzimmer trägt, auszieht und behutsam zudeckt.

Offenbar war es kein Traum und er ist wirklich hier. Hier, neben mir. Er ist endlich da!

Wie kann das sein? Warum bin ich nicht aufgewacht?

Ich rücke von ihm ab, um zu schauen, ob er es tatsächlich ist. Ob er leibhaftig vor mir liegt. Beinahe falle ich dabei rückwärts aus dem Bett.

Er regt sich und tastet im Halbschlaf neben sich. Dann halte ich es nicht mehr aus. Ich muss ihn spüren und mir beweisen, dass er wirklich da ist. Woher er kommt und wie er in meine Wohnung gekommen ist, ist momentan unwichtig. Wahrscheinlich sollte es mir Angst machen, dass er unbemerkt hier eingedrungen ist und sich selbstverständlich zu mir gelegt hat. Aber das tut es nicht.

Ich krabble zurück zu ihm, er bewegt sich, wacht aber nicht ganz auf. Vorsichtig lege ich meine Hand auf sein Gesicht und streichle ihn, erkunde staunend Hals, Schultern, Brust, Bauch, Arme und Finger.

Seine Haut ist weich trotz der vielen Narben, sein Geruch einzigartig.

Er liegt nackt neben mir, seine schon bekannte Uniform hat er sorgfältig zusammengelegt über einem Stuhl drapiert. Seine Kopfhaare sind ein bisschen länger, sie fallen ihm locker in die Stirn, was seinen Zügen einen jugendlicheren Ausdruck verleiht. Die Wunden sind alle vollständig verheilt. Ansonsten ist er unverändert fehlerlos schön, wie ich ihn in Erinnerung habe.

Ich kann nicht aufhören ihn anzufassen. Mittlerweile ist er wach. Seine Lippen umspielt ein müdes, lasvives Lächeln. Er öffnet die Augen, gleichzeitig packt er mich und presst seine Lippen gierig auf meine, als wäre er auf Turkey und ich sein Heroin.

Mein Körper reagiert automatisch auf ihn, ausgehungert nach so langer Vincent-Abstinenz. Ich strecke mich ihm entgegen, will ihm so nahe wie nur möglich sein und klammere mich an ihm fest aus Angst, dass er sich jederzeit wieder in Luft auflösen könnte.

Wir halten uns nicht mit Vorspiel auf, sein Schwanz drängt ungeduldig zwischen meine Schenkel, auch ich bin schon längst bereit. Er zieht mich auf sich und ich nehme ihn in mir auf, heiße ihn willkommen zurück in meinem Körper, meiner Seele, meinem Herzen.

Wir harmonieren miteinander, als ob wir uns schon seit Urzeiten lieben würden. Nach nur wenigen Minuten kommen wir beide gleichzeitig in einem überwältigenden Höhepunkt. Zittrig und japsend falle ich auf seine Brust, Vincent hat ebenfalls Probleme, zu atmen. Nur langsam kommen wir zur Ruhe.

Endlich nehmen wir uns die Zeit, uns zu begrüßen. Ich bin etwas verlegen, aber glücklich.

Und ich bin sauer. Ich sitze aufrecht auf ihm, er steckt immer noch in mir, und trommle mit meinen kleinen Fäusten auf seine harte Brust.

„Wo warst du so lange? Wie kommst du hier rein?", schreie ich wie irre.

Er scheint die Schläge kaum zu spüren, verzieht nur kurz das Gesicht und lässt mich toben, bis ich nicht mehr kann und meine Knöchel schmerzen. Er umfasst sie und küsst jeden einzelnen Finger.

„Sie haben mich zurückgeholt."

Die zweite Frage lässt er unbeantwortet.

„Du hast mich einfach verlassen!", werfe ich ihm verzweifelt an den Kopf.

„Nein, Liebste. Ich wollte dich nicht verlassen. Sie haben mich zurückgeholt", betont er wieder.

„Ich habe gelesen, was du in mein Buch geschrieben hast. Gott sei Dank, haben sie nicht gemerkt, dass es verschwunden war. Wenn sie gelesen hätten, was du mir geschrieben hast ..."

Wieder einmal beendet er den Satz nicht.

„Warum bist du wiedergekommen?"

„Ich konnte dich nicht einfach so zurücklassen. Ich musste dich wiedersehen. Ich liebe dich, seit ich das erste Mal deine Stimme im Koma gehört habe. Als ich dich dann gesehen habe, in echt, nicht nur in meinen Gedanken, wusste ich, ich bin zu Hause. Ich hatte plötzlich keine Angst mehr vor deiner Welt."

Er nimmt meine Hände in seine und sieht mich verlangend an.

„Es war so schwer, ohne dich zu sein. Ich bin unvollständig ohne dich."

Seine Daumen streichen über meine Handrücken.

„Und ich bin dir eine Erklärung schuldig."

„Das bist du wirklich! Und diesmal kein Drumherum-Gerede!"

Er nickt zustimmend.

„Wir haben nicht viel Zeit. Bald muss ich wieder zurück."

„Nein, du kannst mich nicht schon wieder verlassen! Nicht noch einmal. Das werde ich nicht überleben!", flehe ich.

„Nimm mich mit! Ich gehe überall hin, Hauptsache, ich bin bei dir!"

„Nein! Das geht nicht", widerspricht er vehement.

„Du darfst dort nicht sein. Sie würden uns beide inhaftieren oder anderweitig verurteilen. Ich weiß nicht, welchen Status du bekommen würdest. Außerdem darf keiner von hier in meine Welt. Und umgekehrt auch nicht. Es ist ohnehin schon sehr gefährlich, erneut hier zu sein!"

Er ist kaum wieder da und redet schon wieder von Status und anderen seltsamen Dingen. In welchem Land herrscht heutzutage noch solch ein System? Ich würde überall hingehen. Solange ich nur bei ihm sein kann.

„Aber wir müssen doch irgendetwas tun können!"

„Ich werde eine Lösung finden, Liebste. Du wirst verstehen, wenn ich dir alles in Ruhe erklärt habe", erwidert er ernst.

Dann grinst er, wirft mich auf den Rücken, kniet sich zwischen meine Beine und leckt meinen rechten Nippel.

„Aber erst muss ich dich noch einmal kräftig lieben!"

Er hat Recht. Für Erklärungen ist später noch genug Zeit.

36 Liz

Wir haben uns widerwillig voneinander gelöst und angezogen. Aber für das folgende Gespräch brauchen wir Konzentration und dürfen uns nicht von gestählten Muskeln oder prallen Brüsten ablenken lassen. Ich habe uns Johanniskrauttee gekocht.

Jetzt sitzen wir angespannt in der Küche. Vincent reibt seine Fäuste so fest aneinander, dass ich die Schmerzen direkt fühlen kann. Ohne Einleitung fängt er plötzlich an:

„Ich komme aus einem Paralleluniversum, einer anderen Dimension."

Einige Sekunden schaue ich ihn fassungslos an. Dann pruste ich los und kann nicht mehr aufhören zu lachen. Meine Stirn plumpst auf die Tischplatte, ich lache und lache, bis mir der Bauch wehtut und ich keine Luft mehr bekomme.

Als ich mich wieder einigermaßen gefangen habe, schüttle ich den Kopf und atme schnappend.

„Das ist die absurdeste Geschichte, die ich jemals von einem Mann gehört habe als Erklärung, warum er einfach abhaut nach dem Sex."

„Ich bin noch da, oder?"

„Und wie lange noch? Woher weiß ich, dass du nicht gleich wieder verschwindest?"

Er sieht mich unsicher an, ich kann seine Verwirrung und sein Zögern spüren. Es fällt ihm sichtlich schwer, weiterzusprechen.

„Ich werde immer für dich da sein. Ich liebe dich und ich würde alles für dich tun!"

„Das Einzige, das ich momentan von dir habe, sind multiple Orgasmen und dreckige Unterhosen."

Daraufhin grinst er süffisant.

„Und eine mehr als absurde Geschichte über dich."

„Ich kann die Unterhosen auch weglassen", schlägt er vor. Auch wenn die Vorstellung eines immerzu nackten Vincents verlockend ist, dieses Thema ist ernst.

„Ich weiß, es ist schwer zu begreifen, aber das ist nun mal die Wahrheit, auf die du so lange gewartet hast."

Was? Dass auch Männer aus anderen Dimensionen dreckige Unterhosen produzieren? Oder dass er gerade behauptet hat, er komme aus einer anderen Dimension?

Nein, es ist nicht schwer zu begreifen, es ist überhaupt nicht zu begreifen. So etwas kann doch kein Mensch ernst nehmen, oder?

Ich komme mir vor, als ob ich in einen Fantasy-Thriller gebeamt worden wäre. Da wäre eine solche Geschichte normal. Hier, in meiner realen Welt, in meiner realen Küche, ist seine Erklärung einfach nur abartig. Ich weiß allerdings noch nicht, ob ich es abartig witzig oder abartig unverschämt finden soll. Ich warte darauf, dass er mir bestätigt, dass er nur einen Witz gemacht hat und mich reinlegen wollte. Aber er ist offenbar fest von dem überzeugt, was er erzählt.

Komischerweise ertappe ich mich, dass ich ihm glaube. Seine Erklärung fühlt sich richtig an, körperlich und emotional, so als ob er mir gerade gesagt hätte, dass meine Haare braun seien.

Das kann nicht die Wahrheit sein. Ich bin nur aufgeregt und interpretiere mal wieder zu viel in physiologische Reaktionen.

Jetzt weiß ich, was mit ihm los ist. Ich bin sicher, er hat doch eine ausgewachsene Psychose. So wie ich anfangs beim Lesen seines Büchleins vermutet habe. Eine andere Erklärung gibt es nicht für seine Geschichte. Warum habe ich die Psychopathen-Theorie nicht weiter verfolgt? Ich werde noch nervöser.

Wen habe ich mir da ins Haus, in mein Bett und mein

Herz geholt? Trotzdem bin ich auch neugierig, wie die Geschichte weitergeht. Die verworrenen Gedankengänge von Psychotikern haben mich schon immer fasziniert, also ermutige ich ihn mit meinem Blick, weiterzusprechen.

Er redet und redet, lauter Dinge, die ich wegen meiner eigenen wirren Gedanken weder richtig höre, geschweige denn verstehe. Physik war nie meine Stärke.

Ich würde ihm so gerne glauben. Nein, ich würde es nicht gerne. Ich tue es. Denn auch wenn eine manifeste psychische Erkrankung oder auch einfach nur eine kreative Lügengeschichte weitaus realistischer wären, weiß ich, dass er mich nicht belügt. Oder vielleicht wünsche ich es mir auch einfach nur. Wie die Erfahrung mit Helmut gezeigt hat, kann ich meinen Gefühlen nicht immer zuverlässig trauen. Schließlich dachte ich, dass Helmut mich mag, was sich letztendlich als riesige Luftblase entpuppt hat.

Ist Vincent anders? Sehen die beiden nicht nur gleich aus, sondern gleichen sich auch in ihrer Funktion als Frauentäuscher?

Um eine kleine Pause von seinen unverständlichen Erklärungen zu bekommen, flüchte ich aufs Klo. Edward sitzt genauso verwirrt schauend wie ich mich fühle in der Dusche und glotzt mich an. Während ich versuche, meine Gedanken zu ordnen, putze ich mir die Zähne. So habe ich wenigstens etwas unter Kontrolle.

Na gut, nehmen wir theoretisch an, Vincent kommt tatsächlich aus einem anderen Universum. Oder aus dem gleichen, nur irgendwie parallel. Was bedeutet das nun konkret?

Löst er sich irgendwann in Luft auf, weil sein Körper nur eine begrenzte Zeit außerhalb seines Universums existieren kann?

Oder kann er wie in einen Linienbus steigen und die Dimensionen wechseln? Ich war nie gut in Physik und solche komplizierten und esoterischen Sachverhalte sind im bayerischen Lehrplan nicht vorgesehen. Mein Gehirn beginnt vor lauter Denken schon zu überhitzen.

Als ich in die Küche zurückkomme, tigert Vincent nervös herum. Er zieht mich an sich, als ob er befürchtet hat, dass ich mich nach seiner irren Offenbarung im Bad aus dem Fenster hätte stürzen wollen. Dann drückt er mich wieder auf meinen Stuhl und schwafelt weiter von Multiversen, Weltenpluralismus, Rissen im Raumkontinuum und anderem quantenphysikalischen Kram. Ich habe nicht die leiseste Ahnung, von was er redet.

„Kannst du´s mir auch so erklären, dass ich nicht Stephen Hawking als Telefonjoker anrufen muss?" Jetzt schaut er verwirrt. „Erklär´s mir bitte so, dass ich es verstehe."

Er denkt kurz nach und fasst dann, an den Herd gelehnt, zusammen. Seine Hände gestikulieren wild beim Sprechen, seine Armmuskeln spannen sich bei jeder Bewegung an.

„Einfach ausgedrückt, gibt es gleiche Welten mehrmals in verschiedenen Dimensionen. Wir wissen von einigen Tausend, allerdings sind dabei nur deine, meine und wenige andere beachtenswert. Unsere beiden Dimensionen sind sich dabei sehr ähnlich. Wir sprechen die gleichen Sprachen, leben in Gemeinschaften, arbeiten, essen, haben Sex. Das Klima ist quasi gleich, Flora und Fauna ebenso. Unsere Gehirne und Körper ticken ähnlich, nur versuchen wir, anders als ihr, vernünftig mit unseren Trieben und unseren kognitiven Möglichkeiten umzugehen. Wir wollen uns ständig verbessern, wollen friedlich sein und uns zum Guten weiterentwickeln."

Wollen wir das nicht auch? Ich für meinen Teil zumindest schon. Wenn ich denn Zeit dafür finde.

„Die restlichen Dimensionen sind aufgrund ihrer evolutionären Stadien irrelevant", fährt er fort, „in einigen gibt es nicht einmal Sauerstoff. In manchen von ihnen gibt es Menschen oder andere Hominiden in den unterschiedlichsten evolutionären Entwicklungsstufen, in anderen nur Pflanzen oder überhaupt kein Leben. All diese Welten haben sich jeweils selbstständig entwickelt, es gibt eigene Gesetze, eigene Gesellschaftsformen, eigene Sozialisationen, Regeln und Weltanschauungen."

„Das heißt, es gibt jeden Menschen mehrmals? Mehrere Elisabeths und Vincents?", unterbreche ich ihn ungläubig.

In Filmen kommen aus anderen Universen immer nur schreckliche Monster, die die Menschheit zerstören wollen, und nicht Adonisse, die die Frauenwelt beglücken. Auch wenn das ein kreativer Plot für einen Porno wäre. Ich nehme mir vor, diese Idee an einen Produzenten zu verkaufen, und schaue Vincent verstohlen an. Er müsste die Hauptrolle spielen. Nein, ich mag ihn nicht teilen. Aber ich schweife ab und versuche, mich wieder auf mein attraktives Gegenüber zu konzentrieren.

„So in etwa. Nur dass natürlich nicht alle Elisabeth heißen und Krankenpflegerinnen sind oder kurze Haare haben und Vincent lieben. Alle veränderlichen Dinge können verschieden sein: Beruf, Frisur, Kleidungsstil, Familienstruktur, sexuelle Vorlieben, Hobbies, Wohnort, Peergroups und das alles. Unveränderliches, wie das Aussehen oder andere körperliche Voraussetzungen, sind jeweils gleich. Man kann sie nur bedingt beeinflussen, zum Beispiel durch gezieltes Muskeltraining, richtige Ernährung oder gute Selbsthygiene. Allerdings kann man nicht mit Bestimmtheit sagen, dass alle Elisabeths in ihrer jeweiligen Dimension auch überleben, da sie ja in verschiedenen Umgebungen aufwachsen. Es könnte also sein, dass die Person, die hier Du bist, in einer anderen Dimension bereits als Kind von einem Bären zerfleischt oder mit 25 von einem Laster überfahren wurde. Oder sie stirbt mit 40 an extremer Fettleibigkeit."

Er beugt sich vor und kneift mir in den Bauch. Entrüstet entziehe ich mich seiner Hand.

„Vielleicht leben alle aber auch glücklich und zufrieden und werden 100 Jahre alt", ergänzt er.

Mir schwirrt der Kopf. Glaube ich das alles wirklich? Denn wenn ja, dann bin ich diejenige, die in die Psychiatrie eingeliefert werden sollte. Ich überlege krampfhaft, ob mir die Nummer der psychiatrischen Ambulanz einfällt oder wie ich unauffällig an die Gelben Seiten komme.

Vielleicht bekommen wir ja zusammen ein Zimmer und verbringen den Rest unseres Lebens arbeitslos, aber dafür mit freier Kost und Logis in einer Einrichtung für Geisteskranke. Wir könnten tun, was wir wollen. Uns den ganzen Tag befummeln zum Beispiel. Keiner würde sich darüber mokieren. Irre machen so etwas doch, oder?

Allerdings würden wir auch mit Psychopharmaka vollgestopft, sodass wir nur noch sabbernd und vor uns hin brabbelnd im Gemeinschaftsraum sitzen würden.

Dann ist die Vorstellung, gemeinsam in der Psychiatrie rumzuhängen, doch nicht so verlockend.

Mein Instinkt sagt mir, dass ich sofort flüchten sollte, rennen, so schnell ich kann, weg von diesem Mann. Aber ich weigere mich. Ich bin zu neugierig.

Und ich liebe ihn. So ist es nun mal. Wenn er krank ist, werde ich ihm helfen. Aber dazu muss ich seine Gedankenwelt verstehen.

Ich weiß, dass man nicht versuchen darf, Psychotikern ihre Geschichten auszureden. Das macht sie aggressiv. Und einen wütenden Vincent möchte ich lieber nicht erleben. Außerdem besteht immer noch die Möglichkeit, wenn auch eine sehr geringe, dass er die Wahrheit sagt.

„Hast du mich, ich meine, das andere Ich, bei dir schon mal gesehen? Kanntest du mich schon vorher?"

„Nein. Vielleicht hast du einen anderen Status, einen, mit dem ich nicht verkehre. Oder vielleicht wohnst du auch einfach zu weit weg."

Sein sonderbares Wahngebilde, sofern es eines ist, scheint bis in alle Kleinigkeiten durchdacht. Ich habe so viele Fragen, dass ich mich nicht entscheiden kann, welche ich zuerst stellen soll. Nach meinem anfänglichen Lachanfall höre ich ihm nun aufmerksam zu.

Auch wenn es dafür keinen rationalen Grund gibt, vertraue ich ihm. Zumindest würde es erklären, warum Vincent so aussieht wie Helmut. Dann wäre er Helmuts anderes Ich. Diese Einsicht sollte mir Angst machen. Stattdessen bleibe ich jedoch erstaunlich ruhig. Typische Symptome eines akuten posttraumatischen Schockzustands. Ist man nicht auch da ruhig und gefasst, auch wenn um einen herum der Weltuntergang tobt oder man in einem Unfallauto eingeklemmt ist und sein eigenes Bein auf dem Beifahrersitz liegen sieht?

„Du bist Helmut!", stelle ich also sachlich fest.

„Nur in noch schöner und netter und besser."

„Helmut?", hakt Vincent nach. „Ist das der andere?"

„Ja, dein Hier-Ich ist ein ziemlicher Arsch, wenn du's genau wissen willst. Aber ich erzähle dir später von ihm. Jetzt bist erst einmal du dran. Wo wohnst du? Was machst du? Warum redest du immer von Status? Was sind das für Zahlen auf deinem Arm? Wie lebst du dort? Wie bist du hierhergekommen?"

„Ich werde dir alle Fragen beantworten. Hab Geduld. Hör mir einfach zu und versuche, mich nicht zu oft zu unterbrechen."

Das wird mir schwer fallen. Edward streicht um Vincents Beine und maunzt. Mein Science-Fiction-Protagonist hebt der Kater hoch und streichelt diesen abwesend, während er sich mit geschlossenen Augen sammelt und tief Luft holt. Edward schnurrt zufrieden.

„Ich bin Vincent 03-03-01-01-441532. Ich wurde vor 33 Jahren in einer kleinen Siedlung in dem Land geboren, das bei euch Italien heißt, in der Nähe des Meeres. Meine Eltern weisen beide Status 5 auf, was es ihnen ermöglichte, mich auf den besten Schulen ausbilden zu lassen. Aufgrund meiner körperlichen und kognitiven Voraussetzungen war schnell klar, dass ich zu einem Wächter-Amt berufen bin. Bald darauf wechselte ich in die Wächterakademie, die ich als Dekadenbester abschloss. Ich durchlief verschiedene Posten in unterschiedlichen Einsatzgebieten. Schließlich wurde ich in die Zentrale versetzt und zum Anführer einer Einheit befördert, die dem Ministerium gegen den Missbrauch technischer Möglichkeiten unterstellt ist. Meine Truppe besteht aus 500 Mann, beste Wächter und Kadetten, die alles dafür tun würden, unser System und seine Ideale zu bewahren. Zu unseren Aufgaben gehört es, den Minister zu schützen, das Gebäude zu überwachen und, als eine der wichtigsten Aufgaben, sicherzustellen, dass kein Unbefugter die Sprungeinheit zu eigennützigen Zwecken missbraucht."

„Damit kannst du also hierher hüpfen? Diese Sprungeinheit ist die Maschine aus deinem Bericht in dem kleinen Buch, oder?"

„Richtig. Du hast meine Berichte ja gelesen."

Er sieht mich streng an und zeigt mir damit deutlich, dass er es nicht gut findet, dass ich in dem Buch gelesen habe.

„Wir waren seit einiger Zeit auf der Suche nach zwei Personen, die sich mehrmals unerlaubt Zugang zum Maschinenraum verschafft hatten. An dem Tag, als ... der Unfall passierte ..."

Er stockt, als ob er sich nicht genau erinnern könne.

„Ich ertappte sie in der Zentrale. Sie hatten einen Verbündeten aus unseren Reihen, der ihnen geholfen hatte, unbemerkt in den Maschinenraum einzudringen. Nachdem sie mich für kurze Zeit außer Gefecht gesetzt hatten, flüchteten sie und ich verfolgte sie mit Alan, meinem besten Freund und Vizeführer, durch die Katakomben. Die Sprungeinheit hatten sie bei sich. Zu diesem Zeitpunkt wusste ich noch nicht, was sie vorhatten. Doch ich hatte einen Verdacht.

Wir erwischten sie, bevor sie durch die Kanalisation entkommen konnten. Sie wehrten sich und trafen mich mehrmals in Gesicht und am Körper, die Auswirkungen ihrer Tritte und Schläge sind dir ja hinreichend bekannt. Alan traf es noch härter. Wächter sind in 38 verschiedenen Kampftechniken ausgebildet, sodass ich die Widerständler trotzdem nach kurzer Zeit überwältigen konnte. Während Alan bewusstlos am Boden lag, hielt ich die Angreifer in Schach und wartete auf Verstärkung. Durch meine Verletzungen war ich wohl einen Sekundenbruchteil unaufmerksam, denn irgendwie schafften es die beiden, den Springer zu aktivieren."

„Ein Apparat, mit dem man durch Dimensionen reisen kann, heißt einfach nur Springer? Das ist aber nicht besonders kreativ", unterbreche ich ihn.

„Der vollständige Name lautet „überarbeitete Sprungeinheit für sender- und systemkontrollierte Dimensionswechsel, konzipiert für ein bis zwei Personen, Version 2.0.". Meist nennen wir sie deshalb einfach Springer 2.0. oder Sprungeinheit", klärt er mich auf.

„Aber das ist doch egal. Hör erst einmal weiter zu."
Ich nicke.

„Als ich mich wieder unter Kontrolle hatte, stürzte ich nach vorn, um die beiden aufzuhalten. Ab da weiß ich nichts mehr. Ich kann mich nur an wirre Fieberträume erinnern, in denen du die Hauptrolle gespielt hast. Dabei kannte ich dich noch gar nicht. Dann bin ich im Krankenhaus aufgewacht und von wildfremden Menschen festgehalten und bedrängt worden. Und plötzlich warst du da. Die Frau aus meinem Kopf. In echt. Du hast mich beschützt. Es hat eine Zeit lang gedauert, bis ich verstanden habe, wo ich bin, dass ich nicht mehr ..."

„Dass du nicht mehr zu Hause bist, sondern in einer Paralleldimension", vervollständige ich den Satz.

Wow, was für ein unglaublicher Tag. Ständig schwanke ich zwischen Glauben und Zweifeln, zwischen Vertrauen und Ablehnen. Vielleicht ist er ja auch nur in eine Schlägerei geraten, hat eine retrograde Amnesie und denkt wirklich, dass alles genau so passiert ist.

„Das muss furchtbar beängstigend für dich gewesen sein."

Da ich nicht weiß, was ich sonst tun soll, tätschle ich seine Hand.

„Ich bin gesprungen. Und zwar genau in die Dimension, die es uns unter strengster Strafe verboten ist, zu betreten."

„Verboten?"

„Unsere Welten sind sich in vielen Dingen sehr ähnlich, in anderen sind wir so gegensätzlich, wie es nur geht. Eure Dimension ist gefährlich. Im Gegensatz zu anderen Dimensionsbewohnern seid ihr in der Lage, zu begreifen, wenn ihr nur lange genug über etwas nachdenkt. Das macht euch zu mächtigen Gegnern. Ihr habt in der Vergangenheit oft bewiesen, dass ihr nicht in Frieden leben könnt und neue Welten, neues Territorium oder Völker, die ihr einfach nur seltsam findet, kriegerisch bekämpft und gewaltsam unterwerft."

„Sind das die anderen nicht?"

„Nein, die meisten anderen, darunter auch wir, sind friedlich und kommen ohne feindliche Auseinandersetzungen oder Kriege zurecht."

„Dein Kampfstil im Krankenhaus sah mir nicht gerade friedlich aus und dein Beruf scheint mir auch nicht aus Welpen streicheln zu bestehen."

„Wir müssen natürlich vorbereitet sein. Wir schützen unser System. Wie in jeder Gesellschaft gibt es Aufrührer, die das Gemeinwohl gefährden oder sich selbstsüchtig gegen unsere Ideale stellen. Die gilt es aufzuhalten."

Was passiert dann wohl in einer so angeblich friedfertigen Gutmensch-Gesellschaft mit Rebellen? Werden sie in endlosen Sitzkreisen durch empathische Gespräche und Klangschalenmeditationen mürbe gemacht? Oder gibt es auch Gefängnisse?

Vincents Geschichte wird immer verworrener. Friedliche Gesellschaften, Wächter, Ministerium gegen den Missbrauch technischer Möglichkeiten, Privilegien ... Bin ich in einem Monty-Python-Film gelandet?

„Ich brauche einen Beweis, damit ich dir glauben kann."

„Ich kann es dir nicht beweisen, Liebste. Bin ich nicht Beweis genug?"

„Nein, du könntest auch einfach ein Spinner sein, der zufällig so aussieht wie Helmut und ausgenutzt hat, dass ich mal in diesen verliebt war. Oder ein verschollener Zwilling von ihm. Oder ein Psychopath."

Wie zur Erklärung hebt er seinen Arm und deutet auf seine Nummer. Was will er mir damit sagen? Also seufze ich nur und frage weiter.

„Warst du in anderen Dimensionen?"

„Nein, das ist uns nicht erlaubt. Nicht mehr. Frühere Generationen reisten in den verschiedenen Dimensionen umher, ohne an die Folgen zu denken. Aber es gab zu viele Komplikationen. Man darf nicht einfach in den natürlichen

Lauf der Geschichte anderer Dimensionen oder Menschen eingreifen. Die Auswirkungen im Raumkontinuum kann man nicht absehen. Daraufhin wurde das Ministerium gegen den Missbrauch technischer Möglichkeiten gegründet, das darüber wacht, dass nie mehr jemand unkontrolliert seine angestammte Dimension verlassen kann."

Für mich klingt das eher nach Kontrollministerium.

„Was denn für Komplikationen?"

Er schließt die Augen, wohl, um zu überlegen, wie viel er mir zumuten kann oder vielleicht auch, weil ich so begriffsstutzig bin.

„Du kennst doch sicher die Geschichte mit eurem Isaac Newton und dem Apfel?"

„Ja, sicher. Jeder kennt die. Newton saß unter einem Baum, dann fiel ihm ein Apfel auf den Kopf und das brachte ihn auf die Idee, zu überlegen, warum Dinge immer nach unten fallen."

„Der Apfel fiel nicht einfach so. Jemand aus meiner Dimension landete versehentlich mit etwas zu viel Wucht auf dem Baum. Das hat den Apfel gelockert und das Herunterfallen ausgelöst."

„Du willst mir weismachen, dass Newton die Schwerkraft nur deswegen entdeckt hat, weil einer von euch zu doof war, richtig zu landen?"

Er zieht die Augenbrauen nach oben und nickt.

„Verstehst du jetzt, was ich damit meine, man darf nicht in den natürlichen Verlauf eingreifen?"

Mich gruselt. Wieder frage ich mich, ob er die Wahrheit sagt. Und wenn es stimmt, wie hätte sich unsere Gesellschaft und Wissenschaft entwickelt, wenn der Apfel zu dem Zeitpunkt nicht heruntergefallen wäre? Hätte unser physikalisches Weltbild eine andere Richtung genommen? Andererseits, wenn Newton nur lange genug unter dem Baum gesessen hätte, dann hätte er zwangsläufig irgendwann beobachtet, dass Äpfel immer nach unten fallen und nicht nach oben wegfliegen.

Was ist wohl noch alles passiert, von dem wir nicht wissen? Was denke ich da eigentlich? Ich gehe davon aus, dass Vincents Geschichte wahr ist. Sollte ich lieber zweifeln? Na ja, spannend sind seine Ausführungen allemal.

"Warum wurde dieser Springer 2.0. nicht einfach zerstört?"

„Würdest du Ikarus' Flügel zerstören, auch wenn du weißt, dass du damit abstürzt, wenn du der Sonne zu nahe kommst?"

Immer diese kryptischen Antworten. Vincent hat wieder angefangen, ruhelos auf und ab zu laufen. Ich dagegen kann nur dasitzen, die kalten Hände um die warme Teetasse gefaltet, zuhören und staunen.

Wenn die Geschichte stimmt, würde das eines bedeuten: Er darf nicht hier sein. Trotzdem hat er sich gegen alle Vorschriften gewendet und ist zu mir zurückgekommen. Ich will nicht darüber nachdenken, was das für ihn bedeutet, und flüchte auf sichereres Terrain, indem ich ihm weitere Fragen stelle.

„Was glaubst du, was die beiden Diebe vorhatten?"

„Das ist nicht vollständig geklärt. Wir vermuten, sie wollten unerlaubt die Dimension wechseln, weil sie sich bei euch einen besseren Status versprechen."

„Vermutlich zu Recht. Wir denken hier in Deutschland nämlich nicht in Status oder Kasten. Zumindest nicht mehr. Vor dem Gesetz sind alle gleich. Natürlich funktioniert das in der Praxis nicht immer optimal, aber theoretisch gibt es keine Unterschiede. Wir haben bezüglich so kategorisierenden Denkens nicht gerade eine rühmliche Vergangenheit. Das ist über 70 Jahre her und trotzdem nagen wir immer noch daran, dass die Menschen in verschiedene Klassen eingeteilt waren und manche sogar zu unwürdigen Untermenschen deklassiert und deswegen entsorgt wurden. Du musst verstehen, dass mir dieses Statusgerede deswegen etwas sauer aufstößt."

Ich erzähle ihm von Hitler, dem Dritten Reich und dem damaligen Umgang mit unerwünschten Individuen oder Gruppen.

„Ja, davon habe ich im Dimensionsunterricht schon gehört. Ziemlich widerlich, dieser Kerl", gibt er mir Recht.

„Aber jemand offensichtlich Geisteskranker wie Hitler könnte bei uns nie einen Ministerposten einnehmen. Man würde ihm helfen, gesund zu werden. Die Menschen bei uns sind zufrieden mit dem System. Bei uns ist es nichts Schlimmes, in einen Status eingeteilt zu werden. Allen geht es gut. Außerdem steht es jedem frei, zu versuchen, seinen Status zu ändern. Jeder macht eben das, wofür seine kognitiven und körperlichen Attribute ihn befähigen. Nenn es Talent-Gruppen statt Status, wenn du damit besser zurechtkommst. Seien wir mal ehrlich: Es kann nicht jeder gleich sein, schließlich hat nicht jeder die gleichen Voraussetzungen. Das muss euch doch auch klar sein. Es ist nichts Verwerfliches, sich darüber bewusst zu sein, dass man manche Dinge gut kann und andere eben nicht. Ich bin zum Beispiel aufgrund meines breiten und muskulösen Körperbaus nicht dafür geboren, Ballerina zu werden, und du wärst ein verdammt lausiger Wächter. Du bist klein, schwach und deine großen, überaus sexy und weichen Brüste würden dich daran hindern, eine Waffe richtig anzulegen."

Ich stelle mir vor, wie ich mit einer Armbrust im Anschlag Vincent dazu zwinge, im hellblauen Tutu einen Spitzentanz aufzuführen.

„Ebenso ist es nicht möglich, dass ein Muskelprotz mit zweifelhaften Absichten und einer Intelligenz, die kleiner als sein Bizeps-Umfang ist, ein Ministeramt einnimmt."

Dass das in anderen Staaten durchaus üblich ist, verschweige ich ihm.

„Unsere Talente werden auf optimale Weise gefördert und genutzt. Sieh es mal so."

„Aber hast du dir nie etwas anderes gewünscht, als Wächter zu sein? Lehrer zum Beispiel oder Koch oder Hausmeister? Es ist doch schrecklich, so fremdbestimmt zu sein", hake ich nach.

„Warum sollte ich zweifeln? Das, was ich mache, ist nun mal das, was ich am besten kann. Das System unterstützt uns dabei, herauszufinden, was unser Weg ist. Wenn man etwas besonders gut kann, macht es auch Spaß, das zu tun, oder? Alle sind versorgt und zufrieden."

Darauf weiß ich keine ernsthafte Antwort. Es ist nachvollziehbar, was er sagt. Dinge, die man gut kann, würde man am liebsten die ganze Zeit machen, und wenn man dafür auch noch bezahlt wird, ist das eigentlich toll.

Obwohl, wenn ich genauer darüber nachdenke, fallen mir eine Menge Dinge ein, die ich zwar gut kann, aber auf keinen Fall gerne mache, weil sie keinen Spaß machen. Das Alter eines Mannes anhand seines Skrotums zu bestimmen zum Beispiel. Oder Fenster putzen. Oder Smalltalk führen. Oder schwer zugängliche Ecken putzen.

Andererseits, ist es nicht viel ehrlicher, sich all seiner Schwächen und Stärken deutlich bewusst zu sein, darauf aufzubauen und das Bestmögliche aus einem Menschen herauszuholen?

Ist es verlogen zu denken, dass alle Menschen gleich sind und die gleichen Chancen im Leben haben, unabhängig von körperlichen, geistigen oder seelischen Voraussetzungen?

Ein Querschnittsgelähmter kann eben nicht Feuerwehrmann werden, ohne dabei frustriert festzustellen, dass er keine Feuerleiter hochklettern oder Katzen vom

Baum retten kann. Und ein Elefant kann nicht fliegen. Dafür hat er ein gutes Gedächtnis und einen ausgeprägten Familiensinn.

So viel zum Thema Inklusion.

Wäre ich in seiner Dimension auch Krankenschwester geworden? Oder wegen meiner Größe Höhlenforscher oder Jockey? Oder Erotik-Modell für Fetischisten, die auf Kinder mit Naturriesenbrüsten stehen?

„Trotzdem wärst du auch als Stripper oder Nacktputzer erfolgreich. Du wärst garantiert die nächsten 150 Jahre ausgebucht!", lasse ich nicht locker.

„Dafür braucht man aber kein Hirn. Und meines ist zufälligerweise sehr hochleistungsfähig. Nicht nur mein Körper. Ich bin für das Wächteramt prädestiniert wie kein anderer. Denn ich bin klug und kann deshalb die Gesetze und ihren Sinn verstehen, aber selbstbestimmt genug, um Dinge auch zu hinterfragen. Ich bin loyal und treu. Mein Körper strotzt vor Kraft und Gesundheit, also kann ich gut kämpfen und bin widerstandsfähig. Und ich bin attraktiv, kann also mein System hervorragend repräsentieren und meine Gene sind hervorragend", widerspricht er.

Wenn ich nicht wüsste, dass er wirklich so toll ist, würde seine Selbstbeweihräucherung mehr als arrogant wirken.

Er sieht mich mit einem Blick an, bei dem es mir egal ist, wie leistungsfähig sein Gehirn ist. Im Moment denke ich nur an das andere fähige Ende seines männlichen Körpers.

„Du hingegen, liebste Liz, bist nicht nur eine sehr umsichtige und professionelle Pflegerin, sondern kannst auch hervorragend kochen. Deswegen darfst du jetzt deine Fähigkeiten zur Schau stellen und mir ein leckeres Mahl zubereiten. Lass uns später weiterreden. Außerdem muss ich pinkeln."

Möchte er mir sagen, dass ich kein hochleistungsfähiges Gehirn habe, oder hat er einfach Hunger? Er könnte ja währenddessen auch seine Fähigkeiten zur Schau stellen und sich nackt vor mir postieren und von mir aus auch kluge Dinge sagen oder Tai-Chi-Übungen machen.

Ich verzichte aber auf den Vorschlag und fange stattdessen an, Gemüse zu schneiden. Fürs Erste reicht es mir mit Informationen, ich kann die bis jetzt erhaltenen schon kaum verarbeiten.

Ich will mir keine Gedanken darüber machen, ob er die Wahrheit sagt oder ob er ein Geisteskranker ist. Warum kann ich nicht einfach ganz normale Männer kennenlernen? Einen Bankangestellten oder einen Einzelhandelskaufmann oder so etwas Langweiliges?

Wahrscheinlich weil ich selbst so unnormal bin. Bin ich das?

Mein ganz und gar nicht normaler Geliebter trollt sich ganz selbstverständlich zuerst aufs Klo und dann ins Wohnzimmer und lässt mich alleine in der Küche. Offensichtlich sind Männer diesbezüglich in allen Dimensionen gleich gestrickt.

37 Liz

Wir essen den vegetarischen Nudelauflauf vor dem Fernseher. Fleischkonsum lehnt Vincent strikt ab und hat mir einen minutenlangen Vortrag über den Wert allen Lebens gehalten, als ich Schinken zum Auflauf geben wollte. Er zappt fasziniert durch die Programme, bis er an der Wiederholung einer Gerichtssendung hängen bleibt.

„So löst ihr eure Fälle?", fragt er ungläubig.

Ich verschlucke mich an einer Penne, weil ich nicht glauben kann, dass er denkt- oder so tut, das sei eine echte Gerichtsverhandlung. Schmunzelnd erkläre ich ihm das Prinzip von Laienschauspielern, Dokusoaps und scriptet reality.

„Gibt es solche Sendungen bei euch nicht?"

„Nein. Bei uns gibt es gar kein Fernsehen."

„Das ist ja schrecklich!", platze ich heraus.

Keine Liebesfilme? Keine Vampirserien? Keine entwürdigenden Realityshows?

„Überhaupt nicht. Du würdest es ja nicht vermissen, wenn du nicht weißt, dass es existiert. Wir haben Bücher und Filme, aber keine Fernsehprogramme wie bei euch, wo man sich 24 Stunden lang berieseln lassen kann. Außerdem bin ich zu beschäftigt, ich hätte gar keine Zeit zum Fernsehen."

„Mit deinen Frauen zum Beispiel?"

Bei seinem strengen Blick senke ich den Kopf. Er legt seine Hände um meinen Nacken, hebt mein Kinn und streichelt mit seinen Daumen meine Wangen.

Ich liebe es, wenn er das macht.

„Ich liebe nur dich", schmeichelt er und küsst mich sanft auf die Nase.

„Iss jetzt, wir haben noch viel zu klären", schickt er mit seiner Anführerstimme hinterher und beendet das Thema.

Stundenlang reden wir. Ich habe vorerst beschlossen, mich auf ihn und seine Erklärungen einzulassen. Momentan ist es mir egal, ob er krank ist, ob er ein Arsch ist oder ob es seine Dimension und die tausend anderen wirklich gibt. Ich will den Augenblick genießen, mit ihm zusammen zu sein.

Wir sitzen zusammengekuschelt auf der Couch, er erzählt mir von seiner Welt und ich von meiner. Auch Helmut und das was er mir angetan hat, lasse ich nicht aus. Vincent ist entsetzt und schämt sich für sein anderes Ich. Ich tröste ihn damit, dass ich in seiner Welt bestimmt auch blöd bin. Oder tot. Oder hässlich.

Vincent ist ein hoch angesehener Anführer. Er liebt seine Arbeit und ist überzeugt davon, dass es richtig ist, was er macht. Genauso wie er von dem System, in dem er lebt, überzeugt ist, inklusive aller Wertvorstellungen und Vorschriften.

Ich spüre, wie er mit sich ringt, weil er gegen das Gesetz und seine innersten Überzeugungen verstößt, indem er bei mir sein will.

„Wie lange kannst du bleiben?"

Es ist bereits Mitternacht, aber ich kann nicht schlafen. Vincent liegt neben mir, ebenfalls wach, die Hände hinter dem Kopf verschränkt und starrt an die Decke. Edward residiert wieder mal auf seiner Brust.

Seit Vincent wieder da ist, bin ich für meinen Kater Luft, gerade gut genug, das Katzenklo zu säubern und beiden Männern regelmäßig Nahrung bereitzustellen.

„Noch vier Tage. Dann holen sie mich zurück. Ich habe ihnen weisgemacht, ich wolle die beiden Verdächtigen hier suchen und in die richtige Dimension zurückbringen, wo sie für ihre Taten verantwortlich gemacht werden."

„Du hast dein System belogen, damit du bei mir sein kannst?"

„Es ist keine richtige Lüge. Die beiden stören den natürlichen Fluss in eurer Dimension. Sie dürfen nicht hier sein. Aber in Wahrheit bin ich wegen dir zurückgekommen."

Ich freue mich über seine ehrliche Antwort.

„Du meinst also, die zwei Verbrecher-Typen aus deiner Dimension spazieren fröhlich da draußen rum und bringen alles durcheinander?"

Die Vorstellung beunruhigt mich nicht so, wie es sollte. Spinner gibt es hier in München ohnehin schon viele.

„Genauso wie ich alles durcheinanderbringe, indem ich hier bin."

Er klingt etwas unsicher.

„Im Moment bringst du nur mich durcheinander."

Ich schmiege mich an ihn.

„Was stellen die beiden wohl alles hier an?"

„Keine Ahnung. Deswegen darf niemand die Dimension wechseln und du darfst eigentlich nichts von all dem wissen."

„Warum holen sie sie nicht einfach zurück, so wie sie dich geholt haben?"

„Wir Wächter und alle bis Status 5 sind mit einem Sender ausgestattet, der uns über die Dimensionen hinweg aufspüren kann. Alle darunter tragen keinen. Menschen mit niederem Status sind in der Regel nicht gefährdet, abhandenzukommen, und sind auch nicht so wichtig für das System. Sie leben ihren Alltag, die allermeisten wissen nicht einmal, dass es andere Dimensionen überhaupt gibt."

„Ihr lasst sie unwissend?"

„Du wusstest doch bis heute auch nichts von der Existenz anderer Dimensionen. Und, hat´s dich gestört?"

Nein, es hat mich nicht gestört.

Und ob ich ihm wirklich glauben soll, weiß ich auch noch nicht sicher. Es ist einfach zu unwahrscheinlich. Andererseits gibt es so viele seltsame Menschen und Situationen. Warum nicht auch jemanden aus einer anderen Dimension? Weil keine Paralleluniversen existieren, erklärt die skeptische, ungläubige Elisabeth. Glaube und vertraue, widerspreche ich mir selbst. Er redet einfach weiter, ohne auf eine Antwort zu warten.

„Das Buch, das du gefunden hast, dient ebenfalls dazu, uns zu schützen. Je genauer wir unser Leben dokumentieren, umso besser kann man rekonstruieren, was passiert ist, falls es zu Unfällen oder unvorhergesehenen Ereignissen kommt."

Unvorhergesehene Ereignisse, wie sich zu verlieben zum Beispiel?

„Ich verstehe. Heißt das, sie wissen auch jetzt, wo du dich aufhältst? Nämlich in meinem Bett und nicht auf der Jagd nach den Bösewichten?"

„Der Sender funktioniert nicht wie ein Navi und hat auch keine Kamera oder Wanze. Er wird in dem Moment aktiviert, in dem man springt. Das heißt, sie können mein Signal zwar empfangen und wissen, in welcher Dimension ich mich aufhalte, aber ohne den genauen Standort zu wissen. Sie können nicht sehen, was ich mache oder mich ständig kontrollieren. Das müssen sie auch nicht. Es reicht, wenn die Sprungeinheit mich ortet. Sie drücken auf den Knopf und das war's. Ich bin wieder zurück."

Die Angst, dass er genauso schnell wieder verschwinden könnte, wie er erschienen ist, überwältigt mich.

„Das war's? Kein spektakuläres Feuerwerk oder aus der Zeit gezogen werden oder so?"

Er schüttelt den Kopf.

„Den Springer 2.0. zu bedienen ist so einfach wie ein Kaffeevollautomat. Du stellst die entsprechende Dimension ein, roten Knopf betätigen, fertig. Man kommt automatisch am gleichen Ort zur gleichen Zeit raus wie in der Ausgangsdimension."

Fast enttäuscht mich die langweilige Wirkungsweise dieses Apparats.

Hier hätte ich ausgefeiltere Technik erwartet. Mir kommt eine Idee.

„Wenn wir, rein hypothetisch gesprochen natürlich, gerade Sex hätten, wenn sie auf den roten Knopf drücken, dann ..."

Er unterbricht mich barsch.

„... dann würden wir beide genauso drüben ankommen. Nackt und ineinander verschlungen, was nicht nur peinlich, sondern auch echt gefährlich wäre. Niemand darf wissen, dass ich hier bei dir bin! Also schlag dir deinen irren Plan aus dem Kopf, dich mitzuschmuggeln."

Er rückt von mir ab.

„Auch wenn die Aussicht, ab sofort ständig mit dir zu schlafen, damit wir zusammen springen können, äußerst verlockend ist", fügt er milder hinzu.

„Außerdem würde es auch reichen, wenn wir uns an den Händen halten. Selbst wenn Edward auf mir sitzt, würde er automatisch mitkommen. Aber das ist alles sowieso nur rein hypothetisch. Die Sprungeinheit registriert jeden Sprung und jeden Springer mit Identitätsnummer, damit das System die Kontrolle über alle Dimensionsaktivitäten hat. Sie würden sofort merken, dass du da bist. Es ist also völlig ausgeschlossen, dass du mitkommst!"

„Wirst du mich jetzt nicht mehr anfassen, aus Angst, dass ich versehentlich mitspringe, wenn sie dich holen?"

„Du weißt, das würde ich nicht aushalten", widerspricht er.Ich will ihn nicht weiter verärgern und wechsle das Thema, speichere aber alles Gesagte sorgfältig in meinem Gehirn ab.

„Hast du überhaupt vor, nach den beiden, die mit dir hierhergekommen sind, zu suchen?"

„Nicht wirklich. Ich mag nicht weg von dir", antwortet er stockend.

Ich merke, dass er normalerweise sein Leben im Griff hat. Etwas nicht zu wissen oder unter Kontrolle zu haben, verunsichert ihn.

„Was passiert, wenn du die Diebe nicht findest und auslieferst?"

„Mir persönlich wird nichts passieren. Der Minister weiß, dass ich meine Aufgaben immer hervorragend und in der Regel sogar noch besser erledige. Er wird keinen Verdacht schöpfen, wenn ich ihm mitteile, dass meine Mission keinen Erfolg hatte. Eure Dimension ist extrem dicht bevölkert. Wenn sie nicht ganz dämlich sind, haben sie sich eh schon längst aus dem Staub gemacht. Und da sie nicht decoded sind, ist es quasi unmöglich, sie ausfindig zu machen. Allerdings muss ich mir eine glaubwürdige Geschichte für meine Dokumentation ausdenken. Der Minister wird sie lesen wollen."

Ach ja, das Buch.

„Ist damit dann die Sache für die Flüchtigen erledigt? Dann haben sie ja genau das erreicht, was sie wollten und müssen nicht zurück."

„Sie sind nicht wichtig genug für das System. Sie sind nur Status 8 oder noch niedriger. Eine dimensionsweite Suche wäre langfristig zu aufwendig. Wenn ich unerlaubt springen würde, wäre das anders. Ich bin wegen meiner Fähigkeiten und Gene extrem wichtig für das System und weiß zu viel. Sie würden die Suche nicht aufgeben, bis sie mich gefunden haben. Mit dem Sender könnten sie mich überall orten. Aber selbst wenn ich keinen hätte, würden sie versuchen mich aufzuspüren. Und vergiss nicht, jeder

Eingriff in den natürlichen Verlauf anderer Dimensionen ist zu vermeiden und zu verhindern."

Ich schlucke bei dieser Aussage. Ist es also unmöglich, dass wir jemals zusammensein können?

„Du hast doch erzählt, dass sie so viel Sperma von dir haben. Sie könnten doch einfach einen neuen Vincent züchten", schlage ich vor.

„Um dann mindestens 15 Jahre zu warten, bis meine Nachkommen erwachsen und einsetzbar sind? Auch wir machen normale Kinder und züchten keine schnell wachsenden Klone."

„Ok, zurück zu den beiden Typen. Was, wenn sie anderen Menschen von ihrer Herkunft erzählen?"

„Das Risiko besteht natürlich. Aber selbst wenn sie etwas erzählen, wird ihnen keine vernünftige Person glauben. Die Geschichte ist zu unglaubwürdig."

Oder sie gründen auf der Basis ihrer Geschichte eine Sekte, scharen viele Anhänger um sich und scheffeln Geld. Aber er hat Recht, die Geschichte ist sehr unglaubwürdig. Trotzdem bekräftige ich:

„Ich glaube dir."

Und in dem Moment, in dem ich es ausspreche, weiß ich, dass es stimmt. Ich glaube ihm aus vollstem Herzen. Bin ich deswegen verrückt?

„Ich weiß, dafür bin ich sehr dankbar."

Er schenkt mir sein bestes Lächeln.

Ich strahle ihn zurück an.

„Wenn ich meine angestammte Dimension dauerhaft verlassen würde, könnten sie mich jederzeit mit dem Sender aufspüren und zurückholen. Sie werden niemanden gehen lassen, wenn sie eine andere Möglichkeit haben. Außerdem bin ich ihr bester Wächter. Sie können es sich nicht leisten, auf mich zu verzichten", wiederholt er noch einmal.

An Selbstbewusstsein mangelt es ihm definitiv nicht.

„Kann man den Sender nicht entfernen? Dann könntest du hier bleiben."

„Nein, den Sender kann man nicht entfernen. Dafür hat das System gesorgt."

Es ist also aussichtslos. Wir haben keine Chance auf ein gemeinsames Leben. Die Erkenntnis schockt mich. Aber noch gebe ich nicht auf. Es muss eine Möglichkeit geben. Deswegen frage ich weiter.

„Wenn der Springer so einfach funktioniert, warum hat es dann letztes Mal so lange gedauert, bis sie dich geortet haben?"

Die Erinnerung an den Schmerz, als er plötzlich weg war, versetzt mir einen Stich.

„Die Springereinheit wurde stark beschädigt, als wir zu dritt gesprungen sind. Die Kapazität ist normalerweise auf ein bis zwei gleichzeitige Springer ausgerichtet. Es hat eine ganze Zeit gedauert, bis sie einen Ersatz beschaffen konnten."

Hätten sie doch nie einen gefunden.

„Warum habe ich den Sender noch nicht entdeckt? Dein Körper ist mir ja mittlerweile doch recht vertraut."

Er tippt sich an den Nacken.

„Er ist implantiert. Aber für eure dilettantischen Geräte wie das Röntgen nicht zu identifizieren."

„Mach meine Welt nicht ständig schlecht."

Ich boxe ihn beleidigt auf den Oberschenkel, was ihn nur kurz zusammenzucken lässt.

„Deine Welt kann nicht schlecht sein, wenn du in ihr lebst", antwortet er liebevoll. Wie kann er im einen Augenblick so schöne Sachen sagen und mich im nächsten daran erinnern, dass er bald wieder weg sein wird?

„Aber euer technischer Stand ist gegenüber unserem recht rückständig. Ihr wart so viel mit Kriegen und Zerstören beschäftigt, ihr hattet schlichtweg keine Zeit, euch dementsprechend weiterzuentwickeln, obwohl ihr die intellektuellen Voraussetzungen dazu hättet."

Ich gehe nicht weiter darauf ein, schiebe Edward vorsichtig von Vincents Brust und lege meinen Kopf auf die, von der Katze vorgewärmten Stelle. Vincent hält mich fest in seinen Armen und streicht mit seinen Fingerspitzen meine Wirbelsäule entlang. Ich küsse seinen Bauch.

Er stöhnt leise und wohlig, bleibt aber ansonsten still. Hier gehöre ich hin. Zu ihm. Bei ihm fühle ich mich beschützt und geliebt. Ich kann mir gut vorstellen, dass er der beste Wächter seines Systems ist.

Er ist klug und gewitzt, sein Körper stark und muskulös, ihn umgibt eine Aura bedingungsloser Loyalität und Hingabe. Bestimmt ist er ein fairer Anführer. Zum ersten Mal habe ich nicht das Gefühl, einem Mann zeigen zu müssen, dass ich ihm ebenbürtig bin. Ich kann einfach ich sein. Bei ihm darf auch schwächer sein und er liebt mich deswegen nicht weniger.Wir sind beide müde vom Reden. Meine Gedanken lassen mich aber nicht zur Ruhe kommen. Mein Gehirn ist immer vollgestopft mit unbeantworteten Fragen. Ja, ich glaube ihm. Immer mehr und immer bewusster. So ein Konstrukt kann sich nicht einmal ein Psychotiker ausdenken. Oder doch?

Aber warum glaube ich ihm? Weil ich naiv bin? Weil ich zu viele Fantasyromane gelesen habe? Weil ich mir wünschte, es wäre wahr? Das Einzige, in dem ich mir sicher bin, ist, dass ich ihn liebe. Und dass ich trotz aller Unglaublichkeiten mit ihm zusammen sein und den Schmerz unserer ersten Trennung nie mehr erleben will.

Wer ist Vincent, wenn nicht Helmuts anderes Ich? Was ist, wenn alles wahr ist?

Sein Brustkorb hebt und senkt sich langsam und gleichmäßig. Die Fragen müssen mal wieder warten.

38 Liz

Viel zu früh wache ich auf, Vincent sitzt in Unterhose und mit Edward auf den Knien am Bettrand mit einer Tasse Kaffee und einer halb gegessenen Banane. Ich schnappe mir die Tasse und trinke gierig.
„Hast du mir beim Schlafen zugeschaut?"
Er nickt grinsend, als ob ich ihn bei etwas Verbotenem ertappt hätte, und beißt in seine Banane. Normalerweise sehe ich auch verboten aus nach dem Aufstehen, mit wirren Haaren und zerknautschtem Gesicht. Jetzt ist es mir egal, wie ich aussehe. Er streckt mir seine Hand hin.
„Komm, wir gehen duschen. Ich habe auf dich gewartet."
Vorsichtig lüpft er Edward von seinen nackten Beinen und setzt ihn auf den Boden. Mein Kater bleibt einfach sitzen und himmelt ihn weiter von unten an. Wird dieser Mann denn von allen angeschmachtet? Die Bananenschale lässt er einfach auf dem Nachtkästchen liegen.

Das heiße Wasser prasselt angenehm auf meinen verschlafenen Körper, mit geschlossenen Augen lege ich meinen Kopf nach hinten und genieße. Ich will nicht mehr zweifeln, sondern einfach glauben.
Vincent quetscht sich hinter mir in die enge Duschkabine und umschlingt meinen Bauch. Ich lehne mich an ihn.
Seine Hände wandern meinen Körper entlang, die eine nach oben, die andere nach unten. Auf Brust und Schambein bleiben sie liegen. Er drückt sich an meinen Po und lässt mich seine Erregung spüren. Zittrig stütze ich mich an den Fliesen ab. Ich möchte ihn so gerne in mir fühlen.
Offensichtlich errät er meine Gedanken, geht in die Knie und dringt ganz selbstverständlich in mich ein, ich schiebe mein Becken nach hinten, um es ihm zu erleichtern.

Mit einem Mal gleitet er aus mir heraus und dreht mich um, hebt mich hoch und hält mich an sich gepresst an den Pobacken fest. Er senkt mich auf sich und ich klammere mich an seinen Schultern fest, während er uns zu einem gemeinsamen Höhepunkt bringt.

Diesmal hüllt er mich in ein Handtuch und trocknet mich liebevoll ab. Ich liebe es, zu beobachten, wie sich seine Muskeln bei jeder Bewegung anspannen und entspannen. Er ist ein lebendig gewordenes Anatomie-Vorzeige-Exemplar, an dem alle Muskeln, alle Sehnen, alle Bewegungen perfekt modelliert wurden.
Mein Blick bleibt an seinem Armtattoo hängen, unwillkürlich streichle ich mit dem Zeigefinger darüber. Ich fühle keine wulstigen Narben, wie ich es sonst von Tätowierungen kenne.
„Das ist meine Identifikationsnummer. So etwas wie ein Personalausweis."
Langsam wird er sicherer im Erzählen. Er geht voran in die Küche, ich folge ihm, beide sind wir noch immer nur mit einem Handtuch bekleidet. Auf einen alten Einkaufszettel kritzelt er seinen Namen und kreist die einzelnen Ziffern ein.
„Schau her."
Er winkt mich zu sich.
„Die ersten Ziffern, bei mir die 03, sind unser Status. 01 ist der Landeschef, der Gesamtminister. 02 sind die Minister der einzelnen Einheiten. Dann komme ich und einige wenige andere 03. Das sind andere Wächteranführer, herausragende Denker aus Wissenschaft und Kunst oder Helfer wie Ärzte, Pfleger oder Lehrer."
Ist er wirklich so wichtig oder nur ein maßloser Angeber?
„Krankenschwestern sind bei euch so hoch angesiedelt?

Bei uns ist der Beruf nicht besonders gut angesehen. Geschweige denn gut bezahlt."

„Natürlich hat er einen hohen Status!", erwidert er. „Menschen wie du leisten immens wichtige Arbeit. Die sozialen Berufe halten die Gesellschaft am Laufen, indem ihr uns umsorgt, pflegt, heilt oder erzieht."

„Dann hätte ich bei euch die gleichen Privilegien wie du? Mit allem Drum und Dran?"

„Du möchtest auch Frauen, die dir Freude bereiten?", fragt er süffisant.

Typisch Mann, dass er solche Gedanken hat.

„Gibt es keine Männer, die Frauen Freude bereiten sollen?"

Männer wie dich zum Beispiel?

„Doch, die gibt es. Allerdings nutzen die Frauen solche Privilegien nicht so ausgiebig wie wir Männer", gibt er zu.

„Was nutzen die Frauen dann stattdessen?"

Jetzt bin ich neugierig.

„Schöne Kleidung oder Massagen zum Beispiel. Warum willst du das wissen? Du brauchst keinen Vergnügungsmann. Du hast mich!"

Ist er etwa beleidigt?

„Du bist ja nicht immer da!", werfe ich genauso schnippisch zurück.

Er schnauft tief und schließt kurz die Augen.

„Weiter mit der Identifikationsnummer. Die nächste Zahl."

Er tippt mit dem Kugelschreiber darauf.

„Die zweite 03 bezeichnet meine Funktion, also Wächter. Die folgende 01 ist mein Rang, Anführer, die andere 01 ist die Kennzahl für unsere Hauptstadt, die Zentrale, und die letzte Zahl ist eine Art Personencode, aus der man die Geburtsstadt und die persönliche Kennziffer rauslesen kann. Und dann natürlich unser Vorname."

Das scheint mir ein komplizierter Code zu sein. Allerdings ist eine Identifizierung so eindeutig möglich. Würde sich jemand, der sich so eine Geschichte nur ausdenkt, so weit gehen und sich tätowieren lassen?

„Was ist, wenn ihr umzieht oder eure Funktion oder den Status ändert?"

„Dann werden die Zahlen verändert. Unsere Tätowierungen sind wie unsere technischen Geräte ausgereifter als eure. Nichts, was einmal tätowiert wurde, ist unveränderlich. Gar nichts ist unveränderlich."

Nichts ist unveränderlich …

„Dann ist vielleicht auch der Decodierungssender nicht unveränderlich. Wenn das so wäre, dann könntest du hierbleiben! Dann könnten wir zusammen sein!"

Er rückt weiter von mir ab.

„Die Vorstellung ist wunderschön, Liebste. Aber ich wüsste nicht, wie man ihn entfernen kann. Und denk daran, dass alle Sprünge registriert sind. Sie würden mich auf alle Fälle suchen. Glaub mir, ich wünsche mir nichts mehr, als bei dir zu sein. Ich mag meine Arbeit als Wächter, sie erfüllt mich mit Stolz und bringt dazu noch eine Menge Privilegien. Doch wenn ich daran denke, dass ich dich aufgeben müsste … Wenn ich wählen müsste zwischen meiner Welt, meinem alten Leben und dir, würde ich, ohne nachzudenken, dich wählen. Ich sehe nur keine Möglichkeit."

Er fährt sich stöhnend durch die Haare.

„Bleibe ich, holen sie mich zurück und sorgen dafür, dass ich nie mehr wiederkommen kann. Würde ich dich mitnehmen, würden sie, da du ja bewusst die Straftat eines Dimensionssprungs verübt hast, dein Gehirn rebooten und sofort zurückschicken. Du würdest mich gar nicht mehr erkennen, geschweige denn wissen, dass ich jemals existiert habe. Oder sie würden dich, da du ja dann von der anderen Dimension weißt, lebenslang einsperren oder, noch schlimmer, nein, ich kann das nicht aussprechen. Und sie würden wissen, dass ich gegen alle Vorschriften verstoßen habe, weil ich in dein Schicksal eingegriffen habe. Ich würde sämtliche Privilegien verlieren und schwer bestraft werden."

„Du widersprichst dir! Ich dachte, du bist so wichtig, dass sie nicht auf dich verzichten können! Gab es so einen Fall überhaupt schon mal? Vielleicht würde ja auch gar nichts passieren, wenn ich dich begleite", brülle ich.

Er bleibt stumm.

„Außerdem pfeife ich auf den Eingriff in mein Schicksal! Es war doch auch Schicksal, dass du diesen unfreiwilligen Sprung hattest. Ohne ihn hätten wir uns niemals kennengelernt! Wenn wir nicht zusammenbleiben, beeinflussen wir auch das Schicksal! Wie kann etwas falsch sein, wenn so etwas wie wir beide dabei herauskommt!"

„Schmerz kommt dabei heraus, Liebste. Nichts als Schmerz. Und Probleme."

Seine Stimme ist rau und ungewohnt leise.

„Sind Probleme nicht dazu da, sie zu überwinden? Eben hast du noch beteuert, dass du eine Lösung finden wirst, und jetzt redest du so, als ob alles aussichtslos wäre, als ob das, was zwischen uns ist, unsere Liebe, nur ein Problem ist!"

Ich stürme aus der Küche und lasse ihn zusammengesunken am Küchentisch zurück. Bereits im Gang fließen die Tränen. Ich dachte, er liebt mich. Seine Worte treffen mich. Es gibt keinen Ausweg. Vielleicht haben wir uns beide nur etwas vorgemacht und bald werden wir uns für immer trennen. Nur die Erinnerung wird bleiben. Er kommt mir nach ins Schlafzimmer, bleibt aber unschlüssig im Türrahmen stehen. Ich versuche, nicht zu laut zu schluchzen, was mir aber nicht gelingt. Er setzt sich zu mir aufs Bett, öffnet seinen Mund, schließt ihn aber dann wieder und schweigt. Vorsichtig legt er die Arme um mich.

Diesmal enden seine Berührungen nicht wie sonst mit Sex. Wir sitzen nur da und halten uns aneinander fest. Auch wenn die Möglichkeit besteht, dass wir uns niemals wiedersehen, möchte ich jetzt nirgends anders sein als an seiner Brust, von ihm umarmt und seine Liebe an meinem Körper und in meiner Seele spüren.

An meinem Hals bemerke ich Feuchtigkeit. Es sind seine Tränen, aber er hält sie nicht auf.

39 Vincent

Sie haben mich zum definierten Zeitpunkt zurückgeholt. Ich bin wieder zu Hause. Aber es fühlt sich nicht mehr nach einem Zuhause an. Zu Hause bin ich nur noch bei Liz. Ich konnte nicht bleiben. Noch nicht. Sie hätten mich überall aufspüren können. Ich muss einen anderen Weg finden.

Ich vermisse Liz. Noch immer spüre ich sie mit jeder Faser meines Körpers, auf meiner Haut, meinen Lippen, meinem Schwanz. Ich zehre von der Erinnerung an sie, aber es reicht nicht. Eine Erinnerung, egal wie schön sie ist, ist kein adäquater Ersatz für die Realität.

Seit drei Wochen bin ich wieder hier, aber es fühlt sich an, als ob wir seit Jahren getrennt wären. Ich kann niemandem von ihr erzählen. Auch nicht Alan. Selbst mein bester Freund würde es nicht verstehen. Er ist dem System treu, so wie ich es auch war. Ich möchte ihn nicht gefährden.

Liz und ich haben versucht, die letzten Tage auszukosten, und das Bett nur verlassen, um Essen und Trinken zu holen, die Toilette aufzusuchen oder gemeinsam zu duschen. Doch über allem lag Traurigkeit. Wir wussten, dass der Abschied unaufhaltsam bevorsteht. Ich habe ihr Anweisungen gegeben, welche Vorkehrungen sie für meine endgültige Rückkehr treffen muss. Denn wir werden fliehen müssen. Darauf müssen wir vorbereitet sein. Sie wird alles aufgeben müssen. Genauso wie ich. Wir können nie mehr zurück.

Ich weiß nicht, ob sie auf mich warten wird. Und ob sie mir die Wahrheit geglaubt hat. Oder ob sie immer noch denkt, ich sei psychisch krank. Ich wäre kein Wächter, wenn ich nicht körperlich und geistig völlig gesund wäre.

Aber ich kann nachvollziehen, dass sie zweifelt. Aus ihrer Sicht ist meine Herkunft unvorstellbar. Trotzdem hat sie mir versichert, dass sie mir vertraut.

Nie war es mit einer Frau wie mit ihr. Ich habe nie auf Liebe gewartet. Liebe macht schwach und ist unkontrollierbar. Ich habe Männer gesehen, die wegen einer Frau zu dressierten, eierlosen Hündchen mutiert waren. Mächtige Männer, Anführer, Minister, Wächter. Das wollte ich nicht.

Ich wollte mein Leben selbst bestimmen. Es war leicht, den Vorsatz einzuhalten. Bis ich IHR begegnete. Sie modifizierte alles, was mir jemals wichtig war. Die Liebe traf mich schlagartig. Ich hatte davon gehört, aus den Erzählungen verliebter, hormongebeutelter Menschen, doch ich habe es nicht geglaubt. Gefühle sind schädlich. Sie trüben einen klaren Verstand und machen uns verletzlich. Ein Wächter kann sich keine Schwäche leisten.

Er muss jederzeit bereit sein, ohne Ablenkung, ohne Sorge, ohne Hindernis. Aber ich konnte das, was mit mir passierte, nicht aufhalten, nicht steuern, nicht kontrollieren. Ihr Körper macht mich so scharf, dass es schmerzt. Dazu ist sie klug. Und kompliziert. Wegen all dem liebe ich sie. Ich habe ihr versprochen, eine Lösung zu finden. Sie hat mich so hoffnungsvoll angesehen.

Ich darf sie nicht enttäuschen. Seitdem denke ich an nichts anderes. Ich muss zu ihr zurück. Sonst werden wir nie mehr glücklich sein. Alles, wirklich alles würde ich für sie aufgeben. Ich scheiße auf all meine Privilegien und meinen Status, wenn ich nicht bei ihr sein kann.

Täglich verrichte ich meine Pflicht als guter Wächter und Anführer. Mein ganzes Leben lang habe ich das System unterstützt. Es ist gut. Sie helfen uns, unsere Aufgabe zu finden, sind fair und kümmern sich um jeden. Keiner leidet Hunger, jeder hat eine Arbeit, die seinen Fähigkeiten entspricht und die ihn ausfüllt. Wir werden mit guter, gesunder Nahrung versorgt, mit Bildung, mit Privilegien. Doch jetzt zweifle ich. Wie kann es richtig sein, dass Liz und ich nicht zusammen sein dürfen? Das System sagt, es will für alle das Beste. Doch nur SIE ist das Beste für mich. Nur mit ihr bin ich vollständig ich. Aber ich weiß, sie würden mich nicht freiwillig gehen lassen.

Der Minister hat mir anstandslos geglaubt, als ich ihm erzählt habe, dass ich die Dimensionsflüchtlinge nirgends ausmachen konnte. Warum sollte er auch nicht? Ich sage immer die Wahrheit, kämpfe für das System und verteidige es, wenn nötig, mit meinem Leben.

So war es, bis ich Liz gefunden habe.

Meine Freizeit verbringe ich in der Zentralbibliothek oder am Pad. Ich lese alles, was ich über Dimensionssprünge finden kann, komme jedoch einer Lösung nicht näher. Aber ich gebe nicht auf. Ich bin ein Wächter. Wächter geben nicht auf.

Ich verhalte mich unauffällig, erledige meine Aufgaben konzentriert und zuverlässig wie vorher.

Das größte Problem ist, dass ich keine anderen Frauen mehr um mich haben will. Ich habe alle Privilegien, vor allem die Frauen, bis jetzt ausgiebig genutzt. Natürlich tat ich das.

Ich bin ein Alphamann im besten Alter und habe Bedürfnisse. Das System weiß, dass wir Wächter mehr Testosteron in uns und männlichere, besser bestückte Körper haben als die anderen Männer. Diese Dominanz und Männlichkeit macht uns zu guten Wächtern. Wir brauchen Frauen und Sex wie einen guten Kampf. Das System sorgt eben für uns.

Erst gestern hat Minister Rozwan wieder eine seiner legendären Privilegienfeste gefeiert. Natürlich musste ich hingehen. Es würde auffallen, wenn ich fernbliebe.

Die weiblichen Gäste dort waren alle attraktiv, Privilegiendamen und Frauen der oberen Status. Ich habe mich brav unterhalten und geflirtet, wie es von mir erwartet wird. Dann habe ich eine dringende Angelegenheit vorgeschoben und mich alleine zurückgezogen.

Denn ich will keine andere Frau mehr. Aber es würde auffallen, wenn ich plötzlich kein Interesse mehr an einem weiblichen Körper unter mir zeige. Sie würden merken, dass etwas nicht stimmt. Ich müsste mich rechtfertigen. Deswegen kann ich mich nicht ständig herauswinden und bestelle weiterhin die Privilegiendamen. Wenn auch nicht so häufig wie früher. Ich treffe sie nur in den dafür vorgesehenen Räumen.

Ich hoffe, Liz wird mir verzeihen und verstehen.

Wie alles andere seit ich Liz verlassen musste, erledige ich auch die Treffen mit den Damen automatisiert und ohne emotionalen Einsatz. Es wäre so viel einfacher, wenn wir wie in Liz' Dimension einfach Geld für unsere Arbeit bekommen würden und keine Privilegien, die ich nicht mehr haben will.

Was nützt mir mein Status, meine Stärke, mein Intellekt, wenn ich mich ohne Liz nicht entfalten kann? Was nützen mir die schönen Frauen, wenn ich die Schönste, wenn ich SIE nicht haben kann?

Heute ist Runhild zum Treffen erschienen. Ich kenne sie bereits seit einigen Jahren. Sie ist eine der Besten, von anmutiger, schlanker Gestalt und angenehm unaufdringlichem Wesen. Sie kniet vor mir, meinen Schwanz in ihrem Mund. Ich fühle nichts. Nur mein Körper reagiert zuverlässig, wie er soll. Später liege ich über ihr, die Arme ausgestreckt abgestützt, sodass ich den größtmöglichen Abstand zu ihr herstelle und pumpe mechanisch in sie hinein. Sie stöhnt und schreit. Mir ist es egal, ob ihre Lust echt oder gespielt ist.

Es fällt mir schwer, mich auf den Akt zu konzentrieren, doch nach einer gefühlten Ewigkeit spritze ich schließlich meinen Saft in sie und wälze mich von ihr herunter. Sie lächelt befriedigt und möchte sich an mich kuscheln. Doch ich stoße sie weg, ziehe mich an und lasse sie ohne Erklärung zurück.

Alle Frauen geben sich große Mühe, mich zufriedenzustellen. Aber es ist nicht das Gleiche wie mit Liz.

Liz liebt mich. Ihr Körper ist echt, weich, eng und anschmiegsam. Wie für mich gemacht. Wenn ich nur daran denke, werde ich sofort hart. So überstehe ich auch die Zusammenkünfte mit den Frauen. Indem ich an Liz denke. An ihre Stimme, wie sie leise unter mir stöhnt, wie sie meinen Namen haucht, wenn sie kommt, wie zart das Fleisch ihrer Vagina ist, wie sie sich windet, wenn ich sie streichle und lecke, und wie sie keucht, wenn ich ihre großen, wunderbaren Brüste knete.

Mit ihr ist es nicht bloß bedeutungslose Lustbefriedigung. Es ist Liebe. Viele wären gerne ganz an meiner Seite, schöne und kluge Frauen. Es ist eine Ehre, einem Wächter Freude zu bereiten, und noch besser, auch vor dem Gesetz mit ihm vereint zu sein. Die meisten meiner Untergebenen haben sich bereits an eine einzige Frau gebunden. Ich habe daran kein Interesse.

Auch wenn es einfacher wäre, als darauf zu hoffen, Liz wiederzusehen. Aber ich will nur sie. Ich bin fest entschlossen, das System zu verlassen und bei ihr zu bleiben.

Die Aufregung um die Diebe hat sich mittlerweile gelegt. Der Vorfall wurde analysiert, ein Rundschreiben verfasst, wie solches noch besser verhindert werden kann, und dann zu den Akten gelegt. Sie weiter zu verfolgen würde einen größeren Eingriff in den natürlichen Lauf der anderen Dimension bedeuten, als die beiden einfach zu vergessen. Im Ministerium wurde darüber diskutiert, ob auch die unteren Statusränge mit einem Sender ausgestattet werden sollen. Der Vorschlag wurde einstweilen verworfen, da das System sonst alle Bürger über die Existenz von Paralleluniversen und die Möglichkeit von Dimensionsreisen aufklären müsste. Das würde zu viel Verwirrung unter der Bevölkerung der unteren Status auslösen.

Stattdessen wurde eine Spezialeinheit gebildet, die ausspionieren soll, ob und wie viel Wissen über andere Dimensionen von den Verbrechern in Umlauf gebracht wurde. Dann wird entsprechend reagiert werden. Das System wird wie immer eine adäquate Lösung finden.

Ich schreibe weiterhin meine Dokumentationen. Nichts darf darauf hindeuten, dass ich nun ein anderer bin.

Die gescheiterte Mission, die Diebe aufzuspüren, haben sie, ohne deren Wahrheitsgehalt zu hinterfragen, hingenommen. Sie haben mich sogar zu meinem Mut beglückwünscht, noch einmal in die gefährliche Dimension 2 zurückgekehrt zu sein. Als besondere Auszeichnung für meinen Einsatz habe ich ein zusätzliches Privileg meiner Wahl bekommen. Ich habe mir eine Katze gewünscht. Sie hilft mir, die Hoffnung nicht aufzugeben.

Aber sie ist kein Ersatz für Liz. Niemand ist ihr ebenbürtig.

40 Vincent

„Ich glaube nicht, dass Felix und Rob miteinander trainieren sollten. Sie können sich nicht ausstehen. Wenn sie aufeinander losgehen, gibt es regelmäßig schlimme Verletzungen und Ausfälle über mehrere Wochen."

Alan hat unbemerkt mein Büro betreten und steht dicht hinter mir. Ich brüte seit Stunden über den Trainings- und Einsatzplänen, kann mich aber nicht konzentrieren. Mit den Handflächen reibe ich über meine müden Augen und drehe mich um.

„Du hast recht", bestätige ich ihm.

„Ich bin heute unaufmerksam."

Er zieht eine Augenbraue nach oben und kratzt sich am Kinn.

„Lass Felix mit Jakub und Rob mit Mads trainieren. Dann kommen sie sich nicht in die Quere. Du solltest sie endlich disziplinieren. Sie sind in der Gruppe nicht mehr tragbar. Melde es Minister Rozwan, sie sollten meiner Meinung nach heruntergestuft werden, wenn sie ihre Affekte nicht im Griff haben."

Daraufhin nimmt er mir das Pad aus der Hand und ändert die Namen auf dem Plan.

„Was gibt´s?", frage ich ihn.

„Du bist doch sicherlich nicht gekommen, um mir beim Einsatzplanerstellen zu helfen oder mir zu sagen, wie ich meine Arbeit zu erledigen habe."

„Nein, die langweiligen Arbeiten überlasse ich dir gerne, Chef. Ich wollte fragen, wen du am Samstag mitbringst. Edna will die Tischkarten heute Abend schreiben."

Er verdreht die Augen.

„Wohin?"

„Zu meiner Trauung. Schon vergessen? Ich heirate am Wochenende. Du bist der Trauzeuge. Lass mich bloß nicht hängen!"

„Ach so, ja. Die Hochzeit."

Ich erinnere mich. Schlagartig habe ich ein schlechtes Gewissen, dass ich meinem besten Freund nicht besser zur Seite stehe. „Ich komme alleine."

„Mann, Vince. Keiner sollte alleine auf eine Party gehen. Was ist mit dieser Rothaarigen aus der Kantine? Sie steht total auf dich. Oder leih dir eine von den Privilegiendamen. Ich bin überzeugt, dass sie alle ihre rechte Hand dafür geben würden, dich zu begleiten. Oder frag meine Schwester. Du wärst der Einzige, dem ich sie, ohne mir Sorgen zu machen, überlassen würde. Das wäre eine gute Gelegenheit, die Beziehung zu ihr zu vertiefen."

„Ich will aber nichts vertiefen. Sie ist deine kleine Schwester. Für mich ist sie immer noch sieben. Ich habe keine Gefühle für sie, außer freundschaftliche. Misch dich nicht in mein Liebesleben ein. Nur weil du jetzt eine Frau gefunden hast, heißt das noch lange nicht, dass ich auch eine brauche."

Er weiß nicht, wie sehr ich Liz brauche.

„Hau ab. Du hast Wachenkontrolle. Du bist schon zwei Minuten zu spät."

Alan schüttelt den Kopf, salutiert übertrieben und trollt sich.

„Schon gut, Chef. Bis später. In hoffentlich besserer Laune."

Heute ist Alans Hochzeit. Er heiratet Edna, eine erfolgreiche Holzbildhauerin, die er letztes Jahr beim Neujahrsempfang des Gesamtministers, bei dem alle Status 2 bis 4 eingeladen sind, kennengelernt hat. Sie waren sofort voneinander fasziniert. Trotzdem zierte Edna sich zuerst, sich an einen Wächter zu binden. Unser Beruf sei zu gefährlich, meinte sie. Sie habe Angst, ihn zu verlieren.

Durch Liz habe ich erfahren, wie schwer es ist, jemanden zu verlieren. Alan hat Edna schließlich überzeugt, dass er der Richtige ist. Ich werde ihre Liebe vor dem System bezeugen. Könnte Liz doch dabei sein! Ich wünschte, Liz und ich wären an ihrer Stelle. Für immer miteinander verbunden.

Aber sie ist nicht hier und ich gehe alleine. Zu solchen Anlässen trage ich meine Festtagsuniform. Mir ist bewusst, dass mich die meisten Frauen heute gerne begleiten und sich mit mir zeigen würden.

Der Saal ist geschmückt mit roten Rosen und gelben Lilien, Ednas Exponate umrahmen die große Tanzfläche, eine Band spielt leise Musik. Ich sitze mit Alans Familie am Tisch und warte darauf, dass das Essen serviert wird. An Festtagen wie diesem darf sich das Brautpaar unabhängig von Nahrungslisten das Menü zusammenstellen.

Laut der mit Goldstaub verzierten Speisekarte gibt es Sellerie- und Rote-Beete-Carpaccio, Pilzrisotto mit gebratenen Bohnenkrustis und Schokoladentarte. Ich habe keinen Appetit und führe die Gabel mechanisch zum Mund, ohne zu schmecken.

Alans Schwester Tilda beugt sich zu mir und versucht, mich in ein Gespräch zu verwickeln. Sie erkundigt sich nach Neuerungen in den Wächterreihen und erzählt von einem Mädchen, das sie betreut.

Tilda ist 13 Jahre jünger als Alan, mit blonden, langen Haaren, kleinem Puppengesicht mit Stupsnase, großen, flehenden Augen und einem weiblichen, zarten Körper. Sie erinnert mich an den Plastikrauschgoldengel, den ich bei Liz im Regal gesehen habe. Er hatte auf dem Rücken ein kleines Zahnrad. Wenn man es aufzog, spielte ein Weihnachtslied und der Engel drehte sich.

Erst vor zwei Monaten ist Tilda in die Hauptstadt zurückgekehrt, nachdem sie ihre Ausbildung als Frühfördererzieherin abgeschlossen hat. Ihr ist eine Stelle in der Kindereinrichtung der Zentrale zugeteilt worden. Ich freue mich für sie. Sie ist fleißig, klug und liebenswürdig, wird ihre Arbeit gut machen und irgendwann einem Mann eine treue Gefährtin sein. Aber nicht mir.

Als ich Alan kennenlernte, war Tilda noch gar nicht geboren. Ich habe gesehen, wie sie von einem schlaksigen, ungelenken Mädchen mit Blumenhaarspange zu einer hübschen jungen Frau heranwuchs. Alan hat mir erzählt, dass sie seit der Grundschule in mich verliebt ist.

Wenn ich mich ihr zuwende, färben sich ihre Wangen rosa und ihr Atem beschleunigt sich. Doch ich hege nur brüderliche Gefühle für sie. Aus Höflichkeit tanze ich mit ihr. Sie schmiegt sich gurrend an mich. Ich lasse sie gewähren.

Zurück am Tisch strahlt mich Alans Mutter Birger an. Offenbar hat sie auch die Hoffnung, dass ich eines Tages ihr Schwiegersohn werde.

„Wir haben Sie lange nicht mehr gesehen, Vincent. Sie waren wohl sehr beschäftigt. So sehr ich meinen Sohn liebe und an seine Fähigkeiten glaube, aber als Sie weg waren und er die Truppe leiten musste, hat er mich täglich kontaktiert und mir die Ohren vollgejammert."

Sie lacht nachsichtig wie über einen harmlosen Jungenstreich.

„Ja, ich war auf einem Außeneinsatz", bestätige ich ihr.

Wo ich wirklich war, darf sie als Zivilistin nicht wissen.

„Aber jetzt sind Sie ja wieder da. Ich habe gehört, dass Sie ein Haustier zugeteilt bekommen haben?"

Tilda hat ihren Kopf in ihre Hände gestützt und himmelt mich von der Seite an. Ich ignoriere sie und wende mich wieder ihrer Mutter zu.

„Es ist eine Katze."

Birger klatscht in die Hände.

„Tiere machen so viel Freude! Ich habe mir auch immer eines gewünscht. Als ich ein kleines Mädchen war, hat mein Urgroßvater von einer seiner Reisen aus Dimension 78 ein zahmes Eichhörnchen mitgebracht. Ich habe es gefüttert und sogar ein kleines Bettchen gebastelt. Leider hat es das Klima hier nicht gut vertragen und ist kurz darauf gestorben."

„Das tut mir leid. Die Katze leistet mir Gesellschaft. Es ist schön, von jemandem empfangen zu werden, wenn man nach einem anstrengenden Tag nach Hause kommt."

Auch das Tier werde ich zurücklassen. Sobald das System meine Abwesenheit registriert hat, wird sich jemand darum kümmern.

„Sie könnten auch längst verheiratet sein, Vincent. Schauen Sie sich Alan an, wie glücklich er ist."

Ja, Alan und Edna sprühen vor Glück. Sie lächeln den ganzen Abend, als ob ihnen jemand das Grinsen auf das Gesicht zementiert hätte. Alan kann die Hände kaum von seiner hübschen Frau lassen. Selbst aus der Entfernung kann man sehen, wie sein Blick verschleiert vor Lust auf Sex ist. Edna streichelt ihrem Geliebten ständig zärtlich die Hand, haucht Küsse auf seine glatt rasierten Wangen, kichert verlegen, wenn er ihr Geheimnisse ins Ohr flüstert. Sie sollten sich schleunigst zurückziehen.

Es tut mir leid, dass ich mich nicht so mit ihnen freuen kann, wie ich sollte.

Ich verabschiede mich früh von der Feier, mit der Ausrede, ich habe Kopfschmerzen. Zu viel fremde Liebe kann ich nicht ertragen. Sie ist nichts im Vergleich zu Liz und mir. Aber das kann ich natürlich nicht sagen.

Alan sorgt sich um mich, da ich seit meinem Aufenthalt im Krankenhaus von Dimension 2 immer noch über Schmerzen in den Armen oder meinem Kopf klage und mein Bein immer noch nicht voll belasten kann. Er zweifelt an der Kompetenz der Ärzte und Pfleger, die mich behandelt haben. Doch das stimmt nicht. Mein Körper ist vollständig geheilt. Im Gegensatz zu meiner Seele.

Er begleitet mich zum Ausgang, umarmt mich unbeholfen und klopft mir auf den Rücken.

„Danke, dass du dabei warst", sagt er zum Abschied.

„Du bist mein bester Freund", gebe ich zur Antwort.

Ich wende mich um und will aus der Türe treten, doch Alan hält mich auf.

„Was ist los mit dir, Vincent? Seit du das erste Mal weg warst, bist du komisch. Nicht mehr so richtig du. Du bist mürrisch und abwesend. Deine Augen sind traurig und voller Wut."

„Es ist nichts", wiegle ich barsch ab.

„Lass mich in Ruhe."

Ich möchte ihm seinen Tag nicht verderben, indem ich ihm erzähle, dass sein Glück mich leiden lässt. Dass ich ein halber Mensch bin ohne Liz.

Katze begrüßt mich schnurrend. Ich habe ihr keinen Namen gegeben. Sie heißt einfach nur Katze, was sie nicht zu stören scheint.

Jetzt läuft sie vor mir her in die Küche und maunzt hungrig vor ihrem leeren Napf. Natürlich wird auch sie mit bestem Essen versorgt. Ihr Futter wird täglich mit meiner Nahrungsration geliefert. Wir essen gemeinsam und schlafen in einem Bett. Sie tröstet mich mit ihrer Wärme. Doch unsere Tage sind gezählt.

Ich wünschte, ich könnte den Schmerz abschalten. Liz hat mir erzählt, dass Männer in ihrer Dimension sich oft hemmungslos betrinken, wenn sie traurig sind. In den oberen Statusrängen wurde Alkohol schon vor Generationen abgeschafft. Alkohol ist Zellgift und schwächt Körper und Geist. Allein Kaffee als Genussmittel ist uns erlaubt.

Wir haben den besten Kaffee in allen Dimensionen. Die Bohnen werden in einem speziellen Verfahren geröstet, was das Getränk samtig und mild schmecken lässt. Ich weiß nicht, wie es ist, betrunken zu sein. Aber Liz sagt, der Alkohol macht, dass man für kurze Zeit vergessen kann. Dass man schlafen kann. Dass man nicht träumen muss.

In Liz' Dimension ist es üblich, Alkohol und Drogen zu konsumieren. Es würde manches erleichtern, wenn ich auch hier Zugang zu solchen Mitteln hätte.

Stattdessen öffne ich den Kühlschrank und nehme eine Flasche Quellwasser heraus. Ich setze mich mit Katze auf den Sessel an meinem Panoramafenster, starre in die Nacht und denke an Liz. Sie sieht die gleichen Sterne, ist aber trotzdem unerreichbar weit weg. Die Hauptstadt unter mir liegt weitgehend im Dunkeln. Nur die Zentrale wird nachts beleuchtet. Wir anderen sparen Strom. In Dimension 2 kann man sehen, was es aus einer Welt machen kann, wenn man die Umwelt systematisch zerstört.

Ich möchte mich nicht hinlegen. Wenn ich schlafe, kommen die Träume. Von Liz und mir. Sie sind schön, doch wenn ich alleine im kalten Bett aufwache, ist der Schmerz unerträglich. Ich sitze bis zum Morgengrauen. Angst kannte ich nicht. Nun fürchte ich mich vor jedem neuen Tag ohne sie.

41 Vincent

Wächter trainieren täglich Kondition, Muskeln, Schnelligkeit, Wendigkeit und Kampftechniken. Wie fast immer ist Alan heute mein Trainingspartner. Er ist der Einzige, der mir im Kampf beinahe ebenbürtig ist.

Auf dem Programm steht Stockkampf. Ausgerüstet mit unseren Langstöcken umkreisen wir uns. Doch ich bin unaufmerksam und Alan trifft mich schmerzhaft an der rechten Hüfte. Ich springe hoch, drehe mich in der Luft und hole zum Gegenschlag aus. Er wehrt mich ab. So kämpfen wir schwitzend eine Stunde lang.

Es ist nicht abzusehen, wer gewinnen wird. Also beschließen wir, eine Pause zu machen. Alan ist trotz unseres aggressiven Kampfes gut gelaunt und ausgeglichen. Die Ehe tut ihm sichtlich gut. Wir sitzen auf der an den Trainingsbereich angrenzenden Terrasse und trinken einen Eiweißshake, während Alan erzählt.

Edna bereitet sich auf eine Ausstellung ihrer Werke in der Zentrale vor. Deswegen können Alan und sie erst nach der Vernissage Flitterwochen machen und die Familienplanung angehen. Wie wir alle in den oberen Statusrängen ist auch Alan sterilisiert. Sobald die beiden wieder aus ihrem Urlaub zurück sind, erfolgt bei Edna die erste Insemination mit Alans Sperma. Sie planen drei Kinder.

„Eure Kinder werden toll sein", verspreche ich Alan und muss dabei an eigene Kinder denken.

„Ihr seid beide gut aussehend und gesund. Du bist stark, Edna ist kreativ und klug. Glückwunsch, dass du so eine Frau wie sie gefunden hast."

„Ja, ich freue mich schon auf ein Haus voller Babys!", pflichtet er mir bei.

„Du wirst dein Gegenstück auch noch finden."

Er weiß ja nicht, dass ich es schon gefunden habe.

„Du hast freie Auswahl. Du bist der Wächteranführer und am männlichsten und attraktivsten von uns allen. Du könntest jede haben."

Ich zucke nur mit den Schultern. Nicht schon wieder dieses Thema. Warum nur fühlen sich alle in letzter Zeit verpflichtet, mich zu einer festen Bindung zu überreden? Aber ich schweige.

„Sag nicht, dass du das nicht weißt! Die Frauen sind alle verrückt nach dir!"

„Ich weiß das alles", blaffe ich.

„Aber ich will keine von denen."

„Wen willst du dann?"

„Hör auf, in meinem Leben rumzustochern!", fahre ich ihn an.

„Ich kenn dich so gar nicht. Du bist doch sonst kein Typ zum Trübsalblasen. Seit deinem Unfall mit Dimension 2 sehe ich dich nur noch rumhängen. Du machst deine Arbeit korrekt, du nimmst dir deine Privilegien, du lebst, wie man es von dir gewohnt ist. Aber wir sind unser halbes Leben lang befreundet. Ich weiß, wenn du eine Krise hast."

„Ich habe keine Krise." Seine Fragerei nervt mich.

„Bist du jetzt als verheirateter Mann zum Gefühlsdusler geworden? Seit wann sprechen wir denn über Gefühle?"

„Seit jetzt", bestimmt Alan.

„Ich sehe, dass du leidest. Was ist verdammt noch mal dort passiert?"

Sie ist passiert.

„Nichts!"

Ich will mir weitere Kommentare ersparen, also stehe ich auf, nehme mein Handtuch und meinen Langstock und gehe zurück in den Trainingsraum.

Ich muss noch mehr aufpassen. Keiner darf merken, dass ich mich verändert habe. Alan kommt ebenfalls zurück zum Training und fixiert mich mit ernstem Blick und gerunzelter Stirn. Er kennt mich wirklich. Deswegen weiß er auch, dass er jetzt still sein muss. Wir trainieren schweigend bis zum Ende der Einheit. Diesmal kämpfe ich verbissen bis zum Sieg.

Frisch geduscht ziehen wir uns in der Umkleide wieder die personalisierten Uniformen an.

„Hast du heute noch Termine?", startet Alan einen harmloseren Konversationsversuch.

„Nach dem Mittagessen muss ich zum wöchentlichen Audit beim Minister. Das kann dauern. Seit dem Vorfall mit den Dieben gibt es immer eine Menge zu evaluieren. Heute will er darüber sprechen, wie wir das Auswahlverfahren für die Wächter optimieren können. Ein Verrat wie der von Kalen darf nicht mehr vorkommen. Ich habe Glück, dass ich dafür nicht zur Verantwortung gezogen worden bin."

„Es war nicht deine Schuld", widerspricht Alan.

„Und das weiß jeder. Wann bist du fertig? Du kannst zum Abendessen zu uns kommen. Edna würde dich gerne mal wieder sehen. Und ich auch. Du machst dich so rar zurzeit."

Ich kann eben momentan niemanden ertragen. Ich ertrage mich ja selbst kaum. Das sage ich Alan jedoch nicht.

„Keine Ahnung", erwidere ich stattdessen.

„Der Minister ist doch so ein Fan von Geschichten aus anderen Dimensionen. Jedes Mal muss ich ihm neue Sachen erzählen. Was ich gemacht habe, wie es da aussieht, was ich gegessen habe und so Zeug. Letztes Mal hat er mich zwei Stunden mit Fragen zur dortigen Arbeitsmarktsituation gelöchert. Dabei weiß ich nichts darüber. Ich war einen Monat im Koma und nicht auf Bildungsurlaub."

Es wird jedes Mal anstrengender, nicht von Liz zu erzählen. Aber ich muss sie schützen.

„Wieso interessiert ihn das so?"

„Frag mich nicht. Vielleicht ist er einfach neugierig. Oder ärgert sich insgeheim, dass Springen mittlerweile verboten ist. Die offizielle Version seinerseits ist, dass er genauestens über alles Bescheid wissen muss, um unser System bestmöglich schützen zu können. Das könnte er aber auch, wenn er nicht weiß, was für Unterhosen die da tragen."

„Ich kann ihn gut verstehen", verteidigt Alan den Minister.

„Ich finde Geschichten aus anderen Dimensionen auch unglaublich spannend. Du warst in Dimension 2. Als Erster seit langer Zeit. Natürlich will er alles aus erster Hand wissen. Das heißt noch lange nicht, dass er selber gerne springen will. Jeder weiß, wie gefährlich das ist. Nicht umsonst hat das System Dimensionsreisen verboten."

„Vielleicht sollte das System noch mal über kontrolliertes Springen nachdenken. Mir kam es nicht besonders gefährlich vor."

Alan schnaubt.

„Wie meinst du das? Zweifelst du etwa an der Richtigkeit der Gesetze? Mir hast du ja leider kaum etwas über deinen Aufenthalt dort erzählt."

„Und das ist auch gut so", beende ich das Gespräch und verlasse den Umkleideraum.

Zum Mittagessen gibt es laut Speiseplan für uns Wächter Dinkelschnitzel mit Erdnusssoße und rote Linsen. Dazu frische Rohkost, Karotten, Tomaten, Gurken. Ich vermisse Liz' Kochkünste. Ihr Nudelauflauf war das Leckerste, was ich jemals essen durfte. Das Essen hier ist nicht schlecht. Es ist eiweißreich, sodass Muskeln und Gehirn gut versorgt sind, und beinhaltet auch sonst alle Nähstoffe, die wir brauchen. Für jeden Berufszweig gibt es speziell ausgebildete Köche, die das optimale Essen bezüglich Inhalt und Zusammensetzung zubereiten.

Liz' Essen ist mit Liebe gekocht, nicht nach Nährwerttabellen.

42 Vincent

Zur bestellten Zeit klopfe ich an das Büro des Ministers. Er antwortet nicht. Die Tür steht einen Spalt offen. Ich klopfe noch einmal. Wieder keine Antwort. Langsam drücke ich die Tür auf und trete ein.

„Hallo? Minister Rozwan? Sind Sie da?", rufe ich in den leeren Raum vor mir und sehe mich um.

Es scheint niemand da zu sein, also setze ich mich in den Besuchersessel vor dem Schreibtisch und warte.

Plötzlich öffnet sich ein Teil des Regals an der linken Wand. Eine Geheimtür? Minister Rozwan erscheint, mit einem in ein silbernes Tuch eingepackten, länglichen Gegenstand. Der Durchgang verschwindet augenblicklich und die Wand sieht wieder aus wie ein ganz normales Bücherregal.

„Vincent", begrüßt er mich breit grinsend, als er mich sieht.

„Sie haben es sich ja bereits gemütlich gemacht. Geht es Ihnen gut?"

Ich nicke und hebe meine Hand an die Stirn zum formellen Gruß.

„Lassen Sie die Formalitäten", winkt der Minister ab. „Ich möchte Ihnen gerne etwas zeigen."

Ich weiß nicht, was mich erwartet. Eigentlich dachte ich, wir haben einen Audit-Termin.

„Minister, auf der Tagesordnung steht die Optimierung des Einstellungsverfahrens der Wächter Ihrer Einheit."

„Ja, ja, ich weiß. Wie immer pflichtbewusst, lieber Vincent."

Er tritt zu mir an den Tisch.

„Wir kommen später dazu. Zuerst möchte ich noch von Ihnen eine Einschätzung dieses Gegenstandes aus meiner Sammlung."

Was für eine Sammlung?

Offenbar habe ich den Gedanken laut ausgesprochen, denn der Minister beugt sich näher zu mir und raunt:

„Jeder Minister, gegen den Missbrauch der technischen Möglichkeiten, besitzt den Schlüssel zu der Kammer, die unsichtbar in diesen Raum integriert ist. Sie enthält Artefakte aus anderen Dimensionen, die Springer mitgebracht haben, und veraltete technische Geräte, die man aus nostalgischen oder wissenschaftlichen Gründen archiviert."

Ich bin der Anführer der Wächter dieses Ministeriums. Warum wusste ich bis jetzt nichts von der Kammer?

Der Minister reagiert auf meinen fragenden Blick:

„Normalerweise hat nur der jeweilige Minister das Recht, die Kammer zu betreten beziehungsweise überhaupt von deren Existenz zu wissen. Aber Sie sind gewissermaßen ein Präzedenzfall, da Sie ja seit Jahrzehnten mal wieder der Erste waren, der die Dimension gewechselt hat. Deshalb habe ich beschlossen, Sie einzuweihen, in der Hoffnung, dass Sie mir bei einigen offenen Fragen behilflich sein können."

„Ich werde es versuchen", biete ich an, immer noch verunsichert, was passieren wird.

Der Minister wickelt einen länglichen Kunststoffgegenstand aus dem Tuch. Er ist weiß und hat am oberen Ende ein Büschel drahtig dicke Plastikborsten. Damit fuchtelt er vor meinem Gesicht herum. Ich weiche zurück.

„Es sieht aus wie eine riesige Zahnbürste", überlegt Minister Rozwan laut.

„Aber soweit ich weiß, sind die Menschen dort genauso so groß wie wir. Dieses Artefakt entstammt aus der Dimension, die Sie vor einiger Zeit unfreiwillig besucht haben. Haben Sie so etwas dort gesehen? Wissen Sie, für was das verwendet wird?"

Er kratzt sich mit dem Ding den Rücken und fährt sich

über die Haare, wie um verschiedene Funktionen zu testen. Ich muss mir ein Lachen verkneifen.

„Das ist eine Klobürste", erkläre ich schmunzelnd.

„Man verwendet sie, um Kotreste aus der Toilettenschüssel zu entfernen."

Offensichtlich versteht der Minister nicht ganz, was ich meine. Also vertiefe ich notgedrungen das Thema.

„Die Leute dort ernähren sich überwiegend von tierischen Produkten, wie Fleisch, oder Erzeugnissen aus Milch und essen viel Zucker und Weizen. Dementsprechend klebrig sind ihre Ausscheidungsprodukte. Durch Wasserspülung allein geht das oftmals nicht weg und bleibt am Keramik kleben."

Der Minister ist sichtlich verwirrt. Er macht eine wischende und dann eine stopfende Bewegung mit der Klobürste.

„Und warum entfernt nicht die Reinigungsdame den Dreck aus der Toilettenschüssel?"

„Nur wenige Menschen dort haben eine Reinigungsdame. Die meisten halten ihre Wohnungen selbst in Ordnung."

„Sie putzen selbst?"

„Wie unsere unteren Status auch", erinnere ich ihn.

„Ja schon. Aber auch die höheren Status?"

„Sie denken dort nicht in Status. Alle sind theoretisch gleich. Privilegien kann man sich mit Geld erkaufen."

„Ja, stimmt ... Ich erinnere mich."

Nachdenklich streicht der Minister mit den Fingern über die Borsten. Ich hoffe für ihn, dass die Klobürste vorher noch nicht benutzt wurde. Ihm fällt wohl etwas Ähnliches ein, denn auf einmal verzieht er angewidert das Gesicht und legt die Bürste neben sich auf den Schreibtisch und wischt sich die Handflächen an einem Stofftaschentuch ab.

„Ich wusste ja schon immer, dass die aus Dimension 2 seltsam sind. Ich dachte, das Ding sei vielleicht eine Waffe. Die Menschen sind doch so feindselig dort. Allerdings konnte ich mir beim besten Willen nicht vorstellen, wie man damit kämpfen soll."

Er hat die Klobürste wieder in die Hand genommen und vollführt mit gekonntem Ausfallschritt einige gezielte Stöße in meine Richtung.

„Sie sind nicht gefährlich. Zumindest die meisten. Die, die ich getroffen habe, sind friedlich und wollen einfach in Ruhe ihr Leben leben, genau wie wir auch."

„Aber Sie haben doch erzählt, dass das Personal im Krankenhaus Ihnen gegenüber gewaltsam wurde. Sie haben Sie festgehalten und mit Drogen außer Gefecht gesetzt! Sie wissen selbst, wie viele Behandlungen Sie im Nachhinein brauchten, bis Ihr Körper wieder entgiftet war."

„Richtig, sie haben mich festgehalten. Aber sie haben sich nur gewehrt. Ich bin ausgeflippt, als ich aufgewacht bin und nicht wusste, wo ich bin. Ich habe sie angegriffen. Sie konnten nichts dafür. Ich weiß, ihre Medikamente sind mit unseren nicht zu vergleichen, aber sie meinten es nur gut. Ohnehin stimmt vieles, was wir über Dimension 2 zu wissen glauben, nicht mehr. Die Menschen sind größtenteils freundlich und ..."

„Vincent, Sie werden diese erbärmliche Dimension, in der nichts als Unglück und Gewalt herrscht, nicht verteidigen", unterbricht er mich barsch.

„Sie sind ein Wächter. Sie haben die beste Ausbildung genossen und dienen seit Ihrer Kindheit diesem System. Sie werden doch nicht anzweifeln, was wir Sie über andere Dimensionen gelehrt haben?", droht er.

„Nein, natürlich nicht, Minister Rozwan." Ich muss das Thema wechseln, bevor er Verdacht schöpft.

„Ich weiß, dass das System Dimensionssprünge abgeschafft hat, um uns zu schützen, und weil man nicht in den natürlichen Verlauf der Geschichte eingreifen darf."

Der Minister nickt.

„So ist es, Wächter Vincent. Und nicht nur das. Es gab nicht nur zu viele ungeplante Eingriffe in andere Dimensionen, sondern auch in unsere eigene."

Er zeigt mit ausgestrecktem Finger auf mich. Beinahe piekst er mir ins Auge.

„Und es gab Vermischungen."

Soll heißen?

„Es gab Zeiten", beantwortet er meine stumme Frage, „da waren nicht alle Männer der oberen Status sterilisiert. Einige sind gesprungen und haben woanders eine Frau geschwängert. Oder, stellen Sie sich vor, haben sogar Menschen mit hierhergebracht! Mit der Masse an Komplikationen war sogar das Ministerium zur Rückgängigmachung von Dimensionssprungfehlern überfordert. Die Dunkelziffer von Dimensionsmischwesen ist nicht bekannt, aber wahrscheinlich erschreckend hoch."

Ich erinnere mich, dass ich in der Schule in Geschichte der Dimensionen davon gehört habe, dass es ein solches Ministerium gab. Dessen Aufgabe war es, Fehler oder Komplikationen, die bei Dimensionsreisen auftraten, auszubügeln. Irgendwann nahmen die Probleme überhand, sodass das Ministerium völlig überlastet war. Die einzige Lösungsmöglichkeit war, Dimensionssprünge ganz abzuschaffen, oder, wenn unbedingt nötig, ausschließlich systemkontrolliert durchzuführen.

„Wurde deswegen beschlossen, alle Männer zu sterilisieren?"

„Nicht nur. Es war ein Grund. Der Hauptgrund aber war, dass wir ungehindert Sex haben können, mit wem wir wollen, ohne die Folgen einer unerwünschten Schwangerschaft. Wie ich höre, nutzen Sie Ihre Privilegien ja auch ausgiebig."

Ich antworte ihm darauf nicht. Er erwartet wohl auch keine Antwort, denn er spricht einfach weiter.

„Und das Schlimmste bei diesen wahllosen Sprüngen war, Sie werden es nicht glauben, einige haben sich verliebt und sind einfach dort geblieben. Gute Männer und Frauen, deren Verlust schmerzlich für uns war. So etwas darf natürlich nie wieder passieren. Wie kann man sich nur so gehen lassen?"

Der Minister kann seine Entrüstung nicht verbergen. Ich horche auf. Jetzt wird es interessant. Einige sind dort geblieben.

„Warum hat das System sie nicht zurückgeholt?"

Der Minister verschränkt die Arme vor seiner Brust. Mir fällt zum ersten Mal bewusst auf, wie breitschultrig und massiv Minister Rozwan ist. Zu breit und behäbig zum Kämpfen, aber massig genug, große Autorität auszustrahlen.

„Damals gab es noch keine Sender. Nach den ganzen Vorfällen wurde die damalige Sprungeinheit durch die heutige Version des Springers 2.0. ersetzt. Man hatte damals noch keine wirkliche Kontrolle über die Sprünge. Nicht in dem Maße wie heute. Man kam nur zurück, wenn man zu einer ausgemachten Zeit am Landepunkt stand. Nur so konnte die Einheit die entsprechende Person erfassen und zurückholen. Stand zufällig gerade jemand anders dort, wurde der geholt. Einmal tauchte sogar ein kopulierendes Paar Straßenköter auf, statt des Mannes aus unserer Dimension. Der Arme musste weiter in der menschenleeren Dimension 756 ausharren, bis wir eine Möglichkeit gefunden haben, ihn zu holen. Als der Rettungstrupp endlich ankam, war der Mann bereits von den dortigen Dornengeiern zerfleischt worden. Es wurde darauf verzichtet, die Überreste mitzunehmen. Man konnte ohnehin nur alleine springen, die Rückholung der Leichenteile wäre äußerst aufwendig gewesen. Sie sehen, es ist nur gut, dass Dimensionssprünge mittlerweile verboten sind oder nur in Ausnahmefällen, wie dem Ihren letztens, kontrolliert durchgeführt werden."

Ich verstehe. Vor allem, dass es eine Chance gibt, zu Liz zurückzukehren.

„Früher ist man viel zu lasch mit den Dimensionssprüngen umgegangen. Das kann heute nicht mehr passieren. Dank der überarbeiteten Sprungeinheit für kontrollierte Dimensionswechsel, Version 2.0. und den implantierten Sendern. Seien Sie froh, dass Sie das Privileg haben und solch einen besitzen, sodass wir Sie zurückholen konnten. Nicht auszudenken, wenn Sie in dieser schrecklichen Dimension 2 hätten bleiben müssen. Nicht nur weil wir dadurch einen hervorragenden Mann verloren hätten. Ich wünsche es niemandem, in einer anderen Dimension als unserer gefangen zu sein."

Er reibt seine Arme, als ob er sich von einem lästigen Juckreiz befreien wollte.

„Die Flüchtigen sahen das anders, Minister Rozwan. Ich wünschte, ich hätte sie gefunden, um herauszufinden, warum sie unbedingt springen wollten."

„Ehrlich gesagt, weiß ich nicht genau, welche Strafe ich ihnen verhängt hätte. Eine Dimensionsflucht wie diese gab es noch nie. Ich hätte sie wohl zum Tode verurteilen müssen, fürchte ich. Je härter die Strafe bei einem Kapitalverbrechen ausfällt, umso größer ist die pädagogische Wirkung der Abschreckung. Eigentlich hätten sie bei ihrem Status von dem Springer gar nichts wissen dürfen."

Er setzt sich mit übergeschlagenen Beinen in seinen Schreibtischstuhl und faltet die Hände auf seinem Bauch. Dann mustert er mich mit einem Blick, den ich nicht deuten kann. So harmlos der Minister auch zuweilen erscheinen mag, setzt er die Gesetze doch gnadenlos um.

„Wie Sie meinem Bericht entnehmen konnten, handelt es sich bei den beiden Personen um Vater und Sohn. Der Vater ist ein ehemaliges Status-5-Mitglied und diente als Wächter unter Minister Lankin. Damals noch in der gerade von Ihnen erwähnten senderlosen Zeit. Wegen seines ehemals höheren Status war er auch in dieser ungewöhnlichen körperlichen Verfassung. Er wurde unehrenhaft aus dem Korps entlassen und auf 8 heruntergestuft, da er systemkritische Schriften in der Bevölkerung verbreitet hatte. Ihm wurden sämtliche Privilegien entzogen und seitdem vom System überwacht. Da er aber keine Anzeichen auf erneute gesetzeswidrige Handlungen zeigte, wurde seine Kontrolle eingestellt, in der Annahme, er sei rehabilitiert. Stattdessen hat er weiter aus dem Untergrund gehandelt und seinen Sohn selbst ausgebildet und unterrichtet."

„Vergessen wir diese Persona non grata. Weder er noch sein Sohn können uns mehr schaden. Lange werden sie ohnehin nicht in Dimension 2 überleben können. Wir wissen ja alle, wie gewalttätig die Menschen dort sind. Außerdem hat die Sondereinheit, die in den unteren Status zur Schadensbegrenzung unterwegs war, gute Arbeit geleistet. Uns kam dabei zugute, dass die Status ab 7 in der Regel kognitiv gar nicht in der Lage sind, Dimensionstheorien zu erfassen. Deswegen hatten die beiden Flüchtigen auch nur vereinzelt Informationen gestreut. Die wenigen, die darüber Bescheid wussten, wurden dementsprechend behandelt, einstweilen mit Privilegien ruhiggestellt und bleiben unter Aufsicht."

Er klatscht in die Hände.

„Freuen wir uns lieber darüber, dass Sie wieder da sind. Ich kann es nur immer wieder betonen, was für ein schrecklicher Verlust es für alle wäre, wenn Sie nicht zurückgekommen wären. Ein Dank für die Entwicklung der Sender und der Sprungeinheit 2.0.!", verkündet er feierlich.

„Ist diese alte Sprungeinheit auch in dieser Kammer?", frage ich so beiläufig wie möglich.

„Oh ja, das ist sie. Möchten Sie sie sehen?"

Ja, bitte! Auf jeden Fall! Ich muss alles über ihre Wirkungsweise herausfinden. Und dann muss ich sie in meinen Besitz bringen.

Ich beneide die Flüchtigen um ihre Senderlosigkeit.

„Wenn es keine Umstände macht", erwidere ich höflich, streng darauf bedacht, meine Aufregung nicht zu zeigen.

„Sie haben Glück, dass Sie mich heute in ausgesprochen guter Laune erleben, lieber Wächterführer Vincent. Ich habe auch allen Grund zur Freude. Mein ältester Sohn Val hat gerade als Jahrgangsbester die Gesetzesakademie abgeschlossen. Mit großer Wahrscheinlichkeit wird er im Privilegienministerium eingesetzt werden. Meine Tochter Ritva wird einen Wächter aus Ihrer Mannschaft ehelichen und meine liebste Frau Haga trägt unser sechstes Kind unter dem Herzen. Es wird in zwei Monaten zur Welt kommen."

Er grinst selig. Ich erinnere mich an Minister Rozwans Familie. Haga ist eine stille, kluge Frau, groß, mit hellblondem, langem Haar, durchscheinender Haut und elfenhafter Ausstrahlung, die ihre nordische Herkunft verrät. Sie hat zur Geburt des ersten Kindes ihre Stelle als Heilerin aufgegeben und widmete sich fortan ganz der Familie. Der Minister dagegen hat tiefschwarze, glänzende Haut, ist zuweilen etwas rechthaberisch, aber stets gerecht und meist ein angenehmer Chef. Er erfüllt sein Amt mit Hingabe und voller Überzeugung.

Ich kenne ihn seit meiner Berufung zum Anführer näher. Ein paar Mal hat er mich zu sich nach Hause eingeladen. Im Kreis seiner Familie merkt man deutlich, dass er unter seiner harten Schale einen weichen, liebevollen und humorvollen Kern hat. Heute zeigt er ausnahmsweise auch einen Teil davon in der Arbeit. Im Laufe der Jahre sind wir fast so etwas wie Freunde geworden.

Seine fünf Kinder sind durchweg bildhübsch, in einer interessanten Mischung aus dunkel und hell, allesamt wohlerzogen und sicher darin, bedingungslos geliebt zu werden. Der Jüngste, Pit, besucht eine Kindertagesstätte zur Förderung der kognitiven Fähigkeiten.

Eine Familie wie die des Ministers hätte es in Liz' Welt schwer. Sogenannte Mischehen sind dort nicht gern gesehen, außer man ist ein Topmodel und mit einem berühmten Sänger verheiratet. Auch Kinder mit Defiziten werden oft stigmatisiert. Bei uns ist das alles normal.

Ich weiß, dass bei Liz vieles anders ist als hier und meinen Überzeugungen widerspricht. Aber sie ist dort. Und ich will nach wie vor nichts mehr, als bei ihr sein.

„Das sind tolle Neuigkeiten! Ich gratuliere, Minister Rozwan", freue ich mich aufrichtig für ihn.

„Folgen Sie mir." Er sperrt die Bürotür ab und geht dann Richtung Bücherwand. „Aber vorher hören Sie mir genau zu. Niemand darf von diesem Raum wissen, verstehen Sie mich? Missbrauchen Sie mein Vertrauen in Sie nicht!", weist er mich scharf an.

„Natürlich, Minister Rozwan. Sie können wie immer auf mich zählen."

Ich lüge nicht, denn ich habe in der Tat nicht vor, jemandem von diesem Raum zu erzählen. Aber ich muss herausfinden, wie man springen kann, ohne nachverfolgt werden zu können.

Minister Rozwan drückt auf ein unauffälliges Buch mit dem Titel Physik des Windes in Dimension 5 im obersten Fach, woraufhin sich die Geheimtür aufschiebt. Der Mechanismus scheint antiquiert, aber funktional. Sobald wir die Kammer betreten, verschließt sie sich geräuschlos.

Wir stehen im Dunkeln, vielleicht gab es bei Errichten des Raums noch keine Elektrizität und kein Minister hat es für nötig befunden, nachzurüsten. Oder keiner hat einem Elektriker genug vertraut, das Geheimnis darin zu offenbaren. Plötzlich flammt ein grelles Licht auf, ich muss blinzeln, weil der Minister mir mit einer Art LED-Taschenlampe direkt ins Gesicht leuchtet.

„Ich liebe diesen Raum und seine Artefakte", gesteht er mit leuchtenden Augen. „Wie diese kurbelbetriebene Lampe. Ist sie nicht praktisch? Völlig unabhängig von Strom oder externen Energiequellen."

Erst jetzt sehe ich mich um. Der Raum ist nicht groß, etwa 25 qm und mit deckenhohen, metallenen Regalen ausgestattet. Ich befinde mich in einem Kuriositätenkabinett, das bis oben vollgestopft ist mit Schachteln in verschiedenen Größen, in Tücher eingewickelten oder offen herumstehenden Dingen jeglicher Form und Größe. Ich erkenne ein paar Gegenstände, die ich in Dimension 2 gesehen habe, darunter einen tragbaren Röhrenfernseher und Glanzleggings mit Leopardenmuster. Das meiste in der Kammer habe ich jedoch noch nie gesehen und ich habe keine Ahnung, für was man die Dinge verwendet.

„Sehen Sie, ich habe alles sortiert nach Dimensionen. Hier ist alles aus der, wohin Sie der Unfall verschlagen hat. Sie nimmt den größten Teil der Sammlung ein. Und hier drüben", fährt er begeistert fort, „lagern Stücke aus anderen Dimensionen."

Zum Beispiel die beiden Hunde, die versehentlich statt des Mannes geholt wurden. Sie wurden in ihrer kopulierenden Haltung ausgestopft. Selbst der erigierte Penis des Rüden ist zu erkennen.

„Die Beschriftungen sind von meinen Vorgängern und von mir."

Ich betrachte einen der an den Stücken befestigten Zettel. Darauf sind alle vorhandenen Informationen akribisch archiviert inklusive Funddatum, Dimension, Funktion und einer kurzen Bedienungsanleitung. Allerdings ist nur etwa die Hälfte der Stücke mit Erklärungen versehen. Die andere Hälfte ist entweder verloren gegangen oder man weiß einfach nicht, was es darstellen soll.

„Und hier", er führt mich durch den Raum wie ein stolzer Museumsdirektor, „hier stehen Prototypen oder veraltete Versionen unserer heutigen technischen Geräte."

Er greift nach einem unscheinbaren, achteckigen Kasten in der Größe eines Brotlaibes, bläst den Staub herunter und streichelt liebevoll über die großen runden Knöpfe und Zahnräder.

„Das ist die erste Sprungeinheit. Die letzte ihrer Art. Mit ihr wurden Dimensionssprünge erst möglich. Du hast uns um viele Erkenntnisse reicher gemacht. Aber leider hast du auch viel Unglück verursacht", tadelt er den Apparat wie ein unartiges Kind.

„Wie funktioniert sie?"

„Im Grunde funktioniert sie wie unser heutiger Springer. Man gibt hier die Dimension ein, in die man möchte", er zeigt auf eines der Zahnräder, „dann drückt man hier drauf und schon ist man weg."

„Man brauchte also immer zwei Leute – einen, der springt, und einen, der die Sprungeinheit bedient", konkretisiere ich.

„Nun, den zweiten braucht man nur, um einen Zeitpunkt und Ort auszumachen, an dem der Helfer einen wieder zurückholen kann. Theoretisch kann man auch alleine springen. Allerdings dann als Reise ohne Wiederkehr. Da die Sprungeinheit ohne Sender arbeitet, wäre man nicht mehr auffindbar. Oder man nimmt sie einfach mit, damit man unabhängig von anderen Personen springen kann. Was natürlich völlig verantwortungslos und gefährlich wäre." Er schüttelt sich. „Sie verstehen, warum sie aus dem Verkehr gezogen wurde? Ich will gar nicht daran denken, wie viel Schindluder damit getrieben werden könnte. Denken Sie nur an unsere Diebe. Sie könnten unzählige Nachahmer nach sich ziehen. Von dem Springer 2.0. gibt es deswegen auch mehrere Exemplare, die natürlich streng bewacht an verschiedenen, geheimen Orten aufbewahrt werden. Sollte also jemand auf die Idee kommen, die Sprungeinheit zu entwenden oder zu zerstören, gibt es immer noch genug andere, damit man die Täter verfolgen und letztendlich bestrafen kann."

Ja, ich verstehe. Und genau dieses Wirkprinzip, dass man mit dem alten Springer ungehindert verschwinden und nicht so einfach aufgespürt werden kann, werde ich mir zunutze machen. Um mich zu finden, müssten sie vor Ort suchen. Ich werde fliehen und dafür sorgen, dass sie mich und Liz nie finden. Wir können uns zwischen den anderen sieben Milliarden Menschen verstecken. Fehlt nur noch ein guter Plan, wie ich in den Besitz der alten Sprungeinheit komme. Mit ihr kann ich meinen Sender umgehen. Der Springer 2.0. kann Signale nur dann empfangen, wenn der Senderträger mit ihr gesprungen ist. Durch das Springen wird der Sender automatisch aktiviert. Würde ich mit dem Prototyp springen, könnte mich die neue Einheit deshalb nicht orten, weil sie nicht mit den Sendern verbunden ist.

Ich hoffe, Liz wird auf mich warten. Wir haben es uns versprochen. Das Risiko ist gewaltig. Denn auch, wenn sie mich nicht orten können, werden sie mich verfolgen.

„Danke, dass Sie mir das alles gezeigt haben, Minister Rozwan. Sie können auf mein Stillschweigen vertrauen."

Gemeinsam verlassen wir die Artefaktenkammer. Ich kann es kaum erwarten, nach Hause zu gehen und in Ruhe nachzudenken. Doch ich muss Geduld haben. Noch kann ich das Treffen mit dem Minister nicht grundlos beenden.

Die nächsten drei Stunden erarbeiten wir einen Standard zum Vorgehen bei der Auswahl neuer Wächter. Wir übergeben die Notizen Minister Rozwans persönlicher Assistentin Aline zur Reinschrift. Als sie auf ihren Stöckelschuhen in den Raum tippelt und mich sieht, senkt sie errötend den Kopf, starrt mich von unten herauf an und kichert. Sie ist nicht im klassischen Sinn hübsch, aber auch nicht unansehnlich. Etwas zu dünn mit kaum vorhandenem Busen und einer schnabelähnlichen Hakennase, doch gepflegt, elegant gekleidet und dezent geschminkt, die blonden Locken in einer strengen Hochsteckfrisur gebändigt. Sie ist Mitte 50 und war bereits dem vorigen Minister Lankin unterstellt. Ihr Ehemann, ein Elektriker der Zentrale, ist vor drei Jahren bei der Reparatur eines Hochstromaggregats tödlich verletzt worden. Als Witwe und alleinerziehende Mutter zweier halbwüchsiger Mädchen hat sie es schwer, obwohl das System sie natürlich bestmöglich unterstützt. Sie hat mir im Vertrauen erzählt, dass sie gerne einen neuen Mann an ihrer Seite hätte. Ich wäre eine gute Partie. Das hat sie zwar nicht direkt gesagt, aber ich bemerke ihr Anbiedern. Solche Frauen bin ich so leid. Was strahle ich aus, dass erwachsene Frauen in meiner Gegenwart sich wie verliebte Teenager verhalten? Ja, ich bin männlich und stark, alle Muskeln sind perfekt definiert, mein Geist ist wach und wer mich ehelicht, wird ebenso viele Privilegien besitzen wie ich. Aber ich bin auch ein Mensch. Ein Mann. Nicht nur ein schöner Körper mit wichtiger Funktion im System. Abgesehen davon, muss Aline klar sein, dass sie zu alt für mich wäre. Eine Verbindung zwischen uns beiden ist ausgeschlossen.

Liz ist anders. Ihr sind alle Privilegien und Status egal. Sie respektiert mich. Sie liebt mich und nicht das, was mich umgibt. Sie ist kein Weibchen, sie ist eine Frau. Meine Frau.

Ich ignoriere Aline, nehme das Getränk, das sie mir anreicht, ohne ihren sehnsüchtigen Blick zu erwidern, und bedanke mich höflich.

Der offizielle Teil unseres Gesprächs ist vorbei. Minister Rozwan wechselt in unverfänglichen Small Talk, erkundigt sich, wie es Katze geht, und erzählt von seinem Problem, das er mit den sprachgesteuerten Lichtschaltern in seinem Privathaus hat, die vor Kurzem eingebaut worden sind.

Plötzlich hellt sich Rozwans Miene auf, seine Augen leuchten. Da ich mit dem Rücken zur Türe sitze, kann ich nicht sofort erkennen, was ihn so erfreut. Er erhebt sich und eilt mit ausgestreckten Armen auf den Besucher zu. Ich drehe mich um und erkenne Haga, Rozwans Ehefrau. Ihr Bauch wölbt sich deutlich unter ihrem luftigen Kleid. Wie bei jeder ihrer Schwangerschaften strahlt sie Ruhe und Zufriedenheit aus.

„Was verschafft mir die Ehre deines Besuchs, Liebe meines Lebens und Mutter meiner Kinder?", flirtet er ungeniert. Er küsst sie auf beide Wangen und legt seine gespreizten Finger auf ihren Bauch. Sie schließt die Augen und streicht ihm zärtlich über die Arme. Beide wirken, als ob sie in einer Blase stehen würden, abgeschieden von der Außenwelt, komplett in sich versunken. Ich denke an Liz und unsere Blase.

„Darf eine Ehefrau nicht ihren geliebten Mann in der Arbeit besuchen, wenn sie Sehnsucht nach ihm hat?", fragt sie und zwinkert mir zu.

„Schön, Sie mal wieder zu sehen, Vincent. Ich hoffe, Sie haben sich von Ihrem unfreiwilligen Aufenthalt in Dimension 2 und Ihren schlimmen Verletzungen erholt? Aber wie ich sehe, sind Sie wieder voll einsatzfähig."

„Danke, Ministergattin, mir geht es gut", lüge ich.

„Herzlichen Glückwunsch zu Ihrer sechsten Insemination. Sie sehen wie immer großartig aus!"

„Vielen Dank, Wächteranführer. Wir freuen uns sehr, dass wir noch einmal dieses Wunder erleben dürfen. Kinder sind so fantastische, wunderbare Wesen voller Liebe und Vertrauen in das Leben. Sie machen uns so viel Freude!"

„Sie sind auch wunderbare Eltern. Jedes Kind kann sich glücklich schätzen, bei Ihnen und Ihrem Mann aufwachsen zu dürfen."

„Vincent, Sie schmeicheln mir mal wieder. Kein Wunder, dass jede Frau bei Ihrem Anblick in Verzückung gerät. Sie verstehen es wirklich, Komplimente zu machen", kokettiert sie. „Wann werden Sie sich für eine Frau entscheiden, die Ihre Kinder austrägt? Ich weiß, dass Sie beste Gene haben. Solche Nachkommen dürfen Sie dem System nicht vorenthalten, Vincent."

Haga weiß nicht, dass ich die Liebe meines Lebens und die Mutter meiner Kinder bereits gefunden habe.

„Ich habe einen Antrag auf private Kryokonservierung gestellt. So kann ich spontan entscheiden, wann es so weit ist. Die entsprechende Schulung zur Selbstinsemination habe ich bereits absolviert."

Ich verschweige natürlich, dass ich mein Sperma deswegen zu Hause lagern möchte, um einige Proben mit zu Liz nehmen zu können. Das ist die einzige Möglichkeit auf gemeinsame Kinder.

„Das ist wunderbar, Vincent. Man weiß ja nie, wann man sich verliebt und eine Familie möchte. Der Minister und ich sind auch für möglichst natürliche Empfängnis und haben im Schlafzimmer eine private Konservierungseinheit."

Ich frage mich, ob Haga ihren Mann auch während des Sex' Minister nennt.

„Er möchte die Schwangerschaft lieber selbst auslösen", fügt sie hinzu und lächelt ihren Mann liebevoll an.

Das sind Fakten, die ich eigentlich nicht von meinem Minister wissen will. In diesem Fall aber sauge ich jede Information über Selbstfertilisation auf. Offensichtlich hat das Befruchten zu Hause beim Ministerpaar mehrmals problemlos funktioniert.

„Haga, jetzt ist Schluss! Belästige Vincent nicht mit Details", stoppt der Minister seine Frau.

Trotz seiner dunklen Haut kann man erkennen, dass sein Gesicht gerötet ist. Verständlicherweise möchte er das Thema beenden. Es fällt mir schwer, die aufgekommenen Bilder eines nackten Ministers, der mit einer langen Spritze zwischen den weit geöffneten Schenkeln seiner Gattin kniet, zu vergessen. Weil es kein Anblick ist, den ich sehen möchte.

Ich kneife die Augen zu und lockere meine Arme, um wieder einen klaren Gedanken fassen zu können.

„Warum haben Sie mir nichts von Ihrem Antrag auf Privatkryo gesagt? Ich kann die Genehmigung beschleunigen", bietet der Minister an.

„Bitte machen Sie sich keine Umstände, Minister Rozwan."

Er darf nicht merken, dass ich es kaum erwarten kann, mein Sperma bei mir zu haben.

„Wenn ich damit an potenzielle Wächter wie Sie komme, werde ich alles tun, damit Sie möglichst schnell und unkompliziert viele Töchter und Söhne zeugen können, die unserem System genauso treu dienen wie Sie", versichert er und klopft mir auf die Schulter.

„Aber Sie haben die Frage meiner geliebten Gattin noch nicht beantwortet. Ich bin ebenfalls neugierig. Haben Sie denn eine bestimmte Frau für Ihre Fortpflanzung im Auge?"

Ja, das habe ich. Ich werde sie heiraten. Sie wird meine Kinder bekommen. Wir werden für immer zusammen glücklich sein.

„Es ist noch nicht spruchreif, Minister Rozwan. Ich bitte zu entschuldigen, dass ich darüber zum jetzigen Zeitpunkt nicht sprechen möchte."

„Lassen Sie es uns wissen, wenn es so weit ist, Wächter Vincent. Ich möchte der Erste sein, der es erfährt, wer die Glückliche ist, der Sie Ihr Herz und Ihre außergewöhnlichen Gene schenken werden."

Ich verspreche es und gehe seit Langem mal wieder mit dem Gefühl von Zuversicht nach Hause.

43 Vincent

Der Minister hält sein Wort, denn nur wenige Tage später wird eine komplette private Kryokonservierungsstation inklusive 30 gefrorener Inseminationseinheiten in meinem Schlafzimmer aufgebaut.

Ich muss Katze davon abhalten, an den Flaschen mit dem flüssigen Stickstoff zu lecken, damit sie nicht mit ihrer Zunge daran festfriert. Zusätzlich habe ich einen kleinen Reisebehälter bekommen, in dem zwei Proben meines gefrorenen Spermas Platz finden. Üblicherweise nehmen statushohe Mitglieder diesen mit in die Flitterwochen.

Ich werde nur diese zwei Proben mit zu Liz nehmen können. Sie wünscht sich zwei Kinder. Das heißt, es muss bei beiden Inseminationen beim ersten Mal klappen. Ich mag nicht daran denken, dass wir keine eigenen Kinder haben können, wenn es nicht funktioniert. Diesen Wunsch werde ich ihr erfüllen. Und auch ich kann mir nichts Schöneres vorstellen, als eine perfekte Kombination aus uns beiden aufwachsen zu sehen.

Die Kryoreiseeinheit trage ich stets bei mir, versteckt in meiner obligatorischen Bauchtasche, in der ich laut Vorschrift mein Dokumentationsbuch und den Notfall-Navialarm aufbewahren muss.

Ich liege in einem der Frauenräume auf dem Bett, neben mir eine Blondine oder Brünette oder Rothaarige. Keine Ahnung.

Beleuchtung will ich keine. Gott sei Dank hat es nicht lange gedauert, meinen Körper zu befriedigen. Ich habe in sie gestoßen, bis sie gewimmert hat, und wütend in ihre Vagina ejakuliert. Die ganze Zeit habe ich dabei nur an Liz gedacht. Bis vor Kurzem, bevor ich Liz kennenlernte, habe ich keinen Gedanken daran verschwendet, dass Frauen in mir noch anderes außer sexuellem Verlangen auslösen könnten, im Glauben daran, dass es reicht, seine Lust zu stillen und den Schwanz in die Körperöffnungen einer Frau zu stecken.

Natürlich kommen dabei auch die Frauen auf ihre Kosten. Sie machen es alle gern mit mir, denn ich bin ein dominanter, aber keineswegs selbstsüchtiger Liebhaber. Aber ich habe nicht gewusst, dass ich weitere Gefühle zulassen kann und möchte.

Durch Liz ist mir klar geworden, dass mein Leben emotional leer war, dass ich mir Liebe immer gewünscht habe, ohne mir dessen bewusst zu sein. Es ist mir verstandesmäßig unbegreiflich, wie man so schnell so intensiv lieben kann. Noch dazu, da Liz nicht nur aus einer anderen Dimension, sondern einer ganz anderen Lebenswelt kommt.

Doch seit ich im Koma das erste Mal ihre Stimme gehört habe, bin ich verloren.

Ich weiß nicht, wieso es passiert ist. Aber ich weiß, wenn ich sie nicht lieben darf, dann werde ich nie mehr lieben.

Und jetzt, da ich erfahren durfte, wie es ist, eine Frau zu begehren, die man liebt, sich mit ihr zu vereinen, ekle ich mich geradezu vor dem bloßen Sex, den ich von den Privilegiendamen bekomme. Sie sind ausgebildet, einen Mann zu animieren und zu befriedigen, doch das Wesentliche fehlt.

Das Mädchen neben mir schläft, nur deswegen halte ich es aus, noch eine Weile zu bleiben. Ich habe die Arme um meine Brust geschlungen und versuche, nicht zu verzweifeln.

Liz, ich brauche dich. Bitte, warte auf mich.